Danke an alle Menschen, die mich auf diesem Weg begleitet haben.

Ein besonderer Dank für fortwährende Inspiration geht an meine Frau Christin und Mutter Monika!

Nicht zu vergessen … unseren Vierbeiner Titus, der immer ganz genau wusste, wann es an der Zeit für eine Pause war.

www.andreasarz.com

Andreas Arz

Der Schatz im Flaschenhals

Rheingau Krimi

Zum Gedenken an die mutigen Menschen im
Freistaat Flaschenhals!

1919 - 1923

Stadt Lorch am Rhein - Freistaat Flaschenhals

Über dieses Buch

In der Geschichte der Menschheit gab es immer wieder prägende Zeiten. Wir entdeckten neue Länder und Völker, erkundeten die Natur und brachen ins Weltall auf. Wundervolle Errungenschaften, die uns miteinander verbanden und weiterentwickelten. Es gab auch dunkle Zeiten. Wir führten Kriege und töteten, um zu erobern und zu herrschen.

In diesen Tagen voller Elend und Leid gab es immer wieder Momente, in denen die Welt zu zerbrechen drohte – aber dann blitzte aus einem kleinen Spalt ein Funken Hoffnung auf, der ein Feuer des Zusammenhalts unter den Menschen entfachte. Einer dieser historischen Augenblicke schrieb sich tatsächlich als »Freistaat Flaschenhals« in die Geschichtsbücher ein.

Der Erste Weltkrieg mit seinen beispiellosen Grausamkeiten waren gerade vorüber. Der Groll der Menschen war auf allen Seiten groß - bei den Siegern und den Besiegten. Die eine Seite pochte auf Rache und Entschädigung für das entstandene Leid, die andere hoffte auf ein baldiges Ende dieses Albtraumes und versuchte, ihre Unterlegenheit auf ein erträgliches Maß zu reduzieren. Nach einem Krieg derartigen Ausmaßes war es wohl unmöglich, einen Konsens zu finden.

Im Freistaat Flaschenhals gelang es mutigen und findigen Bewohnern, sich eine Welt zu erschaffen, die ihnen Gesicht, Hoffnung und ein Stück Freiheit zurückgab. Sie konnten den Schatten des Krieges verlassen und in eine neue Zeit aufbrechen, die irgendwo in weiter Ferne eine erstrebenswerte Zukunft versprach.

Dieser Roman begibt sich auf eine besondere Reise in den »Freistaat Flaschenhals«. Die kurz nach dem Ersten Weltkrieg angesiedelte Geschichte reicht bis in die Gegenwart.

Die Handlung ist fiktiv, aber den Freistaat Flaschenhals gab es wirklich. Reale, historische Persönlichkeiten und Begebenheiten aus dieser Zeit sind Teil dieser Geschichte und wurden zugunsten der Dramaturgie an mancher Stelle angepasst.

Ihr Andreas Arz

Kapitel eins

Die schicksalhafte Nacht im Rhein im Freistaat Flaschenhals 1921

Peter Baum warf einen letzten prüfenden Blick in seinen Weinkeller, bevor er die schwere Eichentür zum Eingang schloss. Das laute, knarrende Geräusch durchdrang die Gemäuer seines Felsenkellers, wo nun die neuen Weine der letzten Ernte in den Fässern ruhten. Erleichtert schritt Peter über seinen Hof. Die Traubenlese war in diesem Herbst gut ausgefallen, im Gegensatz zum 1920er-Jahrgang im vergangenen Jahr. Es kündigte sich ein Jahrhundertwein an. Volle Weinkeller waren für die Bewohner der Stadt Lorch am Rhein zu einer wichtigen Existenzgrundlage geworden. Der Erste Weltkrieg war vorbei. Rund um Lorch hatten sich Besatzungszonen der amerikanischen und französischen Siegermächte gebildet. Bei der Einrichtung dieser Zonen war den alliierten Siegermächten allerdings ein Lapsus unterlaufen und das Gebiet um Lorch blieb unbesetzt und bildete den Freistaat Flaschenhals.

Die Freude, unbesetztes Gebiet zu sein, währte für die Bewohner des Freistaates nicht lange. Nur zu gern hätten die Franzosen das Gebiet für sich in Anspruch genommen und führten eine Isolationstaktik. So waren die Menschen einer ständigen Beobachtung, gepaart mit fortwährendem Säbelrasseln, ausgesetzt. Die Versorgung mit Lebensmitteln und lebenswichtigen Gütern war zu dieser Zeit sehr schwierig, deshalb wurde der Wein zu einem gern genutzten Tauschmittel. Peter konnte demnach in diesem Jahr beruhigt sein, denn er hatte mit dem guten Ertrag aus den Weinbergen auch Sicherheit für sich und seine junge Familie geerntet.

Es war spät geworden. Die Turmuhr der Sankt-Martins-Kirche schlug zur elften Stunde. Ein dichter Nebel tauchte Lorch in einen undurchdringlichen Schleier. Mit dem Glockenschlag wurden die letzten Lichter in den Häusern gelöscht und die Menschen gingen zu Bett. Ein harter Tag im Weinkeller lag hinter ihm und ihn trieb nur noch der Gedanke an die wohlige Nachtruhe neben seiner geliebten Frau Maria an. Er löschte die Laterne, die seinen Hof beleuchtete. Der Ruß stieg ihm mit einem beißenden Geruch aus der Lampe in die Nase. Durch einen Ausguck in der Hofmauer blickte er nochmals hinunter auf den Rhein. Der Fluss war in gespenstischen Nebel getaucht. Peter schauderte es bei dem Anblick. Während der Besatzungszeit konnten sich die Bürger nie sicher sein, wer sich, mit welchen Absichten im Nebel verbarg. Kurz bevor er sich abwendete, blitzte ein Lichtstrahl auf dem Rhein durch. Es wird doch niemand so verrückt sein, bei so schlechter Sicht auf dem Fluss zu fahren, dachte Peter. Zu gefährlich waren die Tücken auf diesem

Streckenabschnitt. Nicht einmal ein erfahrener Lotse würde das Risiko einer Nebelfahrt bei diesen Verhältnissen eingehen. Kaum hatte er diesen Gedanken beendet, durchfuhr wie aus heiterem Himmel ein lautes Krachen das Rheintal. Hastig wandte er sich wieder dem Ausguck in der Hofmauer zu und blickte zum Fluss. Das Licht im Nebel zuckte hin und her. Tatsächlich musste ein Schiff versucht haben, sich seinen Weg durch den Nebel zu bahnen und war auf einen Felsen aufgelaufen. Peter versuchte wie gebannt, etwas zu erkennen, doch es war unmöglich, einen klaren Blick durch die Schwaden zu erlangen. Er konzentrierte sich auf Geräusche, um einen Hinweis auf das Geschehen zu erlangen. Leise Stimmen waren durch den Nebel zu hören, aber Peter konnte keine klaren Worte verstehen. Die Stimmen wurden immer lauter und verwandelten sich in laute Schreie. Peter durchfuhr Angst. Was ging dort unten vor? Er konnte seinen Blick nicht abwenden und versuchte weiterhin, etwas zu erkennen. Es schien jemand um sein Leben zu kämpfen. Klingen von Messern oder Säbeln prallten auf stumpfe Gegenstände, als würde sich jemand mit allem, was ihm zur Hand war, verteidigen. Das Licht schwankte immer stärker, die Schreie wurden immer lauter, dann, mit einem lauten Schlag, erlosch das Licht. Das Rheintal fiel wieder in Stille, als die Schreie verstummten. Als hätte der Tod das letzte Wort gesprochen.

Peter rannte in Richtung Wohnhaus, das auf der anderen Seite des Hofes über dem Weinkeller lag. Er riss die Tür auf und rannte hoch ins Schlafzimmer, in dem seine Frau Maria bereits im Nachthemd auf dem Bett saß.

»Peter, was ist passiert?«

»Ich kann es dir nicht sagen. Es scheint, als sei ein Schiff auf einen Felsen gelaufen. Danach hat wohl an Deck ein Kampf stattgefunden. Aber es war nichts zu erkennen«, stieß er hervor.

Maria sah ihn nervös an. »O Gott, was wird da wohl passiert sein? Meinst du, die Franzosen haben etwas damit zu tun?«

Peter wiegte nachdenklich den Kopf hin und her. »In jedem Fall muss ich nachsehen, was passiert ist. Sollten es die Franzosen gewesen sein, könnten sie vielleicht die Besetzung von unserem Gebiet vorhaben. Das müssen wir verhindern. Ich muss auch die anderen warnen.«

Peter wandte sich zum Kleiderschrank und zog eine dicke dunkle Jacke heraus. Maria sprang aus dem Bett und versuchte, ihren Mann zurückzuhalten. Sie griff fest an seinen Arm und zog Peter herum.

»Peter, das ist viel zu gefährlich. Du könntest getötet werden. Du weißt, wie viele Menschen bereits umgekommen sind, sobald sie sich den Franzosen in den Weg stellten.«

»Das ist mir bewusst, mein Herz«, sagte er in bemüht unbesorgtem Ton, um sie zu überzeugen. »Aber wenn die Franzosen wirklich mit dem Schiff versucht haben, in unser Gebiet einzudringen und im Schutz des Nebels ihre Truppen hierher zu bringen, müssen wir reagieren, sonst sind wir alle in Gefahr.«

»Aber es gab doch anscheinend schon Kämpfe auf dem Schiff. Vielleicht sind die Leute schon gewarnt?«

Maria wurde immer panischer, doch Peter ließ sich von seinem Vorhaben nicht abbringen.

»Maria, wenn ich jetzt nicht da runter gehe und nachschaue, kann dies schlimme Folgen haben. Ich versuche doch nur, euch zu beschützen«, spielte Peter auf Maria und ihre gemeinsame Familie an. »Wir haben für uns und unsere Kinder eine große Verantwortung. Unsere Zukunft, unser ganzes Hab und Gut steht auf dem Spiel, wir müssen es verteidigen!« Dabei strich er ihr über den Bauch. Sie erwarteten gerade ihr zweites Kind.

Maria erkannte, dass sie ihn nicht umstimmen konnte. In diesen Nachkriegszeiten, inmitten der Besatzung der umliegenden Gebiete durch die Franzosen und die ständige Bedrohung einer Besetzung des Freistaats Flaschenhals waren alle Menschen in Lorch zutiefst sensibilisiert und bereit, ihre Freiheit um alles zu verteidigen.

Peter zog sich die dunkle Jacke über und wandte sich Maria zu. Er fasste mit beiden Händen zärtlich ihren Kopf und presste seine Stirn gegen die ihre.

»Hab´ keine Angst, ich werde gesund zurückkommen. Bleib´ du im Haus. Wenn du etwas hörst, was auf Kämpfe hindeutet, nimm´ Loni und lauf schnell rüber zu meinen Eltern. Verbarrikadiert euch am besten im Weinkeller, bis ich zurück bin.«

Maria traten Tränen in die Augen. Diese rollten weniger aus Angst über ihre Wangen als aus Sorge, dass dieser Moment der Letzte sein könnte, den sie mit ihrem Mann teilte. Peter wischte ihr zärtlich die Tränen aus dem Gesicht und schenkte Maria ein sanftes Lächeln. Er flüsterte: »Ich liebe dich und werde es immer tun. Ich bin bald zurück.«

Mit diesen Worten gab Peter seiner Frau noch einen eiligen Kuss auf die Lippen und verschwand im Dunkel des Flures. Maria schluchzte noch einmal tief und trat ein paar Schritte zurück. Sie setzte sich aufs Bett und das laute Knarren des Holzes verschmolz mit der Stille, die sich im Schlafzimmer ausbreitete. Ihre Blicke waren weiterhin in Richtung Tür gerichtet, in der Hoffnung, dass Peter durch diese bald zurückkommen würde.

Das gespenstische Schiff

Peter eilte durch die schmalen Gassen Lorchs in Richtung Rheinufer. Auf dem Weg dorthin blitzten durch die verdunkelten Fenster der Wohnhäuser immer wieder vereinzelte Augen und durch die Türen der Häuser schielten neugierige Gesichter. Die Verunsicherung war in allen Augen erkennbar.

Er kam am Backhaus vorbei. Aus dem Fenster der Backstube fragte eine Stimme im Flüsterton: »Peter, wo willst du denn hin?«

Peter drehte sich in die Richtung, aus der die Stimme gekommen war. Das mehlverstaubte Gesicht von Bäcker Hubert konnte er erkennen.

Er erwiderte in gedämpften Ton: »Irgendwas ist auf dem Rhein passiert. Ein Schiff ist wohl auf Felsen gelaufen.«

»Die Franzosen?«

»Keine Ahnung, ich sehe nach.«

»Pass bloß auf Peter, wenn's die Franzmänner sind, nimm´ schnell die Beine in die Hand!«

Peter nickte in Richtung Hubert und setzte seinen Weg fort. ‚Wie recht der Bäckermeister hat‹, ging es ihm durch den Kopf. Wie sollte er seine Familie beschützen, wenn er jetzt durch eine unüberlegte, törichte Aktion sein Leben verlöre? Andererseits könnte viel Unheil über das unbesetzte Gebiet abgewendet werden, wenn er und ein paar mutige

Bürger das Überraschungsmoment der Franzosen jetzt zunichte und dadurch etwaigen Besetzungsplänen den Garaus machten. Auf diese Fragen gab es wohl keine allgemeingültige Antwort. So ließ sich Peter weiter von seinem patriotischen Gedanken und natürlich der Neugier antreiben, die ihm unentwegt unter den Nägeln brannte.

Am Ufer angekommen, fuhr Peter mit seinen Blicken den Rhein ab. Der Nebel erschwerte die Sicht, doch ein lautes Knarren ließ auf den Standort des Schiffes deuten. Die Strömung drückte das Wrack anscheinend immer wieder gegen den Unglücksfelsen, und dadurch entstand das gruselige Geräusch, das von der Mitte des Rheines durch den Nebel ans Ufer drang.

Peter trat näher heran und versuchte, etwas zu erkennen. Wie gebannt waren seine Blicke auf das Wasser gerichtet. Mit jedem knarrenden Geräusch schlug sein Herz schneller und sein Atem wurde kürzer. Dabei bemerkte er nicht, dass sich hinter ihm ein Schatten bewegte. Dieser kam immer dichter und war schon bald direkt hinter ihm. Eine Hand erhob sich und sauste herunter auf seine Schulter. Peter fuhr in sich zusammen und stieß einen Schrei heraus. Er drehte sich um und hob schützend den rechten Arm. Er blickte in das Gesicht von Bürgermeister Edmund Pnischeck.

»O Gott, Peter, es tut mir leid, ich dachte, du hättest meine Schritte gehört«, entschuldigte sich der Bürgermeister.

Peter atmete tief aus und ließ die Erleichterung in seinen Körper zurückkehren.

»Verdammt, Edmund! Hättest du nicht etwas sagen können?«

»Verzeih mir, ich dachte, meine Schritte wären zu vernehmen gewesen«, entgegnete Pnischeck.

Aus dem dunklen Hintergrund erschien eine zweite Person.

Die Aufregung kehrte in Peter zurück und er griff nach einem herumliegenden Stück Treibholz.

»Vorsicht, da ist noch jemand«, sagte Peter mit zittriger Stimme.

Die Gestalt aus dem Dunkel rief herüber: »Alles gut, ich bin es, Theodor.«

Bürgermeister Pnischeck legte Peter beruhigend die Hand auf die schmerzende Schulter. »Keine Sorge Peter, Theodor hat mich begleitet, nachdem wir etwas Verdächtiges gehört haben. Er hat sich am Ufer umgesehen, ob Franzosen in Sicht sind.«

Peter ließ das Stück Treibholz, das er noch immer verteidigend in der Hand hielt, sinken.

»Na, dann sind wir ja jetzt wenigstens zu dritt«, stellte er fest.

Die Erleichterung war Peter deutlich anzusehen. Zwar waren weder er noch Bürgermeister Pnischeck sowie der Kauber Winzer Theodor ausgebildete Soldaten oder gar Kämpfer, doch zusammen ließ sich die Last der Angst besser tragen.

Ein leichter Wind kam auf und zog durch das Rheintal. Dieser vertrieb den Nebel etwas und erleichterte ihnen die Sicht. Aus den sich lichtenden

Schwaden tauchte in der Mitte des Rheins ein Schiff auf. In der Tat war es auf einen unter der Wasseroberfläche liegenden Felsen aufgelaufen. Ein ortskenntlicher Lotse hätte diesen leicht umfahren können, da ihm die Tücken des Rheins hinlänglich bekannt waren. Doch hier waren wohl Wagemutige am Werk gewesen und hatten versucht, diese Passage ohne die Navigation eines Lotsen zu durchdringen. Dazu kam der dichte Nebel, der das Vorhaben nicht einfacher gestaltete.

Die drei versuchten indes, zu lauschen, um den ein oder anderen Laut zu vernehmen, doch außer dem geisterhaften Knarren des Schiffes am Felsen und dem Rauschen des Rheins war nichts zu hören.

Bürgermeister Pnischeck blickte Peter und Theodor an und sagte: »Mir scheint es nicht, dass hier Franzosen am Werk waren. Hier ist wohl was anderes vorgefallen.«

Das Schiff ließ in der Tat nicht den Schluss zu, dass es sich hier um den ausgeklügelten Plan einer Invasion handelte. Es war ein kleiner Frachter mit überschaubarer Lademöglichkeit. Die Länge und Breite des Schiffes ließen darauf schließen, dass es sicherlich nicht wie ein trojanisches Pferd eine Schar Soldaten beherbergte, die den Boden für einen Einmarsch bereiten sollten. Aber woher kamen die Schreie und deutlichen Kampfhandlungen, fragten sich die drei Flaschenhalser.

Peter atmete tief durch. »Wir müssen rüber auf das Schiff, herausfinden, was dort stattgefunden hat«, sagte er entschlossen.

Wortlos nickten die beiden anderen. Alle waren sich bewusst, ein hohes Risiko einzugehen. Zum einen lag das Schiff in der Rheinmitte, die Sicht war weiterhin schlecht. Zum anderen war es noch nicht ganz ausgeschlossen, dass hier nicht doch französische Soldaten im Spiel waren. Einig waren sie sich in jedem Fall, dass sie dem nachgehen mussten. Auch wenn das alles nichts mit den Besatzern zu tun hatte, waren offensichtlich Menschen zu Tode gekommen, und dies muss einen Grund gehabt haben.

Beherzt gingen Peter, Edmund und Theodor zu einem kleinen Boot, das am Ufer befestigt war. Dieses hatte einen kleinen Motor, da sonst der Strömung des Rheins nicht beizukommen gewesen wäre.

Peter startete den Motor, während Theodor die Leine am Steg löste. Edmund entzündete eine kleine Öllampe am Bug, die ein kleines Licht nach vorne abgab. Sie legten ab und nahmen Kurs auf das unheimliche Schiffswrack.

Je näher sie kamen, desto stärker wuchs die Anspannung in ihnen. Alle drei fokussierten ihre Blicke auf das havarierte Schiff und versuchten, Bewegungen zu erkennen. Es war nichts zu erblicken, außer dem Dampf ihres Atems, der in der kalten Luft des Nebels aufstieg.

Nur noch wenige Meter hatten sie vor sich. Peter drosselte die Umdrehung des Motors, um die Geschwindigkeit zu reduzieren. Als erfahrener Angler wusste er, wie man bei Strömung an einem festen Objekt anlegt, ohne weggetrieben zu werden. Er tastete sich langsam an die Steuerbordseite des Schiffes heran. Das Knarren des Schiffes, das von der Felskante herrührte, war hier so laut, dass ihnen ein kalter Schauder über den Rücken lief.

Theodor warf die Leine des Bootes nach oben, um einen Schiffspoller zu erwischen, um das Boot an der Seite zu sichern. Trotz Dunkelheit und Nervosität behielt er eine ruhige Hand und ihm gelang das Manöver gleich im ersten Versuch. Edmund blickte in die Runde und erklärte: »Ich gehe als Erster. Peter, hilf mir hoch!«

Peter lehnte sich mit dem Rücken an die Schiffsseite und formte seine Hände zu einer Räuberleiter. Theodor versuchte, das Boot zu stabilisieren, damit es ruhig an der Seite lag. Es wäre fatal gewesen, wenn einer von ihnen an diesem Punkt des Rheins über Bord ging. Bei der Strömung und der Wassertemperatur waren die Überlebenschancen sehr gering.

Edmund griff an Peters Schultern und stieg in dessen Hände. Heldenmütig stieß er sich ab und hielt sich mit dem Schwung von unten an der Reling des Schiffes fest. Peter stemmte ihn mit aller Kraft nach oben. Edmund war darauf bedacht, so wenig Geräusche wie möglich zu machen. Schließlich war immer noch nicht klar, wer oder was sich auf dem Schiff befand. Im Hinterkopf hatten die drei immer noch die Szenen des Kampfes, der sich hier abgespielt haben musste. Waren es doch nur Geräusche, so war die Intensität der Schreie, die bis an die Mauern der Lorcher Häuser gereicht hatten, Grund genug, größte Achtsamkeit walten zu lassen.

Edmund hatte es an Bord geschafft. Oben angekommen, ließ er geschwind seine Blicke umherschweifen, um sich ein Bild der Lage zu machen. Es war in der Dunkelheit schwer, mehr als nur Umrisse zu erkennen. Er drehte sich zur Reling und flüsterte den anderen beiden zu: »Ich kann kaum etwas sehen. Theodor, reich´ mir bitte die Lampe!«

Dieser gehorchte und streckte direkt seine andere Hand hinterher, damit Edmund ihn hochziehen konnte. Peter schob von unten nach. Nachdem er es an Bord geschafft hatte, zogen Edmund und Theodor gemeinsam den im Boot verbliebenen Peter hinauf.

Langsam tasteten sie sich Schritt für Schritt voran, um das Deck zu erkunden. Peter ging in der Mitte und hielt die Lampe vorneweg, um ein wenig Licht zu geben. Der Wellengang des Rheins ließ das Schiff leicht schaukeln, dazu das ständige Reiben am Felsen, das rief zur Vorsicht bei jedem Schritt. Das Gleichgewicht zu halten, war unter diesen Voraussetzungen nicht einfach. Mit jedem Meter, den sie an Deck voranschritten, stieg ihre Anspannung. Jedes Geräusch löste ein nervöses Kopfzucken bei den drei Männern aus. Plötzlich stieß Edmunds Fuß auf etwas am Boden und ließ ihn stolpern. Er konnte die Balance nicht mehr halten und stürzte der Länge nach auf die Planken. Peter richtete sofort den schwachen Lichtstrahl in seine Richtung. Edmund versuchte, sich hochzuhieven, indem er sich mit der rechten Hand abstützte. Mit der linken fasste er nach und griff in etwas am Boden Liegendes.

»Peter, komm mit dem Licht näher, hier ist etwas.«

Peter beugte sich hinunter zu Edmund. Das Licht erfasste Edmunds linke Hand und brachte ein Bein zum Vorschein. Edmund zuckte und zog seine Hand zurück. Peter näherte sich ganz langsam und zum Vorschein kam ein Männerkörper. Alle drei durchfuhr ein grauenvoller Schrecken. Edmund griff nach der Lampe und wollte noch näher heran, um festzustellen, ob der Mann noch lebte. Als er die Lampe ergriff und ins Licht sah, durchfuhr ihn blankes Entsetzen. Seine ganze Hand war voller Blut. Dieses verschmolz mit dem schummrigen Licht zu einem düsteren Schatten. Sie tauschten bestürzte Blicke.

Theodor erblickte eine weitere Öllampe. Mit einem Streichholz entzündete er den Docht. Das Licht vertrieb die Dunkelheit vom Deck und offenbarte einen grauenhaften Anblick. Peter und Edmund blickten nach unten und bemerkten, dass sie in einer Blutlache standen, die sich großflächig über das Deck ausgebreitet hatte. Theodor trat wieder in die Reihe zu den anderen und ihre Blicke richteten sich auf drei weitere Leichen, die an der Backbordreling sitzend aneinandergereiht waren. Damit sie in aufrechter Position blieben, waren ihre Hälse mit Stricken an die Reling gebunden worden. Ihre Hände waren ineinander gefaltet, und es schien, als würden sie beten. Auf den Stirnen waren Zeichen aufgetragen, ein Kreuz umschlossen von einer Pyramide. Die Zeichen schimmerten rot und schwarz im Licht der Lampe. Sie schienen mit dem Blut der Männer gezeichnet worden zu sein.

»Großer Gott, was ist hier nur passiert?« Edmund keuchte.

Peter erwiderte zögerlich: »Das weiß nur der Herrgott allein.«

»Ich glaube nicht, dass unser Herrgott irgendetwas hiermit zu tun hatte«, meinte Theodor.

Plötzlich knallte die Tür zum Gang, der unter Deck führte. Den drei Männern stockte einen Moment der Atem. Der Wind hatte die Tür aufgestoßen. Ihre Blicke waren wie festgenagelt. Sie verharrten in der Erwartung, dass sich jeden Moment etwas in der Dunkelheit regte. Aber es geschah nichts.

Theodor versuchte, nun die Stimme der Vernunft zu sein. »Lasst uns schnell hier verschwinden. Morgen bei Tagesanbruch können wir zurückkommen. Das ist hier zu gefährlich«, schlug Theodor vor.

»Das können wir nicht machen«, entgegnete Edmund. »Wir müssen jetzt herausfinden, was hier vorgefallen ist.«

Peter nickte. »Da stimme ich Edmund zu. Ich denke, diejenigen, die das getan haben, sind von Bord. Seht her, das Beiboot ist weg.«

Theodor war noch nicht vollends überzeugt. »Mag sein, dennoch können wir im Hellen zurückkommen.«

»Nein, können wir nicht. Sollte das hier etwas mit den Franzosen zu tun haben und die tauchen morgen hier auf und finden vier Leichen, was denkt ihr, was dann im Flaschenhals los ist!«, entgegnete Edmund energisch.

»Da geb´ ich Edmund recht«, sagte Peter. »Wir können nicht riskieren, dass die Franzmänner einen Grund bekommen, bei uns einzufallen und am Ende noch einen Schuldigen bei uns suchen.«

»So sei es denn«, gab sich Theodor geschlagen.

Sie gingen langsam auf die dunkle Öffnung zu. Die Tür schlug im Wind auf und zu. Trotz der Kälte bildete sich auf jeder Stirn Angstschweiß. Vorsichtig hielt Peter die Lampe in den Treppengang. Er ging voran, die anderen folgten ihm auf den Tritt. Die Decke war sehr niedrig und sie mussten die Köpfe einziehen. Es roch stark nach faulem, nassem Holz. Dieses Schiff hatte seine besten Zeiten hinter sich. Unten angekommen, betraten sie einen Gemeinschaftsraum. Ein Tisch mit zwei Bänken befand sich im hinteren Teil, vorne rechts waren zwei Hängematten befestigt, wo sich die Besatzung ausruhen konnte. Modriger Geruch, gepaart mit Alkoholdunst, drang ihnen in die Nase. Auf dem Tisch standen ein paar Gläser und auf dem Boden kullerten zwei ausgelaufene Weinflaschen.

»Hier ist nichts, lasst uns wieder hochgehen«, forderte Theodor sie auf. Peter ließ seinen Blick nochmals umherschweifen. Hier war anscheinend wirklich kein Hinweis auf den Hergang an Bord zu finden. Er blickte Edmund an, der ebenfalls andeutete, jetzt wieder an Deck zu gehen. Theodor ging die Treppe voran nach oben, Edmund folgte, während Peter seinen Blick nochmals auf den Boden richtete.

»Wartet! Hier ist etwas seltsam«, rief Peter die anderen zurück. Er deutete auf die Weinflaschen. »Die sind vom Tisch gefallen und ausgelaufen, doch wo ist der Wein hin?« Peter beugte sich herunter und tastete den Boden ab. Er spürte die feuchte Spur des Weines und folgte dieser mit seiner Hand bis zu einer kleinen Lederschlaufe, die an den Boden genagelt war. Er schaute hoch zu Edmund und Theodor, die mittlerweile wieder unten im Raum hinter ihm standen. Beherzt zog Peter an dem Lederriemen und es öffnete sich eine Klappe, die weiter in den Bauch des Schiffes führte. Peter legte sich bäuchlings und hielt die Lampe in das Loch. Etwas Staub war aufgewirbelt worden. Es schien aber niemand dort unten sein. Er reichte Edmund die Lampe und bat ihm: »Hier, halt fest und leuchte mir!«

»Du willst doch nicht ernsthaft da runter klettern?«, fragte Theodor entsetzt.

Ohne ein Wort zu erwidern, sprang Peter in das Loch.

»Gib mir die Lampe!«, sagte er zu Edmund.

Er tastete sich langsam voran und stand plötzlich vor etwas, das mit einem Laken abgedeckt war. Peter stellte die Lampe ab und zog das Laken weg.

»Peter, was ist das? Kannst du was erkennen?«, fragte Edmund.

»Es sind drei Truhen mit Scharnieren, die aussehen, als wären sie vergoldet.«

Die Truhen waren mit Vorhängeschlössern verschlossen. Peter sah sich um und suchte nach etwas, um die Schlösser aufzubrechen. Sein Blick fiel auf eine Eisenstange, die in der Ecke lag. Er griff danach und setzte diese bei einer der Truhen an. Die Stange war lang genug und durch den großen Hebel hatte er keine Mühe, das Schloss aufzubrechen. Er entfernte den Bügel und spürte bereits beim Anfassen des Scharniers, dass es sich hier nicht um ein billiges, vergoldetes Metall handelte. Es hatte ein unglaubliches Eigengewicht. Peter versuchte, den Deckel anzuheben. Mit aller Kraft zog er diesen nach oben. Mit einem lauten Schlag fiel der Deckel auf die andere Seite. Peter griff nach der Lampe und leuchtete den Inhalt aus und traute seinen Augen nicht. Goldmünzen, mit Edelsteinen besetzter Schmuck, Kelche aus schier purem Gold strahlten ihm entgegen. Dazwischen lagen alte Schriftrollen aus Pergament. Die Fassungslosigkeit war ihm ins Gesicht geschrieben.

Edmund rief hinunter: »Was hast du gefunden, was ist da?«

Peter zögerte einen Moment. »Ihr werdet es nicht glauben.«

Kapitel zwei

Der Traum vom Weingut - im Lorch der Gegenwart

Es war wie eine Befreiung, ein Traum, der in Erfüllung ging. Arnold Jäger stand vor den Hofmauern des Weingutes im Rheingauer Städtchen Lorch, das er gerade von seinem Erspartem gekauft hatte. Ein warmer Wind fuhr durch seine Haare, im Hintergrund war das Rauschen des Rheins zu hören. Die Sonne schien kräftig in das Rheintal und tauchte das wunderschöne ländliche Panorama in unverwechselbare, warme Farben.

Wie angewurzelt stand er vor der Mauer und blickte ehrfürchtig an den Steinen entlang. Arnold konnte es immer noch nicht glauben, dass sich sein lang gehegter Jugendtraum jetzt vor ihm erhob. Ein eigenes Weingut. Die Wehmut, dass er hierfür seine Heimat Mecklenburg-Vorpommern verlassen hatte, wo er auf Usedom auf dem elterlichen Bauernhof aufgewachsen war, war wie weggeflogen. Viele Tränen waren geflossen, als er die Insel verließ. Seine Mutter schnaubte Unmengen von Taschentüchern voll, als Arnold aus dem Fenster seines Wagens winkend vom Hof gefahren war. Eine abenteuerliche

Reise hatte für den 32-jährigen Norddeutschen begonnen. Sein Vater hatte bis zuletzt gehofft, ihn doch noch für den Beruf eines Milchbauern zu begeistern. Schließlich hatte er sein ganzes Leben auf dem Hof verbracht und war ein echtes Talent, was das Melken von Kühen anging.

Arnolds Interesse wurde allerdings bereits in Kindertagen in eine andere Richtung gelenkt. Schon früh hatte er gern seinen Großvater beobachtet, der jeden Abend den Tag mit einem Glas Wein beschloss. Pünktlich nach dem Abendessen holte Großvater eine Flasche Wein hervor, nahm ein Glas aus dem Schrank und schenkte ganz langsam ein. Dabei schien er jeden Tropfen, der aus der Flasche rollte, genauestens zu verfolgen. Anschließend hob er das Glas ins Licht und musterte die hindurchschimmernden Farben. Danach steckte er seine große Nase in den Kelch und genoss das Bukett des Weines, während er diesen gekonnt mit der Hand schwenkte. Mit diesem Ritual war es um Arnold geschehen. Er konnte es kaum erwarten, bis er alt genug war, um daran teilzunehmen. Als es endlich so weit war, führte ihn sein Großvater in die große Welt der Weine ein. Während sie abends zusammensaßen, philosophierten die beiden stundenlang über Jahrgänge, Weinbaugebiete und Rebsorten. Immer dazu gehörte ein Schwenk aus Großvaters Jugendtagen in der Nachkriegszeit der ehemaligen DDR, wenn etwas über den Durst getrunken wurde und dabei die ein oder andere lustige Begebenheit stattfand.

Kurz vor Arnolds 18. Geburtstag verstarb sein Opa überraschend. Dieser Verlust hatte Arnold sehr schwer getroffen, bestärkte ihn allerdings umso mehr, sein Leben dem Weinbau zu verschreiben. Dies wollte er nicht nur, um das Andenken seines Großvaters zu ehren, denn er hatte eine wahre Passion zum Wein entwickelt.

Da auf der Insel Usedom Weinbaugebiete sehr rar waren, war schnell klar, dass er das elterliche Nest früher oder später verlassen würde. Arnolds Eltern liebten ihren Sohn sehr, und so wollten sie ihm auf keinem Fall im Weg stehen, wenn es um die Umsetzung seiner Träume ging. So kam es, dass Arnold nach seinem Abitur überlegte, wo er die große Kunst des Weinmachens erlernen konnte. Viele Optionen kamen für ihn nicht infrage, schon immer hatte sein Gaumen eine Vorliebe für den Rheingauer Riesling. Da die Reben schlecht zu ihm kommen konnten, entschied er sich für ein Studium an der Geisenheimer Forschungsanstalt für Weinbau. Sie war sein erster Anknüpfungspunkt mit der Region Rheingau. Schon häufig hatte er die Weine aus der Region gekostet, doch als er das erste Mal vor Ort war, entfachte eine neue Liebe, die ihn nicht mehr losließ.

Nachdem er das Studium des Weinanbaus erfolgreich abgeschlossen hatte, zog es ihn vorerst wieder nach Mecklenburg, wo er auf dem elterlichen Hof arbeitete und jeden Cent sparte, um sich den Traum eines eigenen Weingutes irgendwann zu erfüllen.

Jetzt war es soweit. Von einem alten Bekannten aus Studienzeiten hatte Arnold erfahren, dass in Lorch ein Weingut zum Verkauf stand. Die dazugehörigen Weinbergflächen waren perfekt für ihn, um mit seinen überschaubaren Mitteln seinen Traum zu verwirklichen.

So stand er nun da, blickte auf sein Refugium und konnte die Gefühle der Freude kaum verbergen. Durch seinen Drei-Tage-Bart schimmerte ein ständiges Lächeln. Das kleine Anwesen war wie aus dem Bilderbuch. Das Haupthaus aus Stein bebaut mit einem Schieferdach. Der Hof mit Kopfsteinpflaster ausgelegt und überall rankte sich Wilder Wein die Wände hoch.

Er atmete tief ein und aus. Das kam von der Nervosität, denn jetzt ging es ans Eingemachte. Die vor ihm liegende Arbeit war nicht zu unterschätzen, denn seit vielen Jahren war das Weingut nicht mehr richtig bewirtschaftet worden. Eine riesengroße Unordnung galt es, in den Griff zu bekommen. Die Gerätschaften hatten ihre besten Zeiten hinter sich und der Traktor im Hof war wahrscheinlich das letzte Mal in den 50er-Jahren angesprungen. Die dicke Eichentür zum Weinkeller sah aus, als wäre sie seit Jahren nicht mehr geöffnet worden, so verrostet waren die schweren Scharniere. In allen Räumen des Wohnhauses roch es modrig und ein bisschen vergammelt. Aber dies störte Arnold recht wenig. Ein gesunder Enthusiasmus gehörte einfach dazu.

Arnold schritt durch den Torbogen der Hofeinfahrt und betrat sein neues Zuhause. Jeder

Schritt fühlte sich an wie der Gang in eine unbekannte Zukunft und er war ängstlich und euphorisch zugleich. In der Ecke stand ein alter Strohbesen. Er schritt auf ihn zu, schnappte ihn sich und begann, den Hof zu fegen. Arnold spitzte die Lippen und begleitete sein Tun mit einem munteren Liedchen.

Dabei bemerkte er nicht, dass er plötzlich einen Zuschauer bekam. Nachbar Willi Laggei stand im Torbogen und verfolgte amüsiert sein Treiben.

»Des sieht gut aus, was Se do mache, abber ich denk´, wenn Sie mit dem klaane Bese´ des alles hier uffrahme wolle, komme´ Se sischer in de nächste Jahr´ nit zum Woi´ mache«, rief Willi mit unverwechselbarem Lorcher Akzent über den Hof.

Arnold, kurz überrascht einen Zuschauer, zu haben, erwiderte: »Irgendwo muss ich ja anfangen. Ich habe jetzt so lange auf mein eigenes Weingut gewartet, da ist es nicht schlimm, wenn ich die nächsten zwei Jahre noch mit Fegen verbringe.«

Der Mann grinste und kam auf Arnold zu.

»Ich bin de´ Willi von nebe´ an.«

»Freut mich, ich bin Arnold aus Mecklenburg.«

»Melckleburg? Ei, was verschlägt Sie dann hier in de´ Rheingau? Habt ihr keine Küh´ mehr zum Melke?«

Arnold lachte. Ihm gefiel der direkte Humor des Einheimischen. Genauso hatte er die Menschen hier in seiner Studienzeit kennengelernt. Ehrlich, authentisch und immer mit einer Prise Humor. Der herrliche Dialekt untermalte den sympathischen Eindruck.

»Doch, doch, die Kühe sind uns in Mecklenburg noch nicht ausgegangen. Aber irgendwie hatte ich schon immer den Drang, durch die Weinberge zu klettern anstelle Kühe zu melken.«

»Jo, des kann ich verstehe´ - do kimmt jo ach nur Milch naus und nit das gute Stöffche, was mir hier Riesling nenne´.«

Es war nicht zu übersehen und kein Zweifel, dass hier eine gute Basis für eine freundschaftliche Nachbarschaft entstand.

»Ei, komm´ Bub´, jetzt mach´ Paus´ und komm´ mit nübber bei misch. Do ziehe mir en´ schee Flasch´ Lorcher Woi uff und babbele en bissje.«

Obwohl Arnold gerade voll in seinem Element war und seine Energie jetzt gern für seinen Hof genutzt hätte, nahm er die Einladung dankend an. Ein Nachbarschaftsverhältnis sollte nicht damit starten, dass eine nett gemeinte Einladung auf ein Glas Wein ausgeschlagen wurde.

»Aber gerne. So ganz weiß ich eh noch nicht, wo ich anfangen, geschweige denn weitermachen soll. Da können wir auch zuerst eine gute Grundlage mit einem Glas Wein schaffen«, sagte Arnold und lächelte.

»So muss des sein … aber ein Glas is´ gut, zwei sin´ besser - uff einem Bein kann mer schließlich auch nit stehe«, sagte Wille und grinste dabei übers ganze Gesicht.

»Auf geht´s!«, rief er, drehte sich um und bog nach rechts zu seinem Haus ab. Arnold folgte den schnellen Schritten seines neuen Nachbarn.

Ein neuer Freund

Am Haus angekommen, zog Willi die alte, rostige Tür zum Vorgarten auf und bat seinen Gast hinein. Im Garten blieb er kurz stehen.

»So, do sind mir, willkommen auf Laggei´s Hof«, sagte er schmunzelnd.

»Schön habt ihr es hier«, erwiderte Arnold und blickte sich um. Der Garten war sehr geschmackvoll angelegt. Überall blühten Blumen und es roch nach frisch gemähtem Gras. In der Mitte des Gartens stand eine alte, stilvoll bepflanzte Weinkelter. Strauchgewächse rankten aus der alten Weinmacher Gerätschaft heraus, die ihren ursprünglichen Dienst wohl schon lange hinter sich gelassen hatte. Willis Haus war im Fachwerkstil gebaut und musste mehrere hundert Jahre alt sein. An der Hauswand drängten sich dezent zugeschnittene Sträucher. Es war ein richtiger Ort zum Wohlfühlen. Arnold spürte, dass hier jemand sehr viel Liebe in die Gestaltung seines Heims gesteckt hatte.

»Schee´ habe mir es hier?«

»Auf jeden Fall, ich bin beeindruckt. Steckt viel Liebe drin.«

»Jo, und vor allem Schweiß. Das ganze Kraut hier ringsrumm wächst wie blöd und will fast jed´ Woch´ geschnitte´ werde«, flachste Willi. »Auf komm´, ab in die Stub´, ich hab´ was Feines für uns!«

Arnold nickte. »Na dann, auf geht´s!«

Willi schritt wieder voran rechts am Haus vorbei in einen Hinterhof. Der Vorgarten hatte es Arnold schon richtig angetan und der Hinterhof stand dem in nichts nach, stellte er überrascht fest. Willi hatte hier eine kleine Weinlaube errichtet, an der sich Reben an verschiedenen Gestängen nach oben rankten. Der Anblick traf voll und ganz Arnolds romantische Ader. Hier konnte man viele schöne Stunden verbringen.

Willi zog eine Holztür auf, die offensichtlich in seinen Weinkeller führte. Sowie der Gang nach unten offenstand, drang der unverwechselbare Kellergeruch in Arnolds Nase. Wie sehr liebte er dieses Aroma. Diesen Duft gab es wirklich nur hier, wo der Wein tatsächlich wuchs und Keller in die Felsen geschlagen wurden.

»Auf, komm´ mit. Mir gugge mo´, was mir im Keller finde´!«, forderte Willi Arnold auf.

Er schaltete das Licht ein. Es war gedimmt und leuchtete den Treppengang gerade eben aus. Unten angekommen, bot sich Arnold ein wahres Mekka für Weinliebhaber. An allen Wänden waren Holzregale montiert und boten eine große Auswahl verschiedenster Weine. Man konnte Willi ansehen, dass er sehr stolz auf seine Sammlung war. Er schritt am Regal entlang und musterte die Flaschen mit seinem geschulten Blick. Er wollte seinem neuen Nachbarn schließlich ein besonderes Tröpfchen anbieten. Ein echter Lorcher wollte sich schließlich nicht lumpen lassen.

Willi blieb am Ende des Regals stehen und zog eine Flasche heraus. Wieder musterte er das Etikett.

»Hier hab´ ich was für uns zwei Hübsche´.« Dabei grinste er bis über beide Ohren. »Ein feine´ Riesling von ´88.«

»Das hört sich gut an, kannst du diesen Jahrgang demnach empfehlen?«

»Lorcher Jahrgäng sin´ alle zu empfehlen«, scherzte Willi, »aber ich such´ immer gern´ ein Jahrgang aus, zu dem es ein bissje was zu erzähle´ gibt.«

»Okay, dann scheint es wohl zu dem Jahrgang einiges zu erzählen zu geben. Wie ich sehe, liegen hier jede Menge Flaschen aus dem Jahr?«

»Ei jo, musste so sehe´, das ist ein bissje sinnbildlich. 1988 hatte unser Vadder Rhein es rischtisch gut mit uns gemeint und ein schönes Hochwasser nach Lorch geschickt. Da hab´ ich mir gedenkt, leg´ ich mir auch bissje mehr Brüh´ in de Keller, kann nix schade.«

Arnold musste laut lachen, denn den sinnbildlichen Vergleich von Hochwasser zu Wein empfand er als urkomisch. Diese lustige Ader passte sehr zu Willi. Irgendwie hatte alles mit Wein, Lorch und dem Rhein zu tun. Aus allem konnte Willi entweder einen guten Scherz oder schöne Geschichte entstehen lassen. Arnold fühlte sich in seiner Gesellschaft immer wohler und eine große Erleichterung machte sich in ihm breit. Noch vor einer viertel Stunde hatte er allein vor seinem Weingut gestanden und versucht, seine Nervosität mit Fegen zu vertreiben. Jetzt war er bereits in netter Gesellschaft und die erste gute Freundschaft schien unter Dach und Fach zu sein.

Willi griff unterdessen in einen alten Holzschrank, der an die Kellerwand geschraubt war. Zum Vorschein kamen zwei Weinrömer aus schönem, grün schimmerndem Glas, verziert mit der Lorcher St.-Martins-Kirche.

»Auf, Bub´, mir werden nit jünger.« Mit diesen Worten ging Willi zügig wieder nach oben. Arnold nahm noch einen tiefen Zug von der Kellerluft, bevor er ihm folgte. Die beiden nahmen in der Weinlaube auf einer schweren Holzbank Platz. Willi entkorkte die Weinflasche, schnupperte prüfend am Korken, schenkte einen kleinen Schluck in den Römer und trank vorweg, damit er sichergehen konnte, dass der Wein gut war und nicht nach Kork schmeckte. Der Wein bestand den Test und Willi goss großzügig ein.

»Auf unser Wohl!«

»Prosit!«

Die beiden stießen an und nippten genüsslich an ihren Römern.

Arnold berichtete Willi von seiner Heimat Mecklenburg und den Motiven seines Umzuges. Willi hörte aufmerksam zu, denn es kam nicht häufig vor, dass ein Norddeutscher sich in Lorch niederließ, um ein Weingut wieder aufblühen zu lassen. Normalerweise gaben sich die Generationen die Klinke in die Hand und die Weingüter wurden über viele Jahre im Familienbetrieb bewirtschaftet.

Während sie sich unterhielten, entging ihnen, dass die Sonne langsam unterging. Willi präsentierte seinem Gast einen Jahrgang nach dem anderen. Was mit dem 88er-Jahrgang begann, ging über 1990, 1995 bis 2002. Je jünger die Weine wurden, desto redseliger wurde Willi - oder es lag einfach nur am steigenden Alkoholpegel. Jeden Jahrgang kredenzte er mit einer spannenden Lorcher Geschichte. Besonders 1990 war ein erhellendes Thema für beide. Willi erzählte, wie nach der Wende viele DDR-Bürger nach Lorch kamen und hier ein neues Zuhause gefunden hatten. Vorurteile gegen die »Ossis« waren immer präsent, doch nachdem sie sich eingelebt und als tüchtige neue Mitbürger erwiesen hatten, die ebenfalls gern einen Schoppen tranken, war eine neue Gemeinschaft entstanden. Arnold erinnerte sich ebenfalls gut an diese Zeit. Viele seiner Nachbarn und Freunde waren in dieser Zeit in den Westen gegangen, um neues Glück zu finden. Einige kehrten enttäuscht zurück und andere fanden irgendwo irgendetwas und wurden nicht mehr gesehen.

Als sie den 2002er-Riesling ausgetrunken hatten und Willi bereits in den Startlöchern für das nächste gute Tröpfchen mit passender Geschichte stand, winkte Arnold ab und sagte: »Oh Willi, ich brauche eine kulturelle Pause. Wenn wir noch eine Flasche aufziehen, habe ich morgen vergessen, was in der ersten war.«

»Kein Problem, mir müsse´ schließlich nit de´ ganze Keller leer mache«, erwiderte Willi ganz entspannt. »Schließlich wohnst du jetzt nebe´ an und wir werde´ noch sicher das ein oder andere Tröpfche´ aus ´ em Keller hole.«

»Auf jeden Fall, vielen Dank für den munteren Abend«, sagte Arnold lächelnd.

»Gern´, hat mir auch Spaß gemacht. Mit meiner Frau kann ich das nit mache´. Spätestens nach de´ zweit´ Flasch´ Riesling geht das Gemecker los, ich soll nit so viel saufe.« Dabei zwinkerte Wille schelmisch und gab´ Arnold einen Klaps auf den Rücken.

»Ich geh dann, hoffentlich finde ich noch den Weg nach Hause. Meine Welt dreht sich ein wenig«, sagte Arnold zum Abschied.

»Na siehste, das is´ ein Zeiche´ für ein gute Wein. Jetzt wart´ noch en Moment, ich hol´ dir noch was.« Willi verschwand noch einmal in seinem Weinkeller und kehrte nach ein paar Minuten mit einer verstaubten Flasche zurück. »Schau´ hier, das hier ist einer meiner wohlbehütetsten Schätze, hab´ ich nicht mehr viele davon. Die trägst du jetzt direkt in deine´ Weinkeller runter und auf dem Niveau soll dein Keller wachsen.«

Arnold war sichtlich gerührt. »Vielen Dank, das ist wirklich nett von dir. Jetzt habe ich aber gar nichts für dich.«

»Macht nix, wenn du deinen erste Jahrhundertwein gezoge´ hast, stellst du mir ein Fläschje´ zurück in meinen Keller.«

Arnold grinste, nahm dankend die Flasche entgegen und verschwand um die Ecke in Richtung

Vorgarten. Behutsam bewegte er sich leicht schwankend auf dem schmalen Pfad durch den Garten in Richtung Tor. Der Alkohol hatte seine Spuren hinterlassen. Ihm war allerdings nicht unwohl dabei, etwas über den Durst getrunken zu haben. Es war ein anregender und sehr informativer Abend gewesen. Arnold hatte in den vergangenen Stunden viel über seine neue Heimat Lorch gelernt und dabei einen Vorgeschmack auf den hervorragenden Rebensaft bekommen, der hoffentlich bald in seinem eigenen Keller reifte.

Der schicksalhafte Fund

Die wenigen Schritte hinüber zu seinem Hof kamen ihm endlos vor. Die frische Luft schien den Alkoholpegel in seinem Blut noch anzusteigen zu lassen. Er achtete auf jeden Schritt, damit er nicht Bekanntschaft mit dem Straßenbelag machte. Wenn Arnold in der geselligen Stimmung eines gelernt hatte, war es sicher die Erkenntnis, dass man in einer Weingegend seinen Durst im Zaum halten musste und sich nicht voll dem Genuss hingeben durfte. Nun denn, dachte Arnold und ging vorsichtig über die Straße zu seinem Hof. Im Hintergrund hörte er Willi ein fröhliches Liedchen trällern. Arnold grinste und freute sich, dass der Wein nicht nur bei ihm seine Spuren hinterlassen hatte. Wobei Willi jeden Ton des Liedes zu treffen schien und er selbst Schwierigkeiten beim Vorankommen hatte.

Endlich angekommen, steuerte Arnold in Richtung Weinkeller. Vorsichtig stellte er die Flasche ab und zog hochmotiviert an der schweren Eichentür. Mit lautem Knarren öffnete sich die schwere Tür und der modrige Geruch seines eigenen Weinkellers erfüllte seine Nase. Arnold schaltete das diffuse Licht an. Von unten hörte er es rascheln. Wahrscheinlich waren die Mäuse und Ratten in ihrer Nachtruhe gestört worden und machten sich auf, um ein Versteck zu suchen. Andere ließen sich wohl bei ihrer Mitternachtsmahlzeit nicht stören und verspeisten alles, was sich im Keller in den Ecken fand. Ein Mensch bei nüchternem Verstand würde sich jetzt sicherlich angesichts eines dunklen Kellers und der Geräusche gruseln. Arnold aber war zu betrunken, um sich zu fürchten.

Als er die nächste Tür geöffnet und das Licht angeknipst hatte, holte Arnold die Flasche, die er, wie von Willi angeregt, als ersten Wein in seinem Keller deponieren sollte. Leicht taumelnd machte er sich an den Abstieg, fing sich aber sofort wieder. Er griff die Flasche am Hals, hielt sie einen Moment dicht vor sein Gesicht und versuchte, das Etikett zu entziffern. Er war allein und es wäre doch ein schönes Ritual, jetzt einen Korkenzieher zu holen und das feine Tröpfchen direkt zu öffnen, anstatt es für Jahre in die Verbannung eines dunklen Weinkellers zu schicken. Arnold schüttelte den Kopf und wandte sich von dem Gedanken ab.

»Nein, nein, nein«, nuschelte er, »der Willi hat mir den Wein für den Keller geschenkt und da kommt er jetzt runter.«

Er bemerkte selbst, dass er lallte, und grinste amüsiert.

Arnold stapfte die Treppe hinunter. In der linken Hand hielt er die Weinflasche vor seiner Brust, damit ihr in dem engen Treppengang kein Schaden widerfuhr. Mit der anderen Hand fuhr er am Handlauf des Gangs hinunter und versuchte das Gleichgewicht zu halten. Unten angekommen, überlegte er, welcher Platz wohl der beste für sein Präsent war.

»Mmmmhhh, woll´n doch mal sehen, wo wir hier ein gemütliches Plätzchen für dich finden.«

Arnold wankte durch den schmalen Kellergang. Der Boden war mit alten, hölzernen Weinkisten vollgestellt und er schob sie mit dem Fuß beiseite. Er ging immer tiefer in den verzweigten Weinkeller hinein. Der Geruch von den vergammelten Holzfässern wurde immer intensiver, je tiefer er in den Felsenkeller vordrang. Am Ende eines kleinen Nebenganges stand neben einem großen Eichenfass ein Weinregal mit ein paar wenigen leeren Flaschen. Arnold stellte seinen Wein vor dem Fass ab und wollte sie ausräumen, um Platz für sein Geschenk zu machen. Behutsam nahm er eine nach der anderen heraus und stellte sie auf dem Boden ab, als plötzlich die Lampen zu flackern begannen. Ein Surren ertönte, das von der Elektrik zu kommen schien. Mit einem Mal wurde es dunkel. Trotz des ordentlichen Alkoholpegels beschlich Arnold ein unangenehmes Gefühl. Die Dunkelheit verstärkte jedes schaurige Geräusch im Keller. Das Knarren des modrigen Holzes der Fässer wurde immer lauter und Arnold nervöser. Schlagartig wurden seine Sinne wieder klar. Arnold versuchte, einen festen Punkt zu ertasten, und seine Hände fanden das schwere Eichenfass. Sogar für einen gestandenen Norddeutschen wie ihn war diese Situation mehr als beängstigend. Er versuchte, sich langsam vorzutasten und sein Fuß erfasste die am Boden stehende Flasche. Durch diesen zusätzlichen Schreck kam Arnold aus dem Gleichgewicht, er fiel nach vorn und krallte sich dabei an das Fass. Dessen morsches Holz gab nach und die Stützen des Fasses brachen ein. So kam es in Bewegung und rollte zur Seite. Arnold versuchte, seine Gliedmaßen in Sicherheit zu bringen, und drehte sich in die entgegengesetzte Richtung. Es polterte und rumpelte in der Dunkelheit. Schützend hielt Arnold Arme und Hände über den Kopf, bis kein Laut mehr zu hören war. Als es wieder still war, surrte kurz die Elektrik und das Licht ging wieder an. Arnold ließ langsam die Hände wieder sinken und blickte erleichtert hoch. Das Fass war gute zwei Meter zu Seite gerollt. Er schaute nach Willis Weinflasche, die offensichtlich alles heil überstanden hatte. Arnold kroch auf sie zu, fasste sie und kontrollierte, ob sie nicht doch Schaden genommen hatte. Alles schien in bester Ordnung, was ihm ein Lächeln auf die Lippen zauberte. Er erhob sich und wollte gerade die Flasche auf den auserkorenen Platz legen, da fiel ihm ein Loch auf, das hinter dem schweren Eichenfass zutage gekommen war. Er legte die Flasche ins Regal und trat auf das Loch zu, das einen knappen Meter über dem Boden in die Felswand geschlagen war. Arnold versuchte, etwas zu erkennen. Spinnweben zogen sich über die Öffnung. Sie waren ganz und gar von Staub bedeckt. Diese Öffnung hatte wohl Jahrzehnte lang kein Licht mehr gesehen. Mit der Hand strich er vorsichtig die Spinnweben beiseite und tastete vorsichtig in die Öffnung. Er spürte etwas Glattes, Schweres, womöglich Metallähnliches. Seine Fingerspitzen versuchten, den Gegenstand weiter zu identifizieren. Er umfasste den Gegenstand und zog ihn heraus. Es war eine Art Becher, verstaubt und verdreckt, sodass er die Beschaffenheit der Oberfläche nur schwer erkennen konnte. Arnold hielt den Becher ins schummrige Licht. Das Gefäß war richtig schwer, er konnte nicht richtig einschätzen, was er dort in der Hand hielt. Er stellte den Becher ab und griff erneut in das Loch. Am Ende ertastete er etwas, das sich wie Leder anfühlte. Er zog es heraus, und in der Tat handelte es sich um ein Buch in einem dicken Ledereinband. Arnold wischte den Staub von dem Einband und hielt das Buch ebenfalls ins Licht. Er konnte kaum etwas erkennen. Wie in einen Bann gezogen von seinem Fund, ging er in den vorderen Teil des besser ausgeleuchteten Kellers. Langsam hob er den Buchdeckel und blickte auf handgeschriebene Seiten in altdeutscher Schrift. Diese Schrift wurde schon lange nicht mehr verwendet und für jemanden, der dieser nicht mächtig war, war sie schwer zu entziffern. Arnold konzentrierte sich und versuchte, die ersten Zeilen zu lesen.

Lorch im Freistaat Flaschenhals, 15. Oktober 1921

Dies sind die Aufzeichnungen von Peter Baum und derer, die gewillt sind, unsere Heimat zu schützen und das, was wir entdeckt haben, so lange zu bewahren, bis alle Gefahr gebannt ist.

Arnold rümpfte die Nase und fuhr sich mit der Hand durch das Gesicht, als wolle er den Alkohol aus seinen Sinnen vertreiben. Zu spannend empfand er seinen Fund und wollte mehr aus dem Buch erfahren. Er ging die Treppe nach oben. Gebannt blickte er auf die Buchstaben und versuchte, im schummrigen Licht mehr zu erkennen, während er weiterlief. Oben angekommen, machte er sich nicht mal die Mühe, die Tür zum Keller zu schließen. Mittlerweile war es komplett finster und die Luft eiskalt geworden. Arnold störte dies nicht. Er war fasziniert von seinem Fund und ging wie in Trance zum Wohnhaus. Seine Blicke wichen keine Sekunde von dem Buch, während er die Küche des Hauses betrat, sich an den Tisch setzte und die kleine Lampe über dem Küchentisch einschaltete. Je länger er sich auf die altdeutschen Zeichen konzentrierte, desto mehr konnte er entziffern.

Wir haben es geschafft, meine mutigen Mitstreiter und ich, konnten die Fundstücke sicher nach Lorch in ein erstes Versteck bringen. Noch immer sind unsere Gedanken vergiftet von dem Grauen, welches wir auf dem

Schiff vorgefunden haben. Das Leben, was dort ausgelöscht wurde, tötete auch einen Teil der Unschuld, die wir alle in uns tragen. Das Schicksal hat uns allerdings eine Aufgabe in dieser Nacht erteilt. Wir haben uns gestellt und sind großen Mutes dieser schweren Bürde Herr geworden. Ich danke dem Herrn, dass ich in dieser Nacht nicht allein am Rhein in die tiefschwarzen Fluten stechen musste.

Jetzt ist es wichtig, die Sicherheit unserer Heimat und aller Menschen zu bewahren. Sollten die Franzosen bemerken, was sich in dieser Nacht zugetragen hat, werden sie in unseren Freistaat einmarschieren. Unter fadenscheinigsten Gründen versuchen sie, immer wieder die offiziellen Vereinbarungen zu umgehen. Ein solch grausiges Verbrechen würde ihnen ein Grund liefern, um mit dem Vorwand »zum Schutze aller« die Besetzung vorzunehmen. Diesem Unterfangen werden wir zuvorkommen.

Pfarrer Pfaff kam sofort nach unserem Rufe. Wir brachten die Toten auf den Lorcher Friedhof. Der Pfarrer erteilte ihnen die Sakramente und erbat bei dem Herrn eine verdiente Ruhe für die geschundenen Körper. Nie werde ich das Bild aus meinem Kopfe bekommen, wie drei der vier mit ihren Hälsen an der Reling aufgeknüpft worden waren, die Hände wie zur Buße gefaltet und gezeichnet mit einem blutigen Kreuz, umschlossen von einer Art Pyramide. Es schmerzt meine Seele, dass wir ihnen kein würdiges Andenken errichten können, geschweige ihrer Namen zu gedenken, doch die Sicherheit der Menschen hier in Lorch steht über allem.

So sei es denn, dass wir nun das Wrack vom Rhein bergen und dieses weiter nach Kaub überführen, um es so schnell wie möglich aus dem Staat zu schaffen. Sicherlich werden uns ein paar dankbare Schiffsführer mit ein paar Kisten Wein den Kahn im Schlepptau aus dem Sinne schaffen.

Während ich nun hier auf meinem Weingut sitze und über diese Zeilen sinniere, denke ich an meine geliebte Frau Maria. Nicht ungefährlich war heute diese Situation, und bei all dem, was wir gesehen und erlebt haben, hätte ich sie auch zur Witwe machen können. Ich hätte es mir im Himmelreich nie verzeihen können, meine Familie hier allein zurückzulassen. Umso wichtiger ist die Zukunft, dass diese ein sicherer Hafen für meine Lieben wird. Maria, unsere Tochter, die im Hofe spielt und unser Kind, welches im Januar hoffentlich gesund das Licht der Welt erblickt.

Ich versuche, jetzt zu schlafen, und bete um friedvolle Träume, die sich anstelle der bösen Erinnerungen setzen, die mir die Anblicke auf dem Rhein heute bescherten. Morgen kommen wir wieder zusammen und überlegen, wie wir das, was uns die Dunkelheit offenbarte, einem sicheren Ort zuführen können.

Besuch im Weingut

Arnold ließ ab von den Zeilen und blickte aus dem Fenster hinunter zum Rhein. Er atmete tief durch und versuchte, die Zeilen, die er gerade gelesen hatte, zu verarbeiten. Was wohl damals passiert war? War dies Fiktion oder Wahrheit? Die Gedanken kreisten durch seinen Kopf. Was vor allem bedeutete dieses ominöse *»Das, was da vor uns liegt?«*

Arnold blätterte etwas weiter nach hinten in dem Tagebuch, wollte weiterlesen. Doch er spürte jetzt, wie die Müdigkeit die Kontrolle übernahm. Er nahm sich vor, gleich am nächsten Morgen zu Willi hinüberzugehen und ihm das Buch zu zeigen. Dann schlug er den Ledereinband zu und legte das Buch beiseite. Auf dem Weg ins Schlafzimmer blickte er in den alten Spiegel im Hausflur, schaute sich in die Augen und wusste selbst nicht genau, was er sich fragen wollte. Die Zeilen in dem Tagebuch lösten eine seltsame Stimmung bei ihm aus. Es fühlte sich bedeutsam an und zugleich beängstigend. Was hatte sich hier in dieser Stadt vor so vielen Jahren zugetragen? Arnold ging weiter ins Schlafzimmer und legte sich in voller Montur auf die Bettdecke. Er starrte noch ein paar Sekunden die Decke an, die durch den Mondschein, der durch das Fenster einfiel, hell erleuchtet war, bis er in einen tiefen Schlaf glitt.

Als die Turmuhr der Sankt-Martins-Kirche 9 Uhr schlug, begann Arnold sich zu regen. Sonnenstrahlen tanzten durch das geöffnete Fenster und er drehte sich nochmals auf die Seite, um dem Lichteinfall auszuweichen. Mit einem lauten Stöhnen griff er sich an den Kopf. Der wenige Schlaf und die paar Liter Wein am Vorabend machten sich deutlich bemerkbar.

Mit lautem Hupen fuhr plötzlich ein Auto durch die Hofeinfahrt. Arnold erschrak und fuhr wie von einer Tarantel gestochen hoch. »Was ist das für ein Krach am Morgen?«, schimpfte er.

Die Antwort ließ nicht lange auf sich warten. Arnold rappelte sich hoch und trat ans Fenster. Der elterliche Lieferwagen mit Mutter und Vater darin war vorgefahren. Seine Mutter lehnte sich aus dem Beifahrerfenster und winkte Arnold zu.

»Hallllоооо, mein Schatz, wir sind da!«, jubelte sie aus voller Kehle.

Arnold grinste und winkte verhalten zurück. Der Schlaf, gepaart mit dem Riesling, steckte noch in seinen müden Knochen. Er hatte über dem Gelage mit Willi völlig vergessen, dass seine Eltern sich für heute angekündigt hatten. Grundsätzlich war es nichts Schlechtes, denn schließlich wollten sie helfen, sein Weingut auf Vordermann zu bringen. So sehr sich Arnold freute, sie zu sehen, hätte er im Gegenzug gern noch die ein oder andere Stunde länger im Bett gelegen und seinen Kater auskuriert.

Er machte sich auf den Weg nach unten in den Hof. Dabei fiel sein Blick auf das Tagebuch, das noch auf dem Küchentisch lag. Er nahm es zur Hand und ließ einen nachdenklichen Blick darüber schweifen.

»Arnold, kommst du jetzt mal langsam nach unten?«, dröhnte es nochmals von draußen.

»Ja, ja! Ich bin schon auf dem Weg!«, rief Arnold und ging schnell zu seinem Regal, um das Buch zwischen seinen Lehrbüchern über Weinbau zu verstauen.

Als er den Hof betrat, nahmen seine Eltern ihn in freudiger Erwartung in Empfang.

»Komm´ her mein Schatz, ich hab´ dich so vermisst.«

»Mensch Mutti, ich bin doch erst ein paar Tage weg, außerdem solltest du dich doch langsam daran gewöhnen.«

»Eine Mutter gewöhnt sich nie daran, jetzt komm´ her, mein Kind und lass dir einen Kuss geben.«

Mit diesen Worten zog sie ihn heran und drückte ihm einen lauten Schmatzer auf die Wange. Arnold machte dabei ein Gesicht, als ob er in eine reife Zitrone gebissen hatte. Sein Vater schritt ein und kam seinem Sohn zu Hilfe.

»Jetzt lass´ doch mal den Jungen los, der kriegt ja einen Schaden von deinem Geknutsche.«

Er legte den Arm um seinen Sohn und drückte ihn ebenfalls.

»Hui, mein Junge, da hat aber einer tief ins Glas geschaut, duftest wie ein ganzes Weinfass«, bemerkte Arnolds Vater treffend.

»Ich hab´ gestern neue soziale Kontakte geknüpft.«

»Aha, müssen wir da was wissen, ist vielleicht schon eine Winzerin am Horizont zu sehen?«, fragte der Vater mit einem Augenzwinkern.

»Oh ja, eine sehr schicke Winzerin, fast siebzig Jahre alt und sie heißt Willi«, antwortete Arnold.

»Du hattest schon immer einen guten Geschmack«, konterte der Vater.

Seine Mutter schaltete sich dazwischen. »Jetzt lass´ den Jungen. Wer Wein machen will, muss auch probieren können.«

Arnold nickte zustimmend.

Er freute sich natürlich über den Besuch der Eltern. Allein wäre er dem Chaos nur sehr schwer Herr geworden. Bevor es an die Arbeit ging, fuhr Arnold zum Bäcker, um etwas fürs Frühstück zu holen. Die Fahrt von Mecklenburg nach Lorch war nicht einfach mal eben zu bestreiten. Knapp 900 km hatten die Eltern in der Nacht vom heimischen Hof auf der Insel Usedom nach Lorch zurückgelegt, um ihrem Sohn in seiner neuen Heimat unter die Arme zu greifen. Während des Frühstücks erzählte Arnold von seinem neuen Nachbarn Willi Laggei. Die Eltern freuten sich, dass ihr Sohn gleich Anschluss gefunden und einen guten Draht zur Nachbarschaft entwickelt hatte.

Seinen Fund im Weinkeller erwähnte Arnold mit keiner Silbe. Irgendwie schien ihm das, was er gefunden hatte, noch nicht ganz real zu sein, zudem war der Anfang von Baums Tagebuch alles andere als eine Gute-Nacht-Geschichte. Seine Mutter war eine recht weiche Seele, und wenn er mit solch´

dramatischen Geschehnissen aus der Vergangenheit am Frühstückstisch aufwartete, wäre dies alles andere als gut für die psychische Verfassung seiner Mutter, die sowieso schon damit zu kämpfen hatte, dass ihr Sohn fast 900 km von der Heimat entfernt nach Lorch gezogen war. Also beschränkte er sich darauf, ihnen von seinem neuen Nachbarn, der Stadt und der wunderschönen Region, die er bereits zu seinen Studienzeiten lieben gelernt hatte, zu berichten.

Anschließend starteten sie mit den Aufräumarbeiten. Arnolds Mutter nahm sich das Wohnhaus vor, Vater und Sohn suchten sich gröbere Aufgaben und widmeten sich dem Mammutprojekt, Hof und Keller zu entrümpeln.

Während sie bei der Arbeit waren, schallte durch das Hoftor ein lautes »Ei Gude«. Arnold konnte den Ausruf gleich zuordnen, drehte sich um und erblickte einen grüßenden Nachbarn Willi im Torbogen.

»Na Bub, geht´s gut?«, wollte Willi wissen. Es zwinkerte und lächelte dabei. Natürlich spielte er auf den gestrigen Abend und den zünftigen Weinverzehr an.

»Alles gut, mein Lieber, wir Norddeutschen sind hart im Nehmen.«

»Jo, des hab´ ich gesehe, hast mir de´ halbe Keller ausgetrunke´.«

… Papa Jäger kam um die Ecke, um zu sehen, wer zu Besuch kam.

»Moin, ich bin der Paul, Arnolds Vater.«

»Hallo, freut´ mich, ich bin de´ Willi von nebe´an, de´ neue Nachbar.«

»Ja, die Freude ist ganz auf meiner Seite. Habe schon viel von dir und deinem Weinkeller gehört«, spielte Paul auf den gestrigen Abend an.

»Jo, dein Bub und ich haben ein umfassendes Kennenlernen auf die gute Lorcher Art zelebriert«, sagte Willi lachend und imitierte dabei mit seiner Hand ein Weinglas, welches er zum Mund ansetze. »Ei, ich würd´ sagen, sechs Händ´ schaffe mehr als vier. Kann ich mit anpacke´?«, fragte Willi.

Arnold nahm das Angebot gern an, schließlich war mehr als ausreichend Arbeit zu tun. »Sei mir willkommen!«, erklärte er freudestrahlend.

Die drei kamen bis zur Dämmerung gut voran, bis Arnolds Mutter sie zum Abendessen rief.

»Das ist doch Musik in meinen Ohren«, erklärte Paul erfreut.

»Kannst du laut sagen, haben wir uns redlich verdient. Willi, kann ich dich davon überzeugen, heute Abend mein Gast zu sein? Ich kann zwar noch nicht mit so einem tollen Weinkeller aufwarten wie du, aber ich hab´ gesehen, dass mein Vater eine Kiste norddeutsches Bier im Kofferraum hierher geschmuggelt hat.«

»Sag´s aber nicht deiner Mutter«, scherzte Paul und zwinkerte dabei schelmisch.

Willi ließ sich das natürlich nicht zweimal sagen. Schließlich war er eine gesellige Frohnatur, die solche Gelegenheiten nicht verstreichen ließ.

»Ei, natürlich erweise ich euch die Ehre meines Besuches. Soll ich mich noch in Schale werfen?«

»Ach was, so weit kommt´s noch. Hier gibt´s kein Garderobenzwang.«

»Na, dann is´ ja gut. Den einzige Anzug den ich hab´, hat ich´s letzte Mal bei meiner Kommunion an«, scherzte Willi.

»Na denn, auf geht´s zum Essen fassen«, forderte Paul die beiden anderen auf.

»Geh´ schon mal vor, Papa, wir kommen gleich. Ich möchte Willi noch etwas zeigen.«

»Geht klar, deine Mutter wird eh Hilfe beim Tisch decken brauchen.« Paul wandte sich um.

Arnold blickte ihm einen Moment hinterher und drehte sich zu Willi. »Ich habe noch eine Frage an dich, weißt du Genaueres über die Familie, denen das Weingut vorher gehört hat?«

»Meinst du die Schmitts, denen du das Gut abgekauft hast?«

»Eventuell. War die Familie schon immer hier?«

»Nee, die kame´ erst in de´ sechziger Jahre her, da war ich noch en junge Bosch.«

»Von wem hatte die Familie Schmitt das Weingut gekauft?«

»Ei, des war die Familie Baum.«

Jetzt wurde Arnold hellhörig. Den Namen Baum hatte er im Tagebuch gelesen.

»Weißt du etwas über die Familie Baum?«

»Nicht viel, ich bin erst Anfang 1980 in das Haus hier gezoge´, kannte daher die Vorbesitzer von den

Schmitts nicht so gut. Aber ich geb´ dir en gute Tipp, gehst die Tage mal in unser Museum hier in Lorch.«

»Hier gibt's ein Museum?«

»Ei sicher, mir sin´ schließlich eine Weltstadt. Sprich doch mal mit unserem Kurator Dr. Josef Meinhaus. Der kennt´ alle Lorcher Leut´ und Familiengeschichten in- und auswendig.«

»Das hört sich nach einer guten Idee an.« »Wieso fragst du eigentlich und machst auf geheimnisvoll?«

»Ich habe da was im Weinkeller gefunden. Das wollte ich mal jemanden zeigen, der vielleicht was mit anfangen kann.«

»Na, der Dr. Meinhaus ganz sicher, der is´ so was wie en laufendes Lexikon. Jetzt gehn´ mir aber ruff bei dei Eltern, nicht, dass die do obbe verhungern«, sagte Willi und schob Arnold dabei Richtung Treppenaufgang.

Dann stellte Arnold seiner Mutter Heidi Nachbar Willi vor. Auch sie fand sofort einen Draht zu dem freundlichen Lorcher.

Paul holte für alle ein Bier aus dem Kühlschrank und ließ die Kronkorken mit einem Löffelstiel aufploppen.

Arnold neigte seinen Kopf zu Willi, als Heidi die Soße in ein Kännchen abfüllte und Paul mit dem Öffnen der Flaschen beschäftigt war. »Wäre mir ganz lieb, wenn wir das Thema von eben nicht am Tisch aufkommen lassen«, raunte er.

»Ist das so geheimnisvoll?«, fragte Willi etwas verwundert über die Geheimniskrämerei.

»Nicht wirklich, erzähl´ ich dir später«, wiegelte Arnold ab. Er wollte seine Eltern mit dem verstörenden Bericht aus dem Tagebuch nicht beunruhigen.

Auch ohne das Thema wurde es ein sehr gemütlicher Abend. Arnolds Eltern wurden wie ihr Sohn richtig warm mit Willi und erfreuten sich an seinen Geschichten über Land und Leute.

Zum Abschied bot Willi seine Hilfe auch für die kommenden Tage an. Arnold und seine Eltern waren sehr dankbar, da sie jede helfende Hand gut gebrauchen konnten.

Heidi und Paul gingen früh zu Bett. Als sich Stille ins Haus legte, nahm Arnold das Tagebuch aus dem Regal und betrachtete minutenlang nur den Einband. Er spürte eine gewisse Abenteuerlust und Neugier auf den Inhalt in sich, auf der anderen Seite gab es diese verstörenden Passagen, in denen Menschen einen grausamen Tod fanden. Das ließ ihn zögern, das Tagebuch wieder aufzuschlagen.

Kurzerhand stellte er das Buch wieder zurück und nahm sich fest vor, sobald wie möglich den Kurator des Lorcher Museums aufzusuchen. Dieser würde sicherlich mehr zu den Geschehnissen sagen können, die Peter Baum aufgezeichnet hatte.

Neue Erkenntnisse

Eine Woche voller intensiver Aufräum- und Renovierungsarbeiten war vergangen. Arnold und seine Eltern, mit Unterstützung von Nachbar Willi, hatten einiges geschafft. Das ganze Weingut sah aus wie frisch aus dem Ei gepellt - so fasste Willi es treffend zusammen. Doch nun stand der unvermeidbare, große Abschied von Heidi und Paul an, denn in Mecklenburg auf dem eigenen Hof wartete ebenfalls viel Arbeit auf sie. Es war auch von vornherein klar gewesen, dass Arnold sein Weingutabenteuer allein bestreiten würde, und er hätte es auch nicht anders gewollt. Sein großer Ehrgeiz erlaubte ihm nicht, die Unterstützung seiner Eltern einzufordern, abgesehen vom ersten großen Reinemachen.

Willi hatte sich gestern Abend bereits von Heidi und Paul bei einem opulenten Abendessen verabschiedet und war deshalb nicht dabei, als die drei Jägers im Hof vor dem Lieferwagen standen.

Sie schauten sich schweigend an. Keiner wollte das erste Wort sprechen, da dies unweigerlich die Abschiedsszene einläuten würde. Paul ergriff nach einigen Minuten die Initiative.

»So, mein Junge, dann ist es soweit. Der Abschied naht.«

Heidis Augen füllten sich sofort mit reichlich Tränen. Sie schluchzte, trat auf ihren Sohn zu und nahm ihn ganz fest in den Arm. Selbst Arnold, der normalerweise nicht sentimental und nah am Wasser gebaut war, konnte sich die ein oder andere Träne nicht verkneifen. Paul legte ebenfalls einen Arm um Arnold und umfasste mit dem anderen seine Frau. So standen sie engumschlungen weitere Minuten da, als wolle keiner den anderen gehen lassen.

Arnold erlangte zuerst die Fassung und unterbrach die rührselige Szene. Er hob den Kopf und sagte scherzend: »Jetzt müssen wir uns aber loslassen. Die Nachbarn denken noch, was ich wohl für ein Weichei bin, bei Vater und Mutter im Arm stehen und rumheulen.«

»Auch ein erwachsener Mann darf ruhig mal weinen«, entgegnete Heidi mit weinerlicher Stimme.

»Der Junge hat recht, jetzt ist mal gut. Wir haben schließlich noch eine weite Fahrt vor uns«, brachte Paul wieder etwas Realismus in die Runde.

»Nach, auf dann«, schluchzte Heidi.

Das Gepäck war bereits eingeladen und auf der Rückbank lagen zwei Kisten Wein. Willi hatte es sich nicht nehmen lassen, den Mecklenburgern ein paar Souvenirs aus seinem Weinkeller mitzugeben. Jetzt, wo der Bub ein echter Lorcher Winzer war, müssten auch die Eltern immer mit gutem Wein aus dem Rheingau versorgt sein - so sein Wortlaut.

Heidi und Paul stiegen ein. Sie warf Arnold noch einen Kussmund entgegen, während der Vater den Wagen startete und rückwärts im Hof manövrierte. Beide kurbelten die Fenster herunter, und während Paul aus der Hofeinfahrt auf die Straße abbog, winkten sie ihrem Sohn zum Abschied. Arnold winkte mit einem gezwungenen Lächeln zurück. Als sie außer Sicht waren, rieb er sich die letzten Tränenreste aus den Augen und schnaufte tief durch. Natürlich freute er sich, dass es jetzt endlich losgehen konnte, doch der Abschied setzte ihm richtig zu. Arnold liebte seine Eltern über alles und war endlos dankbar für die großartige Unterstützung, die sie ihm entgegenbrachten. Jetzt aber erst realisierte er zum ersten Mal bewusst das Loslassen. Ihm wurde klar, dass heute seine neue Zukunft, fern von der Heimat, begann und eine große Aufgabe vor ihm lag. Aber er war Willens und guter Dinge, sie zu bewältigen.

Arnold ging ins Haus zurück und verzog sich in sein Wohnzimmer. Er ließ sich in seinen schweren Ohrensessel fallen, lauschte der Stille und versuchte, seine Gefühle zu verarbeiten.

Das plötzliche laute Donnern eines vorbeifahrenden Güterzuges auf der nahegelegenen Bahnstrecke holte ihn zurück aus seiner Trance. Er atmete noch einmal tief und wiegte seinen Kopf hin und her, als wolle er die letzten wehmütigen Gefühle abschütteln, dabei fiel ihm das Tagebuch ins Auge. Er stand auf, ging zum Regal und zog das Buch heraus. Wieder schaute er ein paar Augenblicke nur auf den Ledereinband. Kurzerhand lief er zu seinem Schreibtisch und schaltete seinen Laptop ein. Über eine Suchmaschine recherchierte er die Öffnungszeiten des Lorcher Museums. Schnell hatte er sie gefunden. Er schaute auf die Uhr. »10:30 Uhr, das

Museum hat jetzt geöffnet«, dachte er sich. Kurz entschlossen schnappte sich Arnold seine Jacke und seinen Rucksack, packte das Tagebuch ein und holte aus dem Weinkeller noch den schweren Becher, den er zusammen mit dem Tagebuch gefunden hatte. Mit den beiden Funden im Rucksack machte er sich auf den Weg zum Lorcher Museum. Es lag nicht sehr weit von seinem Weingut entfernt, sodass er die Strecke zu Fuß zurücklegen konnte. Das Museum befand sich auf dem Marktplatz und war an das Lorcher Rathaus angeschlossen. Daneben prangte die imposante Lorcher Sankt-Martins-Kirche. Arnold hielt kurz inne und schaute sich auf dem Marktplatz um. Er betrachtete seine neuen Mitbürger, die in den kleinen Geschäften ihre Einkäufe erledigten, und genoss einen Moment die friedliche Atmosphäre. Trotz der emotionalen Achterbahnfahrt in den letzten Stunden, die die Abreise seiner Eltern ausgelöst hatte, ließ die Wehmut mehr und mehr nach, und trotz der kurzen Zeit, die er erst in Lorch heimisch war, hatte er das Gefühl, angekommen zu sein. Der Anblick der fröhlichen Menschen, die sich auf dem Markt tummelten, erfüllte ihn mit einer Leichtigkeit, die ihm das Gemüt aufhellte. Er überquerte den Platz und blickte dabei in die Schaufenster der Geschäfte. Aus der Bäckerei drang ein herrlicher Duft nach frischen Brötchen und süßem Gebäck, dieser Geruch vermischte sich mit dem von Rosen aus dem Blumenladen. Arnold nahm eine tiefe Nase von den Gerüchen und setzte danach ein zufriedenes Lächeln auf. So falsch war es nicht, nach Lorch zu kommen‹, dachte er und erklomm die Stufen zum Rathaus, die an das angrenzende Museum führten. Er blickte zuerst durch die Scheibe an der Tür und erkannte einige Kunstgegenstände. Als sein Blick in die hintere Ecke des Raumes ging, schob sich plötzlich der Kopf eines älteren Herren hinter dem Fenster in sein Blickfeld. Erschrocken machte Arnold zwei Schritte zurück und stolperte dabei fast über einen Bordstein.

Der ältere Herr öffnete die Tür.

»Kommen Sie ruhig herein, keine Scheu.«

Arnold zögerte kurz und sagte dann: »Puh, Sie haben mich ganz schön erschreckt.«

»Ich bitte das zu verzeihen, das war nicht meine Absicht. Kommen Sie herein, von drinnen können Sie unsere Schätze besser bestaunen als durch die Scheibe.«

»Gerne, vielen Dank.«

Der ältere Herr lächelte ihn an und machte einen höflichen Schritt zur Seite, damit Arnold an ihm vorbeigehen konnte. Dabei wies er mit dem linken Arm den Weg hinein.

»Darf ich mich vorstellen, mein Name ist Dr. Josef Meinhaus. Ich bin der Kurator hier im Lorcher Museum.«

»Angenehm, Arnold Jäger, frisch zugezogen aus Mecklenburg.«

»Ich bin sehr erfreut, Ihre Bekanntschaft zu machen. Darf ich fragen, was einen Mecklenburger in unser beschauliches Lorch verschlägt?«

Arnold lachte. »Aber natürlich, die Liebe zum Wein hat mich hierhergeführt. Ich habe ein kleines Weingut vorne an der Rheinstraße gekauft.«

»Dann darf ich Sie zu Ihrer weisen Entscheidung beglückwünschen und herzlich willkommen in unserer Gemeinde heißen.«

Dr. Meinhaus reichte Arnold die Hand. Er erwiderte das freundliche Willkommen mit einer kleinen Verbeugung, während er Dr. Meinhaus die Hand schüttelte.

»Nun, mein lieber Herr Jäger, was darf ich für Sie tun? Kann ich Ihnen ein Rundgang mit persönlicher Führung in unserem Museum anbieten?«

»Sehr gerne!«, erwiderte Arnold, der ehrlich interessiert an den Stücken im Museum war.

Dr. Meinhaus ging voran und führte zu jedem Ausstellungsstück eine präzise kleine Expertise an. Arnold war beeindruckt von den vielen historischen Artefakten, die im Lorcher Raum gefunden worden waren und hier in der Ausstellung ein Zuhause gefunden hatten. Besonders die Statue der Traubenmadonna gefiel ihm sehr gut. Sie stellte die Muttergottes mit einem Kind auf dem Schoß und Weintrauben in der Hand dar. Dr. Meinhaus bemerkte Arnolds besonderes Interesse an der Statue, das er wohlwollend aufnahm. Selbstverständlich hatte er auch zu diesem Stück einen ganzen Fundus an Wissen, den er einfach so aus dem Ärmel zu schütteln vermochte.

Arnold war sich sicher, an der richtigen Adresse mit seinem Anliegen zu sein. Dr. Meinhaus war allerdings so tief in seinem Element, dass Arnold sich nicht traute, ihn zu unterbrechen. Geduldig nahm er sich vor, auf eine gute Überleitung zu seinem Anliegen zu warten.

»Sehr beeindruckend. Woher kommen die vielen tollen Kunstgegenstände?«, fragte Arnold schließlich.

»Nun, der Schwerpunkt unseres Museums basiert auf der Kunstsammlung des ehemaligen Pfarrers unserer Gemeinde, Anton Karl Pfaff. Er war gebürtiger Lorcher und hat im Jahr 1925, ein Jahr vor seinem Tod, die gesamte Sammlung seiner Heimatstadt vermacht.«

Arnold horchte auf. Im ersten Eintrag im Tagebuch schrieb Peter Baum von einem Pfarrer Pfaff, welcher gerufen wurde, um den Ermordeten die letzten Sakramente zu erteilen.

Arnold erklärte vorsichtig: »Das war aber sehr großzügig.«

»Durchaus. Unsere Stadt konnte sich glücklich schätzen, durch die großzügige Schenkung in Besitz eines so besonderen Schatzes gekommen zu sein. Das Jahr 1925 war de facto etwas ganz Besonderes für unser Museum. Es waren auch schließlich sehr schwere Zeiten damals.«

Das war Arnolds Stichwort. »Diese Zeiten, von denen Sie sprechen, hatten sie etwas mit Belagerung nach dem Krieg zu tun?«

»Belagerung ist ein gut gewähltes Wort. In der Tat war Lorch zu dieser Zeit belagert, beziehungsweise, zu diesem Zeitpunkt war die Belagerung bereits beendet«, erklärte Dr. Meinhaus und fuhr fort, »am 11. November 1918 wurde von den alliierten Siegermächten und dem Deutschen Reich das Waffenstillstandsabkommen von Compiègne unterzeichnet. Im Zuge dessen wurde das linksrheinische Gebiet besetzt. Zu diesen Gebieten sollten auf der rechtsrheinischen Seite noch weitere, strategisch wichtige Gebiete folgen.«

»Wieso das Ganze?«, fragte Arnold interessiert nach.

»Nach dem Krieg wollten die Siegermächte mit der Besetzung strategisch wichtiger Gebiete verhindern, dass sich das Deutsche Reich zu schnell von seiner Niederlage erholt und vielleicht noch einen Revanchekrieg anstrebt.«

»Kann ich verstehen, es waren ja sicher auch alle kriegsmüde?«

»Davon können Sie ausgehen. Allerdings ging es den Siegermächten, allen voran den Franzosen, ebenfalls darum, wichtige Gebiete für sich zu beanspruchen. So kam es dann, dass drei Brückenköpfe, sprich militärische Stellungen, benannt wurden, und um diese schlugen die Siegermächte auf der Landkarte mit einem Zirkel einen Kreis mit jeweils 30 km Radius. Genauer gesagt, um die Städte Köln, Koblenz und Mainz. Sie gingen davon aus, dass zwischen den Kreisen keine Freifläche entstehen würde. Doch da waren die Strategen einem Irrtum aufgesessen.«

»Lassen Sie mich raten, Dr. Meinhaus, Lorch fiel in keinen dieser Kreise.«

»Exakt! Ein kleiner Gebietsstreifen wurde von den Kreisen nicht erfasst und ging als Freistaat Flaschenhals in die Geschichte ein, und Sie stehen mittendrin«, sagte Dr. Meinhaus mit einem leicht stolzen Unterton in der Stimme.

»Das ist wirklich interessant, dann war Lorch quasi ein eigenes Land im Land?«

»Nicht ganz. Lorch, Kaub und eine weitere Gemeinde oberhalb des Rheins gehörten somit zum nicht besetzten Teil des Deutschen Reiches. Eigentlich eine schöne Sache, doch die Problematik war, dass die Menschen durch die angrenzenden besetzten Gebiete vom Rest des Landes abgeschnitten waren, was sich essenziell auf die Versorgung von Lebensmitteln und Brennstoffen auswirkte.«

Arnold nickte sehr interessiert.

»Sehen Sie, den Siegermächten war dieses Gebiet ein echter Dorn im Auge. Besonders die Franzosen waren sehr erpicht darauf, sich das Gebiet anzueignen, doch es widersprach den Vereinbarungen des Waffenstillstandsabkommens.«

»Die Menschen hatten mit Sicherheit große Sorge vor einer Invasion?«

»Absolut. Sie waren eingepfercht zwischen den Besatzungsgebieten der Amerikaner und der Franzosen. Von beiden Seiten rasselten die Säbel, wobei die Franzosen ein deutlicheres Interesse daran hatten, das Gebiet allein für sich zu beanspruchen. Einer der führenden Generäle, Jean Jules Henry Mordacq, ging sogar soweit, dass er im Falle einer

Besetzung nicht einmal daran dachte, das Gebiet mit den Amerikanern zu teilen.«

»Das ist wirklich sehr interessant, was Lorch für eine bewegte Vergangenheit hat. Aber mit den Menschen von damals hätte ich lieber nicht tauschen wollen.«

Dr. Meinhaus stimmte ihm zu. »So sehr ich die Geschichte als meine Passion verehre, so wenig wäre ich erpicht darauf gewesen, zu diesen Zeiten hier zu leben.«

Es trat ein kurzes Schweigen ein. Arnold musste die Informationen einen Moment verarbeiten und Dr. Meinhaus ließ ihm diese Pause. Er war immer sehr dankbar für Menschen, die ihm zuhörten und der Vergangenheit einen gewissen Respekt zollten.

Nach einigen Sekunden ergriff Dr. Meinhaus wieder das Wort und fragte: »Konnte ich denn Ihren Wissensdurst etwas stillen oder kann ich noch weiter zu Diensten sein?«

»Ja, da wäre noch etwas. Sie erwähnten vorhin Pfarrer Pfaff.«

»Das ist richtig. Was ist mit ihm?«

»Ich habe seinen Namen in einem Tagebuch gelesen und das ist auch der Grund, warum ich heute hier bin.«

Arnold zog das Tagebuch aus seiner Umhängetasche und reichte es Dr. Meinhaus. Dieser griff zu und drehte es zunächst von einer auf die andere Seite. Dabei ließ er prüfende Blicke über den ledernen Einband gleiten. Er zog seine Lesebrille aus der Innentasche seines Sakkos und setzte sie auf die

Nase. Dr. Meinhaus schlug das Buch vorsichtig auf und blätterte sich durch die ersten Seiten. Seine Augen wurden immer größer und es war ihm anzumerken, dass er wohl eine Ahnung bekam, was er hier in seinen Händen hielt. Er blickte auf zu Arnold und fragte aufgeregt: »Woher haben Sie das?«

»Ich habe es in einem geheimen Fach in meinem Weinkeller hinter einem schweren Eichenfass gefunden - zusammen hiermit.« Dabei zog Arnold den Becher aus seiner Tasche und reichte ihn Dr. Meinhaus.

Er griff vorsichtig, fast schon ehrfürchtig nach dem Becher. Schnellen Schrittes drehte sich Dr. Meinhaus um und ging zu einem Tisch, auf dem eine Lupe lag. Er legte das Tagebuch auf den Tisch, griff nach der Lupe und betrachtete den Becher durch das Vergrößerungsglas. Arnold beobachtete etwas überrascht das Treiben. Er hatte nicht erwartet, dass Dr. Meinhaus so wissbegierig auf seine Mitbringsel reagieren würde. Offensichtlich hatte er etwas ganz Besonderes in seinem Keller gefunden.

Dr. Meinhaus war ganz vertieft in die Prüfung des Bechers.

Arnold versuchte vorsichtig, wieder die Aufmerksamkeit des Kurators auf sich zu lenken.

»Herr Dr. Meinhaus ...«

Dieser blickte auf.

» ... können Sie damit etwas anfangen?«

Dr. Meinhaus antwortete etwas zögerlich: »Ich bin nicht ganz sicher, aber wenn es das ist, was ich denke, könnte es sich hier um eine Sensation handeln.«

Arnold, der immer noch erstaunt war, weil er nicht damit gerechnet hatte, etwas Wertvolles gefunden zu haben, fragte nach: »Um was handelt es sich hier? Und voll allem, können Sie etwas dazu sagen, was in dem Tagebuch beschrieben ist? Da wurden Menschen ermordet und der Verfasser spricht von etwas, was da vor uns liegt. Können Sie sich einen Reim darauf machen?«

Dr. Meinhaus war sichtlich aufgeregt und vertröstete Arnold mit den Worten: »Ich habe erst ein paar Zeilen aus den Seiten aufgeschnappt, ich muss das erst komplett lesen, bevor ich etwas sagen kann. Doch eines ist sicher, der Becher und das Tagebuch gehören zusammen. Wenn ich das richtig interpretiere, wollen diese beiden Gegenstände uns etwas Wichtiges sagen.«

Arnold wusste nicht, wie er darauf reagieren sollte. Er hätte gern eine etwas aufschlussreichere Auskunft bekommen. »Wie wollen wir denn jetzt verbleiben?«, hakte er nach.

»Geben Sie mir ein paar Tage. Ich muss Ihre Funde erst genau untersuchen. Ich melde mich in ein paar Tagen bei Ihnen. Haben Sie Geduld.«

Mit diesen Worten schob Dr. Meinhaus Arnold in Richtung Tür. Er zog die Tür auf und ließ Arnold nach draußen.

»Ich bitte Sie um Entschuldigung, dass ich unsere sehr angenehme Konversation so rasch beenden musste, doch jetzt wartet Arbeit auf mich.«

»Okay, hier haben Sie meine Telefonnummer, ich würde mich freuen, wenn Sie mich anrufen, sobald Sie mehr wissen.«

Arnold überreichte Dr. Meinhaus seine Visitenkarten. »Natürlich, ich melde mich bei Ihnen.« Dabei schloss er die Museumstür und drehte den Schlüssel im Schloss herum. Arnold blieb etwas verdutzt vor der Tür stehen und wusste nicht so recht, wie ihm geschehen war. Schließlich respektierte er den Wunsch von Dr. Meinhaus, sich jetzt erst einmal intensiv um seine Fundstücke zu kümmern, und ging nach Hause.

Auf dem Heimweg schossen ihm permanent Gedanken durch den Kopf, die sich um den Freistaat Flaschenhals drehten. Er blickte immer wieder auf den Rhein und auf der anderen Seite in die Weinberge. Dabei versuchte er, sich in die Menschen hineinzuversetzen, die in der Zeit nach dem Ersten Weltkrieg gelebt hatten. Heutzutage, in seiner Generation, konnte man sich eine derartige Situation, wie Sie Dr. Meinhaus ihm geschildert hatte, in keiner Weise vorstellen. Er, seine Familie und Freunde waren privilegiert und in friedlichen Zeiten aufgewachsen. Seine Eltern waren in der DDR aufgewachsen, was für viele kein Zuckerschlecken gewesen war. Doch sie hatten immer Nahrung, Arbeit, ein Dach über dem Kopf und waren letztendlich glücklich. Es herrschten Friedenszeiten, nie musste jemand um sein Leben fürchten wie die Menschen zu Zeiten des Freistaates Flaschenhals.

Der Anruf

Die Zeit zog ins Land und Arnold hatte noch keine Nachricht von Dr. Meinhaus bekommen. Die ersten Tage nach dem Treffen im Museum beobachtete er ständig gebannt sein Mobiltelefon, in der Hoffnung, dass es klingelte. Nachdem eine Woche vergangen war und der Kurator sich immer noch nicht meldete, verdrängte Arnold das Tagebuch und den Becher aus seinen Gedanken. Schließlich hatte er auf seinem Weingut viel zu tun und die Arbeit wurde nicht weniger. Jeden Tag verbrachte Arnold mindestens 14 Stunden in seinem Keller oder in den Weinbergen. So ein Arbeitspensum war ihm prinzipiell nicht fremd. Er kannte die Hofarbeit vom Landwirtschaftsbetrieb seiner Eltern und wusste, dass diese nichts für Schwächlinge war. Allerdings war er nie in leitender Verantwortung für einen Betrieb gewesen. Zu der rein körperlichen Tätigkeit kam viel Kopfarbeit. Er war allein dafür verantwortlich, dass am Ende des Tages auch alle Rechnungen bezahlt werden konnten. Arnold war sich dessen immer bewusst, daher legte er mit großen Selbstvertrauen einen schier unbändigen Eifer an den Tag, um die anstehenden Aufgaben zu bewältigen.

Eines Abends kam er von einer schweißtreibenden Arbeit in seine Wohnung. Sein Hemd war völlig durchgeschwitzt und im

Weinkeller hatten sich Spinnweben in seinen Haaren verfangen. In mühseliger Kraftanstrengung hatte er heute die alten Eichenfässer mit Sackkarren und guten Mutes umgestellt, um für eine bessere Ordnung zu sorgen. Oben in der Küche angekommen, trat er erschöpft zum Kühlschrank, zog ihn auf und stützte sich dabei mit der anderen Hand auf der Arbeitsplatte ab. Dieser Tag hatte wahrlich viel Kraft gekostet. Arnold griff nach einer eisgekühlten Flasche aus der Kühlschranktür, setzte diese an und trank das Wasser in einem Zug aus. Erleichtert seufzte er auf. Es fühlte sich an, als ob das Wasser den harten Tag aus den Knochen spülte. Er ging hinüber ins Wohnzimmer und sackte in seinen Sessel, um den Tag endgültig abzuschließen.

Die Augen fielen ihm langsam zu, und in der Stille des Zimmers fiel sämtliche Anspannung von ihm ab. Ein plötzliches Brummen auf dem Tisch holte ihn zurück und ließ ihn aufschrecken. Er blickte sich verwirrt um, da er schon fast eingeschlafen war und seine Sinne sich erst wieder schärfen mussten. Es war sein Handy, das vibrierend auf dem Tisch hin und her wanderte. Er beugte sich vor, griff nach dem Gerät und schaute prüfend auf das Display, das eine Nummer anzeigte, die ihm nicht bekannt war. Er zögerte, abzunehmen, da er die Müdigkeit kaum abschütteln konnte. Normalerweise hatte nur seine Mutter das Talent, zu Zeiten anzurufen, in denen Arnold eigentlich seine Ruhe wollte. Dies hatte sich nie geändert, von der Kindheit über die Jugend bis heute, und dies, obwohl er fast

900 km von zu Hause weg lebte. Aber dieses Mal war es offensichtlich nicht seine Mutter, die ihn kurz vorm Eintritt ins Reich der Träume auf unsanfte Weise zurück in die Wirklichkeit holen wollte.

Arnold überlegte noch einige Sekunden, ob er abnehmen sollte, entschied sich aber mit zunehmender Neugierde, das Gespräch anzunehmen.

Mit einem noch schläfrig klingenden »Hallo« eröffnete er das Gespräch.

»Hallo, Herr Jäger, sind Sie es am Apparat?«

»Ja, hier ist Arnold Jäger. Mit wem spreche ich?«

»Dr. Meinhaus, der Kurator vom Museum. Erinnern Sie sich?«

Arnold zog die Augenbrauen hoch und setzte sich in eine aufrechte Position. An einen Anruf von Dr. Meinhaus hatte er gar nicht mehr gedacht, weil er so beschäftigt gewesen war. Doch als er dessen Stimme hörte, kam alles zurück wie ein Paukenschlag. Sofort sah er den Becher und das Tagebuch von Peter Baum wieder vor sich. Er rieb sich die Augen und antwortete klar und deutlich: »Natürlich, Herr Dr. Meinhaus, selbstverständlich erinnere ich mich. Ich habe mit Ihrem Anruf schon gar nicht mehr gerechnet.«

»Bitte verzeihen Sie mir, dass etwas Zeit ins Land gestrichen ist. Ich war sehr mit der Begutachtung der Artefakte beschäftigt«, antwortete der Kurator in einem auffallend angespannten Ton.

»Oh, es ist sicher nicht leicht, sich in kurzer Zeit einen fachkundigen Eindruck zu verschaffen«, erwiderte Arnold verständnisvoll, obwohl er es bevorzugt hätte, doch schon etwas früher von Dr. Meinhaus zu hören. Nichtsdestotrotz war er glücklich darüber, den Kurator nun am Telefon zu haben, und Dr. Meinhausens Anspannung steckte ihn an. Es beschloss, sich vorsichtig heranzutasten und fragte: »Konnten Sie denn etwas herausfinden über die Gegenstände und über den Inhalt des Tagebuches?«

Dr. Meinhaus zögerte einen Moment, was das Gespräch für Arnold zu einer Geduldsprobe werden ließ.

»Herr Jäger, ich weiß nicht, ob es gut wäre, wenn wir am Telefon darüber sprechen. Es gibt da einiges, was ich Ihnen persönlich zeigen und erklären sollte.«

»Ah ... das heißt, Sie können mir jetzt nichts Konkretes sagen?«, hakte Arnold in einem leicht vorwurfsvollen Ton nach.

»Ich verstehe, dass es Ihnen seltsam vorkommen mag, dass ich etwas geheimnisvoll tue, aber glauben Sie mir, dies hat seine Gründe. Können Sie morgen Abend ins Museum kommen?«

»Das ist kein Problem, schließlich bin ich gespannt, was es über die Funde in meinem Keller zu berichten gibt.«

»Ja Herr Jäger, kommen Sie bitte gegen 21 Uhr vorbei.«

Arnold wunderte sich, denn das war reichlich spät. Aber er wollte die Uhrzeit nicht hinterfragen und erwiderte: »In Ordnung, bis morgen dann.«

»Ich erwarte Sie, Herr Jäger. Aber bitte beachten Sie noch Folgendes ...«, sagte der Kurator ernst,

»sprechen Sie mit niemanden über die Fundstücke. Das ist sehr wichtig, diesen Umstand kann ich nicht genug betonen!«

Arnold war irritiert wegen der Bitte um Geheimhaltung und fragte. »Ja, aber es gibt doch kein Problem?«

»Nein Herr Jäger, keines, wie Sie es sich vielleicht vorstellen. Haben Sie zudem keine Sorge um Ihre Fundstücke, die Madonna wacht über diese.«

Diese mysteriöse, letzte Andeutung verwirrte Arnold zusätzlich, aber gerade, als er darauf antworten wollte, beendete Dr. Meinhaus abrupt das Telefonat. Kopfschüttelnd rief Arnold noch ein paar Mal »Hallo?« und »Dr. Meinhaus?« in die tote Leitung, dann legte er das Telefon zurück.

Er erinnerte sich daran, wie angespannt Dr. Meinhaus ihn aus dem Museum verfrachtet hatte, nachdem er ihm seine Fundstücke präsentiert hatte. Die tieferen Erkenntnisse, die der Kurator in der Zwischenzeit erlangen konnte, ergaben mit Sicherheit einen Zusammenhang.

Arnold ging zu Bett. Allerdings war er jetzt alles andere als müde. Ständig kursierten in seinem Kopf Szenarien, was es mit dem Tagebuch und Becher auf sich haben könnte, was in einem gestandenen Wissenschaftler und Doktor eine derartige Reaktion hervorrufen konnte. Er musste sich auf den morgigen Tag vertrösten, um zu erfahren, was der Kurator zutage gebracht hatte.

Kapitel drei

Lorch im Freistaat Flaschenhals, 17. Oktober 1921

Zwei Tage ist es her, seitdem wir den Fund in sicheren Gewahrsam gebracht haben, und doch mahnt uns die Unsicherheit über unser Tun. Keiner von uns konnte bisher die grausamen Bilder aus seinem Kopfe bannen. Ein Schmerz, der tiefer geht als jeder ins Fleisch gestoßene Dolch, hervorgerufen von der Nacht auf dem Rhein, die keiner von uns je vergessen wird, verfolgt uns mit jedem Atemzug.

In jedem Fall war uns das Schicksal wohlgesinnt und wir konnten einen willigen Schiffsführer finden, der das Wrack aus Sicht etwaiger Invasoren brachte. Vergüten konnten wir es mit reichlich Wein, der sich für die Tat wahrlich ausgezahlt hat.

Die Arbeit ist noch lange nicht getan. Die Fundstücke müssen in noch sicherer Umgebung verwahrt werden. Keiner unserer Mitbürger kann sich dem Wohlbefinden seiner selbst und dem seiner Lieben sicher sein, solange Fremde auf den brisanten Fund zu stoßen vermögen. Dies zeigte das Auftauchen von seltsamen Gestalten in unserer

Stadt. Das Haupt verdeckt von dunklen Umhängen, welche weit über die Stirn reichten. Sie kamen vom Rhein aus, gestern zur Abendstund´, und machten sich den Schutz des Nebels zugunsten, um unerkannt zu bleiben. Doch unsere aufmerksame Wacht konnte sie erspähen und ihr Treiben beobachten. Voller Unbehagen ließ uns der Gedanke nicht los, dass die grausame Tat mit den Gestalten in Verbindung stand. Im Schatten der Dunkelheit streiften sie durch unsere Gassen, niemand vermochte aus dem Fenster zu sehen. Zu groß die Angst vor der Gruppe Unbekannter, die von der Anmutung den Hauch des Todes mit sich führten. Sie bewegten sich fort, als seien sie vom Herrgott gesandt, aber beunruhigendes Rasseln unter ihren Kutten ließ vermuten, dass ihre Absichten alles andere als friedfertig waren.

Hier wird er deutlich, der große Zwiespalt dieser schicksalhaften Nacht, hätten wir den Franzosen ein Geschenk für den Einmarsch in den Flaschenhals hinterlassen sollen, oder wären diese Gestalten unseren Bemühungen zuvorgekommen und hätten den Fund niemals in unsere Stadt kommen lassen? Die Antwort wird uns keiner geben können, das Schicksal hat für uns in diesem Sinne entschieden. Welcher Grund hier zu unseren Füßen liegt, wird uns vielleicht zu Lebzeiten nicht mehr offenbaren. Vielleicht wird derjenige, der diese Zeilen einst lesen wird, eine Antwort auf die Frage bekommen, weshalb unserem Freistaat Flaschenhals diese Bürde auferlegt wurde.

Die Fremden sind nun fort und wir beten zu Gott dem Herren, sie mögen nie wieder einen Fuß in unsere Heimat setzen. Wer oder was sie waren, wird uns sicher noch ereilen, dessen sind wir uns alle sicher. Gott steh´ uns bei.

Nichts wird wieder wie vorher

Nach einer unruhigen Nacht brachte die Morgenröte Licht in die Lorcher Straßen. Das ihm inzwischen vertraute Schlagen der Sankt-Martins-Kirchen-Uhr weckte ihn. Arnold fuhr sich mit der Hand übers Gesicht. Er hatte nicht viel schlafen können, denn seine Gedanken waren ständig um den geheimnisvollen Anruf von gestern Abend gekreist. Er stand auf, trat zum Fenster und blickte auf den Rhein hinunter. Goldene Sonnenstrahlen reflektierten auf der Wasseroberfläche und tauchten das Rheintal in wunderschöne Farben. Doch das romantische Bild passte gar nicht zu Arnolds Gemütslage. Er war nervös und wusste nicht recht, wie er den heutigen Tag bis zu seinem Treffen mit Dr. Meinhaus verbringen sollte. Genügend Arbeit gab es zu tun, doch ihm war jetzt schon klar, dass er sich wohl nur schwer auf irgendeine Tätigkeit würde konzentrieren können. Selbst ein Besuch bei seinem Nachbarn Willi kam nicht infrage, da Dr. Meinhaus ihn explizit darum gebeten hatte, mit niemandem über ihre Verabredung und seinen Fund zu sprechen. Natürlich könnte er sich mit Willi auch über alle möglichen Themen austauschen, zudem vielleicht noch den ein oder anderen Riesling verkosten, doch all das würde ihn nicht aus seiner Gemütslage helfen. ›Nun denn‹, dachte er, ›Arnold, mache einfach das Beste daraus.‹

Er ging ins Bad und stellte die Dusche an. Mit einer gehörigen Portion heißem Wasser würde seine Nervosität schnell im Abfluss verschwinden und ihn nicht den ganzen Tag über begleiten. Arnold zog seine Schlafmontur aus und warf die Sachen auf den überfüllten Wäschekorb. Mit Schwung hüpfte er in die Dusche und spürte auch sofort eine kleine Verbesserung. Wasser war schon immer eine Art Heilmittel für den gebürtigen Insulaner gewesen. Schon als Kind hatte ein Sprung in die Ostsee so manches Problem behoben.

Nachdem er seine Morgendusche erledigt hatte, konnte sich Arnold motivieren, zog seine Arbeitsklamotte an und ging in den Weinkeller.

Der Tag verging wie im Flug. Arnold bemerkte gar nicht, dass es draußen bereits dämmerte und die Abendröte einsetzte. Er war über den Tag so in seiner Arbeit aufgegangen, dass er vergaß, die Uhr im Auge zu behalten. Als er an der Stelle vorbeikam, wo er den Becher und das Tagebuch gefunden hatte, fiel ihm Dr. Meinhaus wieder ein und er schaute erschrocken auf seine Armbanduhr. Sie zeigte kurz vor neun. Arnold drehte sich blitzschnell um und ging schnellen Schrittes die Stufen der Kellertreppe hoch. Draußen realisierte er, dass er mit Sicherheit zu spät zu dem Treffen kommen würde. Er zog sein Handy aus der Tasche und wählte die Nummer von Dr. Meinhaus an. Diese war immer noch in seiner Anruferliste gespeichert, und so musste er nur auf

Rückruf drücken. Niemand hob ab. Arnold verzog das Gesicht. »Verdammt noch mal«, stieß er heraus. Er steckte sein Handy in die Tasche und machte sich sofort auf den Weg zum Museum. Eigentlich hätte er sich noch umziehen wollen, doch da er nun schon zu spät war, dachte er, dass es wohl das kleinere Übel wäre, in Arbeitsklamotte anzukommen, als noch mehr Verspätung aufzubauen.

Im Laufschritt joggte Arnold durch die Gassen. Währenddessen feilte er an einer geeigneten Ausrede für seine Verspätung. Sein Eindruck von Dr. Meinhaus ließ ihn vermuten, dass dieser es nicht schätzte, wenn man ihn warten ließ. Gerade gesetztere Herren mit dem Grad eines Doktors und Museumsdirektors hatten sicherlich ein Auge auf Pünktlichkeit. Etwas Überzeugendes wollte ihm nicht einfallen, so sehr konzentrierte er sich darauf, schnellstens zum Museum zu kommen.

Mit knappen 30 Minuten Verspätung kam er vor dem Gebäude an. Aus den Fenstern sowie der gläsernen Tür schien kein Licht. Die Lampen schienen alle aus zu sein. »Verdammt noch mal«, fluchte Arnold ein weiteres Mal. Dr. Meinhaus nahm es anscheinend tatsächlich sehr genau mit der Pünktlichkeit und war bereits nach Hause gegangen. Peinlich berührt drehte sich Arnold um und wollte wieder zurück in sein Weingut gehen, da fiel ihm im Augenwinkel ein Flackern im Inneren des Museums auf, das aus dem hinteren Teil zu kommen schien. Er drehte sich wieder um und trat näher an die Scheibe heran. Es war wohl eine Kerze oder etwas Ähnliches. Arnold drückte vorsichtig gegen die Eingangstür. Sie war nicht verschlossen und öffnete sich einen Spalt. In ihm stieg leichtes Unbehagen auf, gepaart mit der Nervosität, die er schon nach dem Telefonat mit Dr. Meinhaus verspürt hatte. Behutsam drückte Arnold die Tür weiter auf und streckte den Kopf hinein.

»Herr Dr. Meinhaus?«, rief er verhalten.

Niemand antwortete. Es war totenstill in den Museumsräumen. Nur das Flackern schien sich in der Schwingung seines Rufes zu bewegen. Arnold bewegte sich langsam hinein. Die Atmosphäre im Inneren wirkte beängstigend. Der mittlerweile am Himmel stehende Mond schien in die Räume hinein und tauchte das Museum in eine gespenstische Anmutung. Die hier ausgestellten kirchlichen Figuren schienen in diesem Licht zum Leben zu erwachen und blickten Arnold an. Selbst das Abbild der Madonna, die normalerweise ihre Blicke auf ihr Kind gerichtet hatte, schien Arnold direkt anzuschauen. Es schien, als wolle sie ihn warnen, keinen Schritt weiter zu gehen und schnell umzukehren.

»Herr Dr. Meinhaus, sind Sie hier irgendwo?«, versuchte Arnold ein weiteres Mal, auf sich aufmerksam zu machen und eine Reaktion hervorzurufen. Doch nur das Echo seines Rufes antwortete ihm in den hallenden Räumen. Trotz des beunruhigenden Gefühls setzte Arnold seinen Weg fort, obwohl jede Faser seines Körpers ihm zu verstehen gab, sofort umzukehren und aus dem

Museum zu verschwinden. Etwas lag in der Luft, aber er konnte es nicht greifen. Je näher er dem Flackern kam, desto stärker wuchs in ihm die Furcht, dass sich hier etwas Seltsames zugetragen haben könnte. Unbeirrt ging er weiter. Das Flackern wurde größer, es schien hinter der Biegung des Ganges zu liegen, den er gerade durchschritt.

»Ist jemand hier?«, versuchte er ein drittes Mal, irgendeine Form von Reaktion zu bekommen. Nichts.

Arnold schritt langsam um die Krümmung. Ein seltsamer Geruch trat in seine Nase. Es war der von geschmolzenem Wachs, gepaart mit etwas, das er von Viehhöfen kannte, wenn Kälber zur Schlachtbank getrieben wurden. Jeder Schritt fiel ihm schwer. Er spürte, dass etwas hinter am Ende des Ganges auf ihn wartete, das sein ganzes Leben verändern würde. Arnold blickte auf den Boden, auf dem es merkwürdig schimmerte. Schwarze Flecken. Sein Blick streifte über den Boden nach vorn, immer weiter, bis er den Kopf anhob, um geradeaus zu schauen.

Arnold erstarrte. Umgeben von brennenden Kerzen saß Dr. Meinhaus am Ende des Ganges auf dem Boden und an die Wand gelehnt, mit aufgerissenen Augen, aber ohne Leben. Die Hände hielt er verschränkt wie zum Gebet. Arnold konnte sich nicht bewegen.

»Herr Dr. Meinhaus«, brachte er mit zitternder Stimme heraus, wohlwissend, dass er keine Antwort bekommen würde.

Langsam bewegte er sich weiter vorwärts. Jeder Schritt, den er näherkam, schien eine Gewissheit zu erzeugen, die für keinen Menschen zu ertragen war. Die Flecken am Boden wechselten im Licht der Kerzen langsam ihre Farbe von tiefschwarz zu blutrot. Noch einen Meter trat er nach vorn und blickte auf die grausame Realität, die Leiche von Dr. Meinhaus. Die Kerzen bildeten eine Art Blutaltar, auf dem der Direktor einem grausamen Tod erleiden musste. Um seinen Hals zog sich eine silberne Kette, die an einem Haken in der Wand befestigt war. Mit ihr war er wohl stranguliert worden. Jede Bewegung, die er im Todeskampf gemacht hatte, brachte ihn seinem erschreckenden Schicksal näher. Doch woher stammt das Blut? Arnolds Blick fiel auf das Hemd von Dr. Meinhaus. Es war in Blut getränkt.

Arnold schwitzte vor Angst, war aber unfähig, sich abzuwenden und in seiner Panik aus dem Museum zu rennen.

»Großer Gott!«, murmelte Arnold und nahm die letzten Meter zu Dr. Meinhaus Leiche. Er blickte in die aufgerissenen toten Augen in der Hoffnung, vielleicht doch noch den Hauch eines Lebenszeichens zu erhaschen. Doch vergeblich. Dr. Meinhaus war eines grauenvollen Todes gestorben und, wie es schien, auf eine rituelle Art hingerichtet worden.

Plötzlich verspürte er einen leichten Windzug. Die Museumstür hatte sich geöffnet. Schritte waren zu hören. Arnold drehte sich um, blickte in den

Raum hinter ihm. Schritte hallten. Es war jemand hier, schien sich durch das Museum zu bewegen. Arnolds Anspannung stieg ins Unermessliche. Ein Mann in schwarzem Gewand trat in das flackernde Licht der Kerzen. Kurz musterte er Arnold, und sah dann an ihm vorbei auf die Leiche.

»Beim Herrgott … Josef!«, stieß der Mann erschrocken aus, »was haben Sie getan, wer sind Sie?«

Dabei trat der Mann im schwarzen Gewand verängstigt einige Schritte zurück, bereit, die Flucht zu ergreifen.

Arnold hob die Arme und zeigte seine Hände.

»Ich war das nicht, ich bin ebenfalls gerade hier eingetroffen und habe das alles hier so vorgefunden«, versuchte er zu erklären. Dabei machte er ein paar Schritte auf den Mann zu.

»Bleiben Sie, wo Sie sind, kommen Sie nicht näher«, rief der Mann mit zitternder Stimme.

»Ich bin Arnold Jäger, ich war hier mit Dr. Meinhaus verabredet. Ich habe ihn hier so vorgefunden.«

Der Mann schien etwas ruhiger zu werden, nahm von seiner Fluchtposition Abstand, war aber immer noch zurückhaltend.

»Sie sind Arnold Jäger?«, fragte der Mann.

»Ja, ich habe Dr. Meinhaus Dinge gegeben, die ich in meinem Weinkeller gefunden habe. Er wollte die Sachen untersuchen und sich heute Abend mit mir treffen, um mir etwas Wichtiges mitzuteilen.«

Der Mann gewann etwas an Vertrauen, denn ihm schien klar zu werden, dass Arnold nicht der Mörder von Dr. Meinhaus war.

»Josef hat mir von Ihnen erzählt, er bat mich ebenfalls, heute Abend herzukommen. Er wollte allerdings vorher mit Ihnen allein sprechen. Was in Gottes Namen ist hier passiert?«

»Ich weiß es nicht, etwas Grauenvolles hat sich hier zugetragen.«

Der Mann kam näher auf Arnold zu. Dieser erkannte, dass er ein Pfarrergewand trug.

»Sind Sie ein Pfarrer?«, fragte Arnold.

»Ja, ich bin Pfarrer Jonas und leite die Kirchengemeinde hier im Ort.«

Beide wandten sich wieder dem Toten zu. Keiner von ihnen vermochte etwas zu sagen, zu sehr standen sie unter Schock. Nach einigen Sekunden ergriff Pfarrer Jonas wieder das Wort und erklärte: »Wir müssen sofort die Polizei rufen.«

»Natürlich!«, entgegnete Arnold, griff in seine Tasche und zog sein Mobiltelefon hervor. Mit zitternden Fingern wählte er den Polizeinotruf.

»Hier ist Arnold Jäger, ich rufe aus dem Lorcher Museum an. Hier ist ein Mord geschehen!«

In der Zwischenzeit an einem dunklen Ort

Schummriges Licht beleuchtete spärlich die Kammer, die wie ein Kellergewölbe anmutete. Es roch modrig. An den Wänden und der Decke schienen sich verschiedene Pilzkulturen zu vermehren. Es war kalt. Kein schöner Ort zum Verweilen, ein Ort, der Unbehagen auslöste.

Am finsteren Ende des Raumes kniete ein Mann in dunklem Umhang vor einer Art Altar. Ein Holzkreuz zierte den steinernen Tisch, zusammen mit einigen Relikten, die einen goldenen Schimmer im Schein des Lichtes abgaben. Der Mann murmelte etwas, eine Art Gebet. Von hinten näherten sich hallende Schritte. Der Mann im Umhang hob den Kopf. Der größte Teil seines Hauptes war von einer Kapuze verdeckt. Die Schritte kamen immer näher. Vier Männer, ebenfalls mit schwarzen Umhängen bekleidet, betraten das kleine Gewölbe. Sie schwiegen und blieben ungefähr zwei Meter hinter dem knienden Mann stehen. Dieser beendete sein Gebet mit dem christlichen Kreuzzeichen, erhob sich und wandte sich zu ihnen um.

Er blickte ihnen in die Augen und wiegte seinen Kopf von links nach rechts und zurück. Seine Augen blitzten finster unter der Kapuze des Umhangs hervor. Er überragte die anderen vier Männer um fast einen Kopf und war von sehr muskulöser Statur. Hätte er nicht eine Art Mönchsgewand getragen, hätte man ihn für einen Krieger halten können. Seine Erscheinung füllte den Raum unweigerlich mit einer furchteinflößenden Schwingung.

Mit tiefer dunkler Stimme richtete er das Wort an die vier Männer: »Meine Brüder, habt ihr etwas gefunden?«

Der zweite Mann von rechts antwortete: »Nein, Magnus Frater, wir haben nichts finden können.«

Die Stimme des Mannes wurde tiefer und in rauem, kratzigen Ton sagte er: »Unsere Informationen besagen, dass der Museumsdirektor in Besitz eines Tagebuches sowie Artefaktes gekommen ist, das uns Aufschluss über unser Eigentum gibt. Wieso steht ihr dennoch mit leeren Händen vor mir?«

Die vier blickten sich fast ängstlich gegenseitig an. Eine starke Anspannung war unter ihnen zu spüren. Es war sehr deutlich, dass sie großen Respekt vor dem Mann hatten. Einer von ihnen ergriff ehrfürchtig das Wort: »Es tut uns leid, Magnus Frater, wir haben alles durchsucht und der Direktor hat nichts preisgegeben.«

»Ihr habt nicht versucht, sein Schweigen zu brechen?«

»Doch, er gab sein Leben, anstatt uns eine Silbe über den Verbleib des Tagebuches zu verraten.«

Der Mann bewegte sich auf die vier Gestalten zu.

»Der Direktor hat es also vorgezogen, sein Leben auszuhauchen, anstatt euch Auskunft zu erteilen. So sei es denn. Wir haben Gewissheit, dass unser Eigentum noch in Lorch zu sein scheint. Die Funde beweisen es.«

»Ja, Magnus Frater, davon können wir ausgehen.«

»Nun lasst uns aufbrechen, wir werden das, was uns gehört, wieder in unseren Besitz bringen und unserer Aufgabe gerecht werden. Wir gehen in die Welt da draußen zurück und werden diejenigen Furcht und Angst lehren, die sich unserer Gott gegebenen Mission in den Weg stellen!«

Zurück am Tatort

Der Lorcher Nachthimmel strahlte hell im Blaulicht der polizeilichen Einsatzfahrzeuge. Der Marktplatz hatte sich mit Schaulustigen gefüllt, deren Neugier sie aus den Betten auf die Straße getrieben hatte. Die Polizei hatte das Areal um das Museum abgesperrt, somit konnte niemand, der nicht mit den Geschehnissen betraut war, Genaueres erkennen.

Arnold und Pfarrer Jonas befanden sich noch im Inneren des Museums, umringt von Polizeibeamten. Es herrschte ein hektisches Treiben. Vor dem Museum versuchten die Beamten, die neugierigen Menschen vom Tatort wegzuschicken, und der Meute von Journalisten, die über ihre Quellen bei der Polizei ebenfalls informiert worden waren, über die spärlichen Erkenntnisse Auskünfte zu erteilen.

Arnold war immer noch wie in Schockstarre, er konnte nicht glauben, in was er hineingeraten war. Vor ein paar Stunden war er noch ein einfacher Jungbauer und Neuwinzer aus Mecklenburg mit eigenem Weingut gewesen, jetzt Beteiligter in einer Mordsache - und was für einer. Pfarrer Jonas schien mit den Ereignissen auf seine Weise umzugehen. Er saß auf einem Stuhl, den Kopf geneigt, die Hände zum Gebet gefaltet. Seinem Gemurmel nach fragte er seinen Herrgott nach den Gründen für so ein grausiges Verbrechen und zeitgleich erflehte er den Seelenfrieden für Dr. Meinhaus.

Arnold hingegen versuchte, realistisch zu bleiben. Sobald er etwas klarer denken konnte, versuchte er sich vorzustellen, was passiert sein könnte. Ständig geisterte ihm der Eintrag aus dem Tagebuch im Kopf herum, der genau solch´ eine Szenerie vor über 100 Jahren zu Zeiten des Freistaat Flaschenhals beschrieb. Seine Gedankengänge wurden allerdings ständig unterbrochen, da ein Beamter nach dem anderen mit irgendwelchen Fragen auf ihn zukam. Die Befragungen machten Arnold nervös und ungeduldig. Als der vierte Beamte mit der gleichen Frage auf ihn zukam, was er hier wolle und in welcher Beziehung er zu Dr. Meinhaus stand, fuhr er den Beamten gereizt an: »Verdammt noch mal, Sie sind nun schon der vierte Polizist, der mir genau die selben Fragen stellt. Gibt es denn hier keinen, der die Oberhand hat und mit mir sprechen kann?«

»Doch, der ist hier!«, rief eine kräftige Stimme vom Museumseingang.

Arnold und der Beamte, den er gerade angefahren hatte, drehten sich zur Tür herum. Im Eingang stand ein Mann mit schwarzer Lederjacke und einer karierten Schirmmütze auf dem Kopf, der seinen Blick durch den Raum schweifen ließ. Unter seinem Arm klemmte ein Motorradhelm mit offenem Visier. Arnold fragte sich unwillkürlich, ob sein fast unwirscher Blick der dramatischen Mordsache galt oder ob er so schaute, weil ihn jemand am späten Sonntagabend aus dem Bett geholt hatte.

Er ging auf Arnold und den Beamten zu. Etwa einen halben Meter vor ihm blieb er stehen und sah ihn einige Sekunden schweigend an. Ohne den Blick von ihm abzuwenden, fragte er den Beamten, der neben Arnold stand: »Ist das der Zeuge?«

»Ja, Herr Kommissar, das ist der Zeuge, der zuerst am Tatort war und die Leiche gefunden hat. Hier drüben sitzt der andere.«

»Der betende Pfarrer da?«

»Ja, Herr Kommissar, Pfarrer Jonas, er kam kurz nachdem Herr Jäger hier die Leiche gefunden hat.«

Der Kommissar zog kurz die Augenbraue hoch. »Ach, so ist das, dachte schon, der ist hier, weil heute Abend nicht genug Leute in seiner Andacht waren.«

Er drückte dem Beamten schwungvoll seinen Motorradhelm in die Arme und sagte dabei: »Okay, dann fangen wir mal an. Du legst den jetzt erst mal irgendwo ab und holst mir einen Kaffee.« Kurz hielt er inne, bevor er sich an Arnold wandte. »Mein Name ist Kommissar Kießling, wie der Riesling, nur mit K und scharfem S. Sie heißen Jäger?«

Arnold bejahte etwas verwirrt auf die ungewöhnliche Art der Vorstellung, schließlich konnte er sich schon denken, wie man Kießling buchstabiert.

Kießling zog die Mundwinkel an und nickte kurz, dann sagte er: »Okay, Herr Jäger, dann wollen wir doch mal schauen, in was Sie hier hineingeraten sind, zeigen Sie es mir!«

Arnold schluckte. Eigentlich wollte er nichts anderes als eine Aussage machen und dann ganz schnell hier weg. Es war schon schlimm genug, diese Szene so vorgefunden zu haben, geschweige denn überhaupt der Erste an einem so grauenvollen Tatort zu sein. Jetzt musste er sich den armen Dr. Meinhaus noch einmal ansehen und wohl alles haarklein dem Kommissar berichten. Er fügte sich in sein Schicksal und ging voran. Langsam bewegte er sich um die Biegung zu dem Gang, an dessen Ende die Leiche von Dr. Meinhaus saß.

Arnold zeigte mit dem Finger auf Dr. Meinhaus und sagte nur ganz kurz: »Dort!«

Kießling blieb stehen. Trotz seiner offenkundigen Abgebrühtheit war ihm deutlich anzumerken, dass er solch´ einen Tatort in seiner Laufbahn noch nie gesehen hatte. Er verzog keine Miene, schien aber mit seinen Augen jeden Zentimeter des Ganges zu prüfen.

Er wandte sich an Arnold, der rechts neben ihm stand, und sagte: »Ich muss gestehen, das sieht man nicht alle Tage.«

Er ging auf die Leiche zu, vorsichtig, um nicht der Arbeit der Spurensicherung in dem Weg zu kommen und eventuell wichtige Beweisspuren zu zerstören. Arnold blieb, wo er war. Ein Pathologe war ebenfalls vor Ort und untersuchte oberflächlich die Leiche.

»Können Sie mir schon etwas sagen?«, fragte Kießling.

Der Pathologe rümpfte die Nase. »Ich gehe davon aus, dass der Tod durch Strangulation eingetreten ist, gepaart mit starkem Blutverlust.«

»Woher kommt der Blutverlust?«, wollte der Kommissar wissen, »gibt es irgendwo Stichwunden?«

»Nun ja, so viel Glück war dem Opfer nicht vergönnt, sehen Sie hier.« Arnold meinte, einen sarkastischen Unterton herauszuhören, als der Pathologe das sagte.

Mit diesen Worten zog dieser das Hemd von Dr. Meinhaus auseinander und die Ursache des Blutverlustes kam zum Vorschein. In die Brust des Opfers war ein Kreuz, umschlossen von einer Pyramide, geritzt.

Als Arnold das Zeichen entdeckte, fuhr er zusammen und trat ein paar Schritte zurück. Kießling drehte sich zu ihm um und sah in sein schockiertes Gesicht.

»Sie haben das wohl schon mal irgendwo gesehen?«

Arnold Augen ließen ab von der Wunde auf Dr. Meinhaus Brust und sahen den Kommissar an, dann gingen sie wieder zurück auf die Wunde, als wolle er sich noch mal vergewissern, dass er nicht träume.

»Nein, gesehen habe ich dieses Zeichen noch nicht, nur davon gelesen.«

»Sie haben davon gelesen? Wo?«, wollte Kießling wissen.

»In einem Tagebuch, das ich in meinem Weinkeller gefunden habe. Ich hatte es Dr. Meinhaus gegeben, weil mir gesagt wurde, er wäre in Lorch jemand, der sich auf den Inhalt einen Reim machen könnte.«

»Okay, jetzt mal langsam und Stück für Stück und von Anfang an.«

Kießling wandte sich von der Leiche ab und ging auf Arnold zu, der noch schockierter war als in dem Moment, als er die Leiche gefunden hatte.

Kießling versuchte Arnold zu beruhigen, nahm ihn am Arm und führte ihn um die Ecke, wo er dem Anblick von Dr. Meinhaus nicht mehr ausgesetzt war..

Arnold fragte besorgt: »Ich hoffe nicht, dass ich ein Verdächtiger bin, weil ich zuerst am Tatort war?«

Kießling setzte ein kleines Lächeln auf. »Glauben Sie mir, ich habe viel Erfahrung und schon einige Verdächtige gesehen. Was denken Sie wohl, warum ich Sie noch mal zur Leiche geschleppt habe?«

Arnold schüttelte den Kopf.

»Es ist schon naheliegend, dass der Erste am Tatort auch etwas mit dem Verbrechen zu tun hat. Wenn ich die Gelegenheit bekomme, konfrontiere ich einen Verdächtigen gern mit dem Anblick des Mordopfers. Es gibt die Einen, die keine Regung zeigen, und die Anderen, die sich dann erst richtig in die Hose machen - und damit sind Sie in jedem Fall entlastet.« Mit den letzten Worten klopfte er Arnold auf die Schulter und zwinkerte ihm zu.

Arnold rang sich ein zittriges Lächeln ab und seufzte. Kießling wurde daraufhin wieder ernst. »Okay, mein Junge, dann erzählen Sie mal, wie kommen Sie hierher, was hat es mit diesem Tagebuch auf sich, warum sitzt an meinem Tatort immer noch ein betender Pfarrer? Und wo zur Hölle ist mein Kaffee?«

Arnold begann mit dem Tag, an dem er die Gegenstände in seinem Weinkeller gefunden hatte, über sein erstes Treffen mit Dr. Meinhaus, den Anruf, bis zu dem Moment, wo er auf die Leiche des Museumsdirektors gestoßen war.

Kießling hörte sich Arnolds Ausführungen sehr genau an. Arnolds erster Eindruck vom Kommissar war wie verflogen. Zuerst hatte er ihn für einen aufgeblasenen Möchtegern á la Sherlock Holmes gehalten, doch nachdem er ihn beobachtet hatte und ihm dessen gute Menschenkenntnis bewusst wurde, revidierte er seine Meinung. Kießling interessierte jedes auch noch so kleine Detail.

Als Arnold seinen Bericht beendet hatte, war ihm etwas wohler und als hätte er eine Beichte abgelegt. Er spürte, dass er Kießling vertrauen konnte. Der wiederum schien in nun die ganzen Informationen zu ordnen und verarbeiten.

»Vielen Dank, Herr Jäger, für Ihre präzisen Beschreibungen. Ich denke, für heute benötigen wir Sie nicht mehr. Sie können nach Hause gehen.«

»Wie geht es jetzt weiter?«, wollte Arnold wissen.

»Wir werden jetzt die Beweise sichern, danach geht der Herr Doktor zur Obduktion in die Gerichtsmedizin.«

»Können Sie denn schon sagen, wann Dr. Meinhaus ungefähr zu Tode kam?«, fragte Arnold.

»Junge, das hier ist kein billiger Sonntagabendkrimi. Unsere Leute benötigen schon ein paar Tage, um die Beweise zu sichern und alle Fakten herauszuarbeiten.«

Im Nachhinein war Arnold die Frage unangenehm. Er wollte eigentlich intelligent wirken und dachte, als passionierter Krimifan könnte er zumindest mit der Frage nach dem Todeszeitpunkt etwas Schlaues fragen. Kießling nahm es locker.

»Nichts für ungut, Junge, ich finde Ihren Eifer toll, allerdings kann und darf ich mich zu laufenden Ermittlungen nur sehr begrenzt äußern.«

»Ich verstehe«, erwiderte Arnold.

Jetzt setzte der Kommissar wieder eine ernstere Miene auf und ermahnte Arnold: »Ich möchte Sie allerdings bitten, die Augen aufzuhalten. Derjenige oder vielleicht sogar Mehrere, die hierfür verantwortlich sind, wollten offensichtlich etwas Bestimmtes von Dr. Meinhaus. So wie er nach Ihrer Beschreibung auf die gefundenen Gegenstände reagierte, könnten wir zu dem Schluss kommen, dass das Ganze etwas damit zu tun hat. Damit wären auch Sie im Boot. Seien Sie also vorsichtig!«

Arnolds gerade zurückgewonnene Fassung ließ schlagartig nach. Diesen Aspekt hatte er bis dahin noch gar nicht bedacht, dass die Täter eventuell nun ein Auge auf ihn werfen könnten, da er die Artefakte gefunden hatte.

»Nun machen Sie sich jetzt aber nicht in die Hose«, meinte Kießling beruhigend. »So schnell werden die hier sicher nicht wieder auftauchen.

Erfahrungsgemäß nistet sich nach so einem Verbrechen die Presse in den Straßen ein und jeder schläft mit offenen Rollläden, also Kopf hoch.«

Arnold stimmte dem zwar zu, aber wirklich ermutigend war Kießlings Hinweis nicht. Dennoch machte er sich auf den Weg nach Hause, was sollte er auch anderes tun.

Auf seinem Weingut angekommen, beleuchtete er den ganzen Hof, ging ins Haus und drückte auf jeden Lichtschalter, den er finden konnte. Ihm war bewusst, dass er heute Nacht kein Auge zumachen würde. Er holte sich aus dem Kühlschrank eine Flasche Rheingauer, drehte den Schraubverschluss ab und setzte die Flasche an. Er nahm ein paar tiefe Schlucke und betrachtete dann das Etikett. Er schmunzelte kurz und dachte dabei an seine neue Bekanntschaft - Kießling wie der Riesling, nur mit K und scharfem S.

Die Besprechung im Flaschenhals

Seit dem Schiffsunglück auf dem Rhein war eine Woche vergangen. Über der ganzen Stadt lag ein unsichtbarer Schleier der Angst und Ungewissheit. Auch wenn viele Bürger nichts von den Vorkommnissen mitbekommen hatten, so war ihnen nicht verborgen geblieben, dass seltsame Gestalten durch die Straßen zogen, deren Anwesenheit nichts Gutes verhieß. Auch die Franzosen aus der angrenzenden Besatzungszone waren nicht untätig. Sie ließen die Bewohner des Flaschenhalses in jeder Sekunde spüren, dass sie vor den Toren der Stadt standen und nichts lieber täten, als das kleine Fleckchen unbesetzten Territoriums in ihren Besitz zu nehmen. Am Morgen hatten sie zwei junge Flaschenhalsbewohner festgenommen, die versucht hatten, Lebensmittel für ihre Familien aus dem besetzten Gebiet nach Lorch zu schmuggeln. Zu ihrem Unglück waren sie einer französischen Patrouille in die Hände gelaufen und hatten nicht mehr flüchten können.

Schmuggel war in den Augen der Franzosen ein schweres Delikt und die Ankündigungen, die über Handzettel verbreitet wurden, um die Menschen im Freistaat Flaschenhals einzuschüchtern, sahen vor, Schmuggler auf der Stelle zu erschießen. Zu ihrem Glück hatten die zwei jungen Lorcher Wertsachen und Wein dabei. Damit konnten sie die Franzosen bestechen, um jedenfalls nicht an Ort und Stelle exekutiert zu werden. Sie kamen in Haft und sollten in naher Zukunft einer Gerichtsbarkeit vorgeführt werden. Dennoch war ihre Zukunft ungewiss. Die Besatzer nahmen Festnahmen und Gerichtsprozesse dieser Art gern zum Anlass, um an den Delinquenten ein Exempel zu statuieren. Es war ihre Strategie, den Menschen im Flaschenhals zu jeder Zeit ihre ausweglose Lage vor Augen zu führen. Aber sie hatten nicht mit dem Mut und der Tapferkeit gerechnet, die in jedem der eingekesselten Bürger wohnte. Sie wollten durchhalten und ihre Welt verteidigen. Der Krieg hatte ihnen fast alles genommen, viele der Männer und Söhne der Städte im Flaschenhals kehrten nie mehr vom Schlachtfeld heim. Alles, was sie noch hatten, war ihre Heimat, und diese würden sie bis zum letzten Atemzug verteidigen und niemals aufgeben.

Peter hatte die letzten Nächte sehr schlecht geschlafen. Seine Frau Maria versuchte, ihn aufzubauen, indem sie ihm immer deutlich machte, dass er in dieser schwierigen Situation nicht allein war. Sie liebte ihn über alles und war bereit, ihn in allen Lagen zu unterstützen. Genau diesen Rückhalt brauchte Peter dringend. Es war noch nichts ausgestanden. Ihren Fund hatten sie fürs Erste gut versteckt, doch die Folgen waren weiterhin unabsehbar. Außerdem nagte noch die Erinnerung an die schicksalhafte Nacht an ihm. Nie würde er den grausamen Anblick der Leichen vergessen, die wie krankes Vieh abgeschlachtet worden waren.

Am Abend war er mit Edmund, Theodor und anderen Lorchern in der Sankt-Martins-Kirche verabredet. Dieser Ort erschien ihnen geeignet, da wohl niemand Verdacht schöpfen würde, wenn eine größere Gruppe von Männern sich am Abend zum Gebet in der Kirche treffen würde.

Peter verabschiedete sich von Maria und seiner Tochter mit einer innigen Umarmung, bevor er durch das Tor seines Weingutes in Richtung Kirche verschwand. Die Nacht war dunkel und neblig. Trotz seiner dicken Jacke kroch ihm die Kälte bis auf die Haut. Normalerweise war Peter niemand, der schnell zu frieren begann, doch im Moment war die eisige Kälte, die er spürte, auf das Erlebte der letzten Tage zurückzuführen.

Auf dem Marktplatz angekommen, steuerte er die Kirche an. Edmund lehnte am Portal und rauchte eine Zigarre. Er beobachtete Peter, wie dieser mit langsamen Schritten die Stufen erklomm, und nahm dabei noch einige tiefe Züge an seiner Zigarre.

»Wie geht es dir Peter?«, fragte der Bürgermeister seinen Freund.

»Es ging schon besser«, antwortete Peter.

Edmund nahm die knappe Antwort mit einem kurzen Kopfnicken auf. »Lass uns reingehen, die anderen warten schon.«

Die beiden Lorcher betraten die Kirche, nachdem Edmund fast aufgerauchte Zigarre in den Kirchhof geschnippt hatte. Normalerweise wäre es ihm nie in den Sinn gekommen, das zu tun - aber was war schon normal in diesen Zeiten.

Im Hauptschiff der Kirche warteten in den vorderen Reihen bereits vier Männer. Theodor war für diesen Abend extra aus Kaub mit seinem Pferdefuhrwerk gekommen. Er saß neben zwei anderen Lorchern, Michael und Karl, die dabei geholfen hatten, die Fundstücke vom Schiff in ein erstes Versteck zu bringen. Pfarrer Pfaff stand vor den Kirchenbänken, die Hände ineinander gefaltet, als würde er Stoßgebete zum Himmel senden. Als er Edmund und Peter den Gang auf sie zukommen sah, begrüßte er sie herzlich.

Sie setzten sich zu den anderen auf die Bank.

»Ich bin froh, dass ihr gekommen seid«, ergriff Peter das Wort. Er sprach leise, fast ehrfürchtig. Die Anspannung war allen deutlich anzumerken. Das spärlich schimmernde Licht der Kerzen vor dem Altar gab dem Raum eine tiefgründige Atmosphäre. Die Heiligenfiguren blickten auf sie hinab und schienen das geheime Treffen genauestens zu beobachten.

»Wir sind heute hier, um zu entscheiden, wie es weiter gehen soll«, fuhr Peter fort. »Was wir auf dem Schiff gefunden haben, ist gut versteckt, aber bei Weitem noch nicht sicher.«

»Ich bin nicht sicher, ob wir uns überhaupt noch mal der Gefahr stellen sollten, einen neuen Platz zu finden«, warf Theodor ein. »Wir können von Glück sagen, dass es bisher unbemerkt blieb.«

»Bist du dir da sicher sicher?«, fragte Edmund. Seine Zweifel waren ihm deutlich anzusehen. »Diese Gestalten, die durch unsere Straßen gelaufen sind, haben sich sicherlich nicht zurückgezogen. Wer weiß, ob sie unser Treiben nicht beobachtet haben.«

Pfarrer Pfaff sagte: »Wäre es nicht für alle besser, wenn wir ihnen diesen teuflischen Fund aushändigen und uns so des Problems entledigen?«

Edmund entgegnete mit etwas lauterer Stimme: »Bei allem Respekt, ihr habt doch gesehen, was diese Leute mit der Schiffsbesatzung angestellt haben. Diese Menschen sind seelenlos, wer so etwas Grausames tut, ist noch zu ganz anderen Dingen fähig. Und denkt an die Franzosen. Ein falscher Schritt von uns und sie marschieren in unsere Heimat ein.«

Betretenes Schweigen erfüllte für einen Moment die Runde.

»Edmund hat recht«, erklärte Peter schließlich. »Auf keinen Fall dürfen wir ihnen diesen Fund wieder aushändigen, wie sollte das auch funktionieren? Schließlich können wir die Sachen ja nicht einfach auf den Marktplatz legen und warten, bis sich die dunklen Gesellen aufmachen, um alles einzusammeln.«

Theodor und die anderen beiden schmunzelten. Die Ironie in Peters Worten blieb ihnen nicht verborgen.

»Nein, wir müssen die Fundstücke für alle Zeit verbergen«, fuhr Peter fort, »sodass sie erst gefunden werden können, wenn alle Gefahr gebannt ist.«

»Wann soll das sein?«, fragte Pfarrer Pfaff.

»Fragen Sie doch unseren Herrgott, schließlich haben Sie den besten Draht zu ihm«, bemerkte Edmund süffisant.

Theodor beruhigte die mittlerweile aufgeheizten Gemüter, indem er anmerkte: »Lasst uns sachlich bleiben, es bringt doch nichts, wenn wir von der Tatsache ablenken, dass wir nach wie vor ein großes Problem haben.«

»Ich sehe es wie Theodor, wir haben ein großes Problem. Ich würde euch deshalb gern meinen Lösungsvorschlag darstellen«, sagte Peter und zog sein Tagebuch heraus, in dem er die Geschehnisse der letzten Tage aufgezeichnet hatte. »Wir haben einen großen Vorteil gegenüber den Franzosen und den dunklen Männern - wir kennen unsere Heimat besser als sie.« Er erhob sich und trat nach vorn zu Pfarrer Pfaff.

»Wir werden einen Pfad ersinnen, dem zu folgen nur ein Bürger des Flaschenhalses imstande ist. Am Ende dieses Pfades wird ein Ort liegen, der die Ruhestätte der Fundstücke werden wird.«
Er hob das Tagebuch hoch, und die anderen starrten ihn gebannt an. »Dieses Buch soll dem dienen, der es finden wird, und ihm den Weg zum Ziel weisen.«

»Und wo soll das sein?«, fragte Edmund mit hochgezogenen Brauen.

Peter blickte ihn an und sagte in einem tiefernsten Ton: »Dort, wohin niemand folgen möchte.«

Dem Tod ins Auge blickend

Die Menschenmenge am Tatort lichtete sich langsam. Bis auf ein paar Schaulustige war ein Großteil der Bürger wieder in ihren Häusern verschwunden. Zwei Streifenwagen parkten noch vor dem Museum und die zugehörigen Beamten sicherten weiterhin den Tatort.

Kommissar Kießling schaute schweigend in den Raum, in dem Dr. Meinhaus getötet worden war. Mittlerweile war auch seine Assistentin Ella Nilsson eingetroffen und sicherte letzte Spuren. Mit einem Wattestäbchen nahm sie Proben von Schmutzrückständen auf dem Fußboden, die vielleicht Hinweise auf die Täter liefern konnten. Vorsichtig fuhr sie die Schmutzstellen ab und steckte die Stäbchen danach in sterile Röhrchen, die für das Kriminallabor vorgesehen waren.

Ella Nilsson war Kießlings rechte Hand und die Schnittstelle zu den verschiedenen Abteilungen. Sie führte seine Anweisungen zu Recherchen aus, und wenn jemand etwas von Kießling wollte, ging der Kontakt über Ella. Die 29-jährige Schwedin wirkte eigentlich nicht wie eine Polizistin. Wegen ihrer blonden, langen Haare und ihrer schlanken Figur hätten mehrere Kollegen sie gern als Assistentin gehabt. Doch Kießling war ihr Aussehen völlig gleichgültig, denn er schätze Ella aufgrund ihrer hervorragenden analytischen Fähigkeiten und ihrem

Organisationstalent. Er wusste genau, wenn er ihr einen Auftrag gab, konnte er hundertprozentig sicher sein, dass dieser prompt und mit minutiöser Präzision ausführt werden würde.

Ella steckte ein letztes Röhrchen mit Staubproben in den Beweiskoffer, stand auf und gesellte sich zu Kießling.

Sie schwiegen eine Weile, während sie den Tatort auf sich wirken ließen, dann sagte Kießling, ohne Ella direkt anzusehen: »Was ist hier nur passiert? So etwas ist selbst mir noch nicht unter die Augen gekommen.«

»Keine Ahnung. Ich muss gestehen, ich bin noch immer sprachlos«, antwortete Ella und schüttelte den Kopf.

»Aus welchem Grund sich das hier zugetragen hat, wir müssen äußerst vorsichtig vorgehen und dürfen vor allem keinem trauen.«

»Wie meinst du das?«, fragte Ella nach.

»Wenn jemand auf so bestialische Art und Weise abgeschlachtet und zur Schau gestellt wird, ging es sicher nicht um den alten Krempel, der hier im Museum ausgestellt ist. Was auch immer dieser Dr. Meinhaus wusste oder in seinem Besitz hatte, muss einen gewaltigen Zündstoff in sich tragen.«

Ella nickte. Normalerweise kam Mord in ihrem Zuständigkeitsbereich nicht so häufig vor. Falls doch einmal jemand auf unnatürliche Weise zu Tode kam, waren die Täter und Motive recht schnell klar. Das Ausmaß dieses Szenarios überstieg alles, was sie und

Kießling zu sehen bekommen hatten. Vor allem die Skrupellosigkeit der Täter beunruhigte Ella.

»Wie geht´s jetzt weiter?«, fragte sie ihren Chef.

»Begleite die Spurensicherung in die Zentrale, ich möchte über jeden Fortschritt umgehend informiert werden.«

»Und was machst du?«

»Ich nehme mir noch mal den Herrn Jäger zur Brust. Ich glaube, der Mann steckt tiefer drin, als ihm lieb ist.«

»Glauben Sie, er schwebt in Gefahr?«

Kießling blickte Ella an und erwiderte: »Was ich glaube, ist egal - mein Gefühl sagt mir nur, dass ich ungern in seiner Haut stecken möchte.«

Unterdessen auf Arnolds Weingut

Arnold hatte seine Aufregung mit dem schnellen Genuss einer Flasche Wein bändigen können und war mehr oder weniger freiwillig in seinem Sessel im Wohnzimmer zusammengesackt und eingeschlafen. Ständig zuckte er im Schlaf. Im Traum wurden ihm wieder die grausamen Szenen vor Augen geführt, die er heute hatte erleben müssen. Sein Unterbewusstsein malte das Szenario noch weiter aus und ließ ihn dabei sein, wie Dr. Meinhaus die letzten Minuten seines Lebens verbracht hatte. Er sah ihn in voller Angst, gefesselt auf dem Boden kniend und um sein Leben fürchtend. Eine Hand führte eine scharfe Klinge in Richtung seiner Brust und ritzte ihm die Symbole ein, bis das Blut spritzte.

Arnold schwitzte in seinem Sessel, zuckte immer stärker. Die Traumszene näherte sich einem dramatischen Höhepunkt. Er fühlte sich plötzlich an Stelle von Dr. Meinhaus, er spürte die Kette um seinen Hals, die sich immer stärker zuzog. Es roch nach Blut, eine eisige Kälte war zu spüren. Eine Empfindung kam in ihm hoch, die er vorher noch nie verspürt hatte. Es war ein Gefühl der Angst, der Ungewissheit, gepaart mit Schmerzen. Unweigerlich dachte er an den Tod.

Die Peiniger in seinem Traum nahmen plötzlich Gestalt an, der Druck an seinem Hals wurde immer stärker, er wollte schreien, doch er konnte nicht. Die Kette um seinen Hals nahm ihm die Luft zum Atmen. Er riss in panischer Angst die Augen auf, wollte nur aus diesem Albtraum flüchten, versuchte, sich zu bewegen, doch konnte es nicht. Er saß in seinem Sessel im düsteren Wohnzimmer. Nur gedämpfter Kerzenschein zeichnete Umrisse von vier Gestalten. War er noch in seinem Albtraum gefangen?

Ihn erlangte die Gewissheit, dass er sich nicht mehr in der Traumwelt befand, sondern in der Realität erwacht war. Eine Kette schnürte sich tatsächlich um seinem Hals. Seine Hände und Fußknöchel waren mit Stricken gefesselt und er konnte sich nicht rühren. Arnold versuchte, nach Luft zu schnappen, doch je mehr er sich wehrte und nach einem Hauch Sauerstoff schnappte, desto mehr schnürte die Kette seinen Hals zu.

Eine der mit einem schwarzen Umhang verhüllten Gestalten bewegte sich auf Arnold zu, packte ihn an den Haaren und zog seinen Kopf nach hinten.

»Hör auf, dich zu wehren, es hat keinen Sinn. Du musst hier nicht leiden.«

Arnold hielt weiter dagegen, Angst hatte die Kontrolle über seinen Körper übernommen. Immer stärker lief der Schweiß aus seinen Poren, alle Gliedmaßen zitterten.

Die Gestalt, die ihn an seinen Haaren gepackt hatte, neigte den Kopf näher an ihn heran und wiederholte: »Lass es sein, dein Bemühen wird dir nicht helfen.«

Er ließ Arnolds Haare los und trat einen Schritt zurück. Mit beiden Händen griff er an die Kapuze seines Umhangs und zog diese nach hinten, sodass sein Gesicht zum Vorschein kam. Das spärliche Licht im Raum ließ einen älteren Mann mit finsteren Augen und einem faltigen Gesicht erkennen. Eine tiefe Narbe verlief über die rechte Wange.

Er hob die rechte Hand und gab der Gestalt, welche die Kette um Arnolds Hals hielt, ein kurzes Zeichen und die Kette entspannte sich. Arnold rang nach Luft, atmete mehrmals tief ein und aus und musste husten.

Der alte Mann richtete das Wort an ihn: »Du hast etwas in deinem Besitz, was ich haben möchte.«

Arnold stammelte: »Wer sind Sie und was wollen Sie?«

Der Mann erwiderte: »Glaube mir, junger Mann, du bist nicht in der Position Fragen zu stellen. Aber ich frage noch mal - wo ist das Tagebuch?«

Arnold wusste nicht, wie ihm geschah. Immer noch hoffte er, dass er sich in seinem Traum befand. Doch die Hoffnung schwand von Sekunde zu Sekunde. Allein der Schmerz, den er durch die Kette verspürte, war so real, dass es sich um die Wirklichkeit handeln musste.

»Ich weiß nicht, wo es ist«, stammelte er, immer noch nach Luft schnappend, »ich habe es Dr. Meinhaus gegeben.«

Der Mann verzog das Gesicht zu einer starren Miene. »Nun, du hast die gleiche Chance wie Dr. Meinhaus, uns einfach das Buch auszuhändigen oder einen Anhaltspunkt über den Verbleib zu geben. Der Doktor hat eine Entscheidung zu seinen Ungunsten gefällt. Ich hoffe nicht, dass du ebenfalls so dumm bist.«

Arnold versuchte, sich beruhigen und nicht wieder in Panik zu verfallen. Er hatte das Buch nicht und auch keine Ahnung, wo Dr. Meinhaus es versteckt haben könnte. Trotz des Entsetzens, das er empfand, konnte Arnold einen klaren Gedanken fassen und sagte geistesgegenwärtig: »Ich kann mir aber vorstellen, wo es ist. Ich kann es Ihnen besorgen.«

»Wo ist es?«, fragte der Mann mit fordernder Stimme.

Arnold suchte krampfhaft nach einer guten Lüge, doch da durchdrang ein lautes Motorengeräusch den Hof des Weingutes. Mit einer knappen Handbewegung schickte der Mann einen seiner Anhänger zum Fenster, um zu schauen, wer da angefahren kam. Er sah aus dem Fenster.

»Ein Mann auf einer Harley. Er steigt ab und blickt sich um.«

Es war Kießling, der seinem unguten Gefühl nachgegeben hatte und noch in der Nacht zu Arnold wollte. Er stand neben seiner Harley Davidson und schaute sich misstrauend im Hof um. Sein Blick fiel auf die Eingangstür, die einen Spalt offen stand. Sein Gefühl sagte ihm, dass hier etwas nicht stimmte.

Instinktiv zog er unter der Lederjacke seine Pistole aus dem Halfter.

Oben erstattete der zweite Mann seinem offensichtlichen Befehlsgeber umgehend Bericht. »Er ist bewaffnet und zieht eine Pistole.«

Ohne eine Miene zu verziehen, forderte dieser seine Gefolgschaft auf, sich zurückziehen.

»Gehen wir. Unser Freund hier kann warten, und wir können auch warten.«

Einer der Eindringlinge löste die Kette vollends von Arnolds Hals und verschwand mit den drei anderen durch die Wohnzimmertür.

Der Oberste blieb noch einen Moment stehen. »Heute war dir dein Schicksal nochmal wohlgesinnt«, erklärte er drohend, »aber wir sehen uns wieder, dessen sei sicher.«

Mit diesen Worten drehte er sich um und verschwand ebenfalls durch die Wohnzimmertür. Offensichtlich hatten die Eindringlinge vorher die Umgebung gut ausgekundschaftet. Deshalb hatten sie gewusst, dass Arnolds Wohnhaus über einen Hinterausgang verfügte, der direkt in die Weinberge führte und sie somit nicht Gefahr liefen, auf etwaige überraschende Gäste zu treffen.

Kießling bahnte sich langsam und mit äußerster Vorsicht den Weg durch den Hausflur, die Waffe im Anschlag.

»Herr Jäger, sind Sie da? Hier ist Kommissar Kießling.«

Arnold spürte endlose Erleichterung, als er die Stimme des Kommissars hörte. So laut seine Stimme es zuließ, rief er: »Ich bin hier im Wohnzimmer, helfen Sie mir!«

Kießling folgte umgehend den Rufen und ging mit etwas schnelleren Schritten durch den Hausflur. Die Waffe immer noch im Anschlag, arbeitete er sich vorsichtig in Richtung Wohnzimmer vor. Er überprüfte jede Ecke und jeden Raum, der auf dem Weg dorthin lag. Er wollte keine Überraschungen, geschweige denn einen Angriff aus dem Hinterhalt erleben. Arnold rief indessen weiter: »Hier bin ich, im Wohnzimmer.«

Am Türrahmen angekommen, verharrte Kießling einen kurzen Moment und bereitete sich darauf vor, das Zimmer zu erstürmen. Schwungvoll drehte er sich in den Türrahmen und zielte dabei mit der Waffe quer durch den Raum. Er erblickte Arnold, der immer noch gefesselt im Sessel saß. Er ging ein paar Schritte nach vorn und schloss vorsichtshalber die Tür zum Wohnzimmer, damit nicht irgendeine Überraschung aus dem Hinterhalt blühte.

Arnold atmete noch schwer, die Furcht war ihm weiterhin ins Gesicht geschrieben. Kießling ging ein paar Schritte auf ihn zu und musterte Arnold. Ihm war der Ernst der Lage absolut bewusst, doch konnte er sich in seiner speziellen Art einen schlüpfrigen Kommentar nicht verkneifen. »Ich hoffe, ich störe Sie nicht bei … was auch immer?«

Arnold atmete erleichtert aus und erwiderte: »Glauben Sie mir, egal, was Sie jetzt denken, ich bin einfach nur froh, Sie zu sehen.«

»Ist noch jemand im Haus?«

»Ich weiß es nicht. Es waren vier Typen in schwarzen Umhängen«, krächzte er, »aber ich glaube, die sind hinten raus.«

Kießling griff zu seinem Handy und wählte Ellas Nummer. »Ella, schicken Sie sofort Verstärkung zu Jägers Weingut, er hatte gerade ungebetenen Besuch von vier Männern. Schicken Sie auch eine Truppe in die Weinberge, weit können sie nicht sein.«

Er schloss sein Handy, ging auf die Knie und löste Arnold die Fesseln.

»Ich glaube, wir müssen uns noch mal genauer über Ihre Rolle in diesem Fall unterhalten.«

Arnold nickte zustimmend und rieb sich die von den Fesseln aufgeriebenen Handgelenke.

»Es sieht nicht so aus, als betrieben Sie hier Fesselspielchen«, fuhr Kießling fort, »erklären Sie mir also, was hier los war.«

»Ich befürchte, die Leute, die Dr. Meinhaus das angetan haben, sind nun hinter mir her«, sagte Arnold schwach.

»Was haben die gewollt?«

»Ich denke, ich zeige Ihnen, wo ich das gefunden habe, wonach die suchen. Im Weinkeller.«

Mühsam rappelte er sich hoch. Sein Kopf schmerzte vom Alkohol, an seinem Hals spürte er, wie die Abschürfung von der Würgekette anschwoll. Als die beiden auf dem Weg zum Weinkeller den Hof betraten, stellte sich ihnen jemand in den Weg. Geistesgegenwärtig zog Kießling die Waffe und richtete sie auf die Gestalt. »Keine Bewegung«, rief er laut, »zeigen Sie mir Ihre Hände!«

Arnold ging hinter dem Kommissar in Deckung.

Der Mann in der Dunkelheit hob sofort die Hände und rief zurück: »Moment eh´ mo´, ich bin´s, de Willi.«

Arnold griff dem Kommissar blitzschnell auf die Schulter und gab Entwarnung. »Alles gut, das ist nur mein Nachbar Willi.«

Willi schaute indes verdutzt drein. »Mein lieber Herr Gesangsverein, was treibt ihr denn hier? In ganz Lorch gehe´ die Sirene, do kann ich schon nit einschlafe und jetzt fährt hier auch noch einer mit ´nem Mopped mitte in de´ Nacht im Hof herum. Do wollt´ ich mo gucke, was hier los is.«

»Alles gut«, sagte Arnold, »ich habe nur späten Besuch bekommen. Tut mir leid, dass wir dich geweckt haben.«

»Ich wollt´ nur nach dem Rechte sehen. Dann habt noch viel Spaß, und du pass uff mit der Spritzpistole, nit´ dass noch jemand nass wird.« Willi lachte und machte sich auf den Heimweg.

Kießling fragte süffisant: »Hätte ich den vielleicht doch erschießen sollen?«

Arnold grinste und deutete auf den Eingang zum Weinkeller. »Wir müssen dort hinunter.«

»Na, dann bin ich mal gespannt, was Sie mir zu erzählen haben.«

Kapitel vier

Lorch im Freistaat Flaschenhals, 20. Oktober 1921.

Die Tage werden immer dunkler. Nicht, weil es die Jahreszeit mit sich bringt, sondern sich immer mehr ein Schleier aus Angst und Ungewissheit über unser kleines Stück Heimat ausbreitet. Die fremden Gestalten scheinen sich nur noch im Untergrund zu bewegen. So offen wie noch vor wenigen Tagen, getrauen wohl auch sie sich nicht mehr, in Lorch zu bewegen. Die Franzosen schnallen den Gürtel um unsere Freiheit immer enger. Wieder wurden zwei unserer Freunde Opfer ihrer immer ausschweifenderen Patrouillen. Sie wollten nur Lebensmittel zu ihren Familien bringen. In den Augen unserer Besatzer ist das ein so schweres Vergehen, dass es mit dem Tode geahndet werden müsste. Gott sei´s gedankt, dass ihnen dieses Schicksal nicht zuteil wurde. Wir beten für ihre sichere Heimkehr irgendwann in naher Zukunft.

Auch wenn mir die nächsten Worte schwer aus der Feder kommen, wir müssen den Franzosen dankbar sein. Dank ihrer Gier auf unsere Heimat können wir das, was wir gefunden haben, dem Verborgenen übergeben, ohne dass eine Seite unserem Pfad zu folgen vermag. Eine Ablenkung wird vonnöten sein. Ein Freudenfest mit Tanz am Rhein soll diesem Zwecke dienen. Es wird die Gemüter der Menschen erhellen und gleichzeitig den Blick unserer Besatzer und Eindringlinge trüben, dass sie unser wahres Vorhaben verkennen. Die Fundstücke werden einen Weg ins Dunkel nehmen, der alle Gefahr von unserer Heimat nimmt. Keine Seele außer unserem engsten Kreis soll in Besitz dieses gefährlichen Wissens kommen, auf dass er Gefahr läuft, daran zu zerbrechen. Wir gehen diesen Weg gemeinsam und teilen unsere Kraft. Der Mut und Scharfsinn eines jeden ist gefragt, um unser Ansinnen zum Erfolg zu führen. Sobald der Schatten des Vergessens die Wahrheit verhüllt, sind wir sicher, dass der Frieden wieder Einkehr in unsere Heimat findet.

Der Tag wird kommen, an dem jede Gefahr gebannt und die Fundstücke wieder an das Tageslicht treten sollen, um unsere Geschichte zu erzählen oder in die Hände der rechtmäßigen Besitzer zurückzukehren.

Wir sind uns einig, auf den nächsten Seiten unseren Weg aufzuzeichnen, wie wir ihn in den kommenden Tagen gehen werden.

Derjenige mit reinem Herzen, Liebe zu unserer Heimat und ohne Furcht vor den Tiefen der Unendlichkeit wird in der Lage sein, uns zu folgen und das ans Tageslicht zurückbringen, was heute verborgen werden muss.

Hier, im Schutze der Mauern unserer geheiligten Sankt-Martins-Kirche stehen wir nun, als Gruppe mutiger Patrioten. Wir sind bereit, den Weg zu gehen, Opfer zu bringen und möge es das eigene Leben sein. Wenn dies der Preis für die Freiheit unserer Lieben sei, möge er gezahlt werden.

In der Gerichtsmedizin

Ella Nilsson rieb sich die Augen. Bereits seit Stunden war sie auf den Beinen und ein Ende war nicht in Sicht. Sie hatte sich ihren Feierabend ganz anders vorgestellt, als jetzt mit dem Pathologen Dr. Besserwisser in der Gerichtsmedizin zu stehen und ihm dabei zuzuschauen, wie er eine Leiche obduzierte.

Dr. Besserwisser war natürlich nicht der richtige Name des Gerichtsmediziners, war allerdings seit geraumer Zeit im Sprachgebrauch der Kollegen, da der Doktor über ein außerordentliches Maß an Wissen auch außerhalb seines Fachgebiets verfügte. Und da er nicht müde wurde, dieses Wissen bei jeder Gelegenheit kundzutun, hatten ihm die Kollegen diesen Spitznamen verpasst. Sein richtiger Name lautete Dr. Malte Berger. Er war klein und von dicklicher Statur. Sein lichtes Haar ließ darauf schließen, dass er um die 50 Jahre alt war, genau wusste das aber niemand, da der Doktor zwar immer bereitwillig und manchmal ungefragt sein lexikalisches Wissen zum Besten gab, aber sehr ungern Persönliches preisgab. Bevor er in der Wiesbadener Gerichtsmedizin anfing, hatte er jahrelang die Welt bereist und arbeitete an den entlegensten Plätzen. Sein gewaltiges Wissen hatte er in dieser Zeit angehäuft. Er saugte alles, was es zu fassen gab, förmlich in sich hinein. Sein geistiges

Kapital war schon bei vielen Kriminalfällen zum Einsatz gekommen, und nicht zuletzt Kießling griff gern auf die scheinbar unerschöpfliche Quelle des Wissens von Dr. Besserwisser/Berger zurück, um seine Ermittlungen in die richtige Richtung zu treiben.

Ella strich rastlos in dem kühlen Saal hin und her, während Dr. Berger seinem Job nachging. Ihre Müdigkeit hatte sie längst verdrängt, der Zeitpunkt, an dem Ella hätte schlafen können, war längst überschritten. Jetzt war sie wieder voll in ihrem Element und erpicht auf Besserwissers Fakten. Ständig blickte sie vorsichtig über seine Schulter, aber er wies immer wieder mit einem kleinen Schwenk seines Kopfes und stechendem Blick auf den Platz hinter ihm zurück. Ella wusste, dass es nichts brachte, den Doktor zur Eile anzutreiben. Er nahm sich die Zeit, die er brauchte und sah überhaupt nicht ein, die Qualität seiner Arbeit aufgrund von Hektik leiden zu lassen. Allmählich schien er zum Ende zu kommen. Er hob den Kopf und atmete einmal tief durch. Mit der rechten Hand zog er einen Bestecktisch auf Rollen zu sich heran und platzierte dort das Obduktionsbesteck. Daraufhin zog er die Handschuhe aus und warf sie in den Mülleimer zu seiner linken. Er zog die Schutzmaske herunter und blickte Ella an. Erwartungsvoll starrte sie zurück.

»Interessant!«, sagte er nach einigen Sekunden. Dabei zog er die Lippen nach oben zusammen und nickte leicht dem Kopf. Ella kannte diese Miene schon. Dr. Berger setzte sie nur auf, wenn er etwas entdeckte, das sogar ihn noch zu faszinieren vermochte.

»Was können Sie mir zu der Leiche sagen?«, wollte Ella wissen.

»Ich muss gestehen, so etwas ist mir noch nicht unter die Augen gekommen.«

»Meinen Sie die Todesursache?«, fragte Ella.

»Nein, die Todesursache ist klar. Strangulation gepaart mit hohem Blutverlust durch die beigebrachten Wunden am Oberkörper.«

Ella bemühte sich, ihre aufsteigende Gereiztheit unter Kontrolle zu bekommen, aber es gelang ihr nicht. Es war typisch für Dr. Berger, sich besonders interessante Informationen förmlich aus der Nase ziehen zu lassen.

Ella sagte ungehalten: »Jetzt kommen Sie schon raus damit. Es ist mitten in der Nacht, ich habe nicht geschlafen und finde es auch nicht berauschend, in einem Raum voller Leichen zu stehen.«

»Sie haben mich doch aus dem Bett geklingelt und wollten eine schnelle Obduktion«, verteidigte sich Dr. Berger.

Ella holte tief Luft. Der Gerichtsmediziner hatte natürlich recht. Er müsste um diese Zeit nicht hier stehen und die Obduktion durchführen, sondern tat das aus reinem Pflichtbewusstsein und weil Ella solange sein Telefon klingeln ließ, bis er abgenommen hatte.

Reumütig antwortete sie: »Entschuldigen Sie, Dr. Berger, Sie haben recht. Es ist spät und ich habe Sie aus dem Bett geklingelt. Was können Sie mir zu der Leiche sagen?«

»Die Todesursache ist nicht der interessante Punkt, sondern die Art der Verstümmelung in Verbindung mit dem rituellen Aufstellen der Leiche am Tatort.«

»Wie meinen Sie das?«

Dr. Berger fasst sie behutsam am Arm und zog sie näher an die Leiche von Dr. Meinhaus.

»Schauen Sie genau hin.«

Ella betrachtete die Schnittwunden. Jetzt erkannte auch sie das Symbol eines Kreuzes, das von einer Pyramide umschlossen und tief in die Brust von Dr. Meinhaus geritzt war.

»Was hat es damit auf sich?«, fragte sie.

»Während meiner Zeit in Frankreich habe ich häufig ein Kloster in der Provence besucht. Es hatte eine wunderbare Bibliothek mit vielen alten Schriften.«

Ihre Anspannung verflog und Ella lauschte gebannt seinen Ausführungen.

»Da ich einem der Mönche nach einem kleinen Unfall geholfen habe, gewährten sie mir Zutritt und erlaubten mir, die Schriften zu studieren.«

»Was hat das mit unserem Fall zu tun?«, fragte Ella nach.

»In einer dieser Schriften bin ich auf Geschichten über einen sehr mysteriösen Orden gestoßen - einen Orden ohne Namen.«

»Was hat es mit diesem Orden auf sich, und warum hat er keinen Namen?«

»Das habe ich mich auch gefragt und so konsultierte ich die Mönche. Viel wussten sie auch nicht darüber, da es sich wohl um ein sehr … sehr dunkles Kapitel in der Geschichte der Kirche handelt.«

Ella spitzte die Ohren. Dieser Fall schien weitaus größere Ausmaße zu haben, als sie es hätte vorstellen können.

Dr. Berger fuhr fort: »Zu Zeiten des Mittelalters, als die Inquisition wahllos Frauen und Männer anderer Gesinnung und Weltanschauung ohne Beweise festnahm und zum Tode verurteilte, kam es nicht selten vor, dass diese Menschen gut betucht waren. Die ganzen Grundstücke, auf denen heute Kirchen stehen, sind sicher nicht alle gekauft worden.« Er lächelte zynisch. »Nun ja, es kamen somit jede Menge Wertgegenstände zusammen, und alles, was nicht nach Rom in den Kirchenstaat getragen wurde, ist inoffiziell in den Kammern der Inquisitoren gelandet.«

»Und wie kommt jetzt dieser Orden ins Spiel?«

»Dieser Orden wurde wohl hinter verschlossenen Türen und ohne Wissen des Papstes oder der Kardinäle gegründet. Er sollte das beschlagnahmte Vermögen verwalten, schützen und unter denjenigen verteilen, die mit gezielten Anklagen gegen reiche Bürger dieses Vermögen immer weiter anwachsen ließen.«

Ella blickte wieder auf die Leiche von Dr. Meinhaus und beäugte das eingeritzte Symbol auf der Brust. »Und lassen Sie mich raten, dieses Symbol war mehr oder weniger ihr Markenzeichen.«

»Den Begriff würde ich so nicht verwenden, aber Sie haben recht, unter diesem Symbol kam der Orden zusammen und war für die Eingeweihten zu erkennen.«

Jetzt war Ellas Wissbegier endgültig geweckt.

»Wow, dass ist sehr interessant, um nicht zu sagen, mysteriös. Wissen Sie noch mehr?«

»Mehr kann ich Ihnen leider dazu auch nicht sagen. Die Mönche waren bezüglich weiterer Informationen über diesen Orden auch sehr reserviert. Wie gesagt, sie spiegeln nicht die populärste Epoche der Kirche wider.«

» Dr. Berger, Sie haben mir wirklich weitergeholfen.«

»Nichts zu danken, ist mein Job. Halten Sie mich bitte bei Ihren Recherchen auf dem Laufenden. Das Ganze scheint ein interessanter Fall zu sein.«

Ella lächelte. »Ich glaube, das ist die Untertreibung des Jahres. Nochmals vielen Dank!«

Mit diesen Worten drehte sich Ella um und wollte Richtung Ausgang, um draußen mit Kießling zu telefonieren, da rief sie Dr. Berger noch einmal zurück: »Frau Nilsson, warten Sie.«

Ella schaute Dr. Berger fragend an. Dieser hatte jetzt eine besorgte Miene aufgesetzt.

»Seien Sie auf der Hut! Menschen, die heutzutage einer so niederen Ideologie folgen, sind unberechenbar und gefährlich. Sie haben gesehen, zu was diese Leute fähig sind.«

Ella nickte zustimmend und verließ endgültig die Pathologie.

Das Meinhaus-Versteck

Arnold zitterte am ganzen Körper, nicht, weil er Angst hatte, sondern weil die Aufregung der vergangenen Stunden seinen Adrenalinspiegel auf kein normales Maß sinken ließ. Er und Kießling standen im Weinkeller vor der Öffnung, wo Arnold das Tagebuch und den Becher gefunden hatte. Kießling hingegen starrte konzentriert auf das Loch. Natürlich war die Situation in Lorch für ihn auch kein alltägliches Unterfangen, doch er konnte mit all seiner Erfahrung und Abgebrühtheit, die er in den Jahren seiner Polizeilaufbahn erlangt hatte, seine Aufmerksamkeit voll und ganz auf den Fall lenken.

»Und hier haben Sie dieses ominöse Tagebuch gefunden, von dem Sie mir schon im Museum erzählt haben?«, fragte Kießling den Jungwinzer.

»Ja, genau hier, in dieser kleinen Höhle.«

Arnold berichtete ihm von allem, was seit seinem Fund der beiden Gegenstände geschehen war. Kießling hörte ihm aufmerksam zu. Arnold fiel auf, dass er sich keine Notizen machte. »Wollen Sie sich nichts aufschreiben?«

»Das brauche ich nicht«, erklärte Kießling ernst, »zum einen hat mich noch nicht die Altersdemenz heimgesucht und zum anderen habe ich doch Sie.«

Arnold horchte verdutzt auf. »Wie meinen Sie denn das? Ich habe eigentlich vor meinem geistigen

Auge meine Koffer gepackt, um so weit wie möglich von hier weg zu kommen.«

Kießling lachte leise. »Das können Sie vergessen, mein Lieber. Wir zwei sind jetzt ein Gespann, und bis die Sache ausgestanden ist, lasse ich Sie nicht mehr aus den Augen.«

Arnold spürte ein flaues Gefühl in der Magengegend. Sein Hals schnürte sich förmlich zu. Was Kießling da sagte, war ihm gar nicht recht. Sein Gefühl sagte ihm ständig, dem Kommissar jetzt alle Fakten zu liefern und dann ab ins Auto zu springen und in die mecklenburgische Heimat zu fahren, weil sie ihm weit genug weg von diesem Irrsinn erschien. »Wieso denn das? Ich geb´ Ihnen alle Informationen, die Sie brauchen, und falls Sie noch etwas wissen wollen, können Sie mich gerne auf Usedom anrufen.«

Kießling blickte wieder ernster drein. »Jungchen, wenn diese Kerle, die Dr. Meinhaus ermordet haben, dem gleichen Verein angehören, der vor hundert Jahren ein paar Matrosen auf dem Rhein gemeuchelt hat, wegen eines Schatzes oder was auch immer, und die das nach so vielen Jahren immer noch verfolgen«, Kießling stoppte kurz seine Ausführung und kam mit dem Kopf näher an Arnolds Gesicht heran, »dann ist es denen egal, ob Sie hier auf Ihrem Weingut hocken oder in einer Fischbude auf Usedom - die werden Sie holen kommen.«

Arnold verstand, worauf Kießling hinauswollte. In seinem Kopf begannen sich Szenarien abzuspielen, wie diese Leute ihn auf dem Hof auf

Usedom aufspürten und vielleicht noch seinen Eltern etwas antaten. Ihm wurde bewusst, dass er in Lorch bleiben und diese Sache durchstehen musste, koste es, was es wolle. Wenn dieses Verbrechen nicht aufgeklärt und das Geheimnis gelüftet werden würde, wäre er niemals sicher.

»Hallo, sind Sie wieder bei mir oder noch auf dem elterlichen Fischkutter?« Kießling grinste.

»Meine Eltern haben einen Bauernhof«, stellte Arnold klar. Dabei richtete er seinen Oberkörper auf und strahlte wieder ein wenig Optimismus und Stärke aus. Kießling nahm diese Wandlung wohlwollend zur Kenntnis.

»Na dann, mein lieber Bauernbub, kommen wir auf die Kerle zurück, die Ihnen ans Leder wollen und finden raus, wo dieses verdammte Tagebuch ist.«

Arnold nickte und ließ sich von Kießlings Enthusiasmus anstecken. Seine Aufregung ließ nach und er schaute Kießling konzentriert an.

»Also. Was ist mit diesem Pfarrer, könnte er es haben?«, fragte Kießling.

»Ich denke nicht. Dr. Meinhaus schien ihm auch nur vage Informationen im Vorfeld gegeben zu haben.«

»Das letzte Mal, als Sie mit ihm telefoniert haben, was sagte er? Irgendein Hinweis?«, bohrte Kießling weiter.

»Er sagte nur, dass die Sachen sicher seien und die Madonna über sie wachen würde.«

Kießling horchte auf.

»Welche Madonna sollte über sie wachen?«

»Keine Ahnung, das ganze Museum steht doch voll von religiösem Zeug. Wahrscheinlich hat er das irgendwie gemeint, im Sinne von - Gott wird es schon schützen ... oder so.«

Kießling intervenierte: »Nein, der Mann war Wissenschaftler, die haben in der Regel nichts übrig für spirituellen Mumpitz. Denken Sie nach, was kann er mit der Madonna gemeint haben?«

Arnold ging vor seinem inneren Auge zurück ins Museum und spielte sein erstes Treffen mit Dr. Meinhaus durch. Plötzlich durchfuhr es ihn wie ein Blitz. Vor seinem inneren Auge tauchte die Statue der Traubenmadonna auf. Er riss die Augen auf und drehte den Kopf zu Kießling. »Die Traubenmadonna!«

»Was für eine Traubenmadonna?«, fragte Kießling sofort nach.

»Das ist eine Statue im Museum. Sie hat mir sehr gut gefallen, das muss Dr. Meinhaus aufgefallen sein. Sie stand auf einem etwa ein Meter hohen Sockel, ziemlich in der Mitte des Museums.«

»Das hört sich doch schon eher nach etwas Greifbarem an. Lassen Sie uns gehen!«

Kießling ließ keinen Zweifel daran, dass es sich hier für ihn um eine heiße Spur handelte. Er nahm sofort Kurs auf den Ausgang des Weinkellers und zog Arnold am Arm hinter sich her. Im Hof schwang er sich auf seine Harley Davidson. Arnold stand etwas hilflos daneben und beäugte unsicher das Motorrad.

Kießling schaute ihn an und forderte ihn auf: »Worauf warten Sie, wollen Sie da Wurzeln schlagen? Ab, hinten drauf!«

Arnold hatte vorher noch nie auf einem Motorrad gesessen. Zögerlich kam er der Aufforderung des Kommissars nach und schwang sich hinter Kießling auf die Sitzbank des Choppers. In der Aufregung vergaß der Gesetzeshüter sogar die Helmpflicht. Kießling drehte an der Zündung und drückte den Startknopf. In den nächtlich ruhigen Straßen Lorchs schien der Motor überlaut zu raunen. Kießling trat auf den Schalthebel. Mit einem lauten Knall rastete der erste Gang im Getriebe ein und mit lautem Getöse fuhr er aus der Hofeinfahrt in Richtung Museum.

In den Weinbergen weit oberhalb von Lorch

Das Licht der Morgenröte vertrieb das Dunkel der Nacht. Die ersten sanften Sonnenstrahlen erstreckten sich über die Weinberge des Mittelrheintals und die Natur erwachte. Der friedliche Anblick machte es kaum glauben, dass noch vor wenigen Stunden ein Mord geschehen war. Was allerdings daran erinnerte, waren die Streifenwagen, die noch vereinzelt über die befestigten Wege der Weinberge kreuzten. Die Verstärkung, die Kommissar Kießling nach dem Angriff auf Arnold angefordert hatte, beendete nach und nach die Suche nach den Tätern. Das Gebiet war einfach zu groß und die Fluchtwege zu vielfältig. So brachen die Beamten ihre Suche ab und verließen das Terrain. Sie gingen davon aus, dass sämtliche Verdächtige bereits über alle Berge waren. Aber sie täuschten sich. Weit oben, an einem alten verlassenen Turm, stand Achmandor und blickte auf Lorch hinunter. Sein Gesichtsausdruck sprach Bände. Die Augenbrauen zusammengezogen, jeder Gesichtsmuskel stand unter Spannung - er war nicht zufrieden mit dem Ergebnis dieser Nacht. Hinter ihm hatten sich seine Ordensbrüder versammelt. Stillschweigend beobachteten sie ihn, wie den Blick übers Tal schweifen ließ und sich seine Gedanken machte. Sie würden es nicht wagen, das Wort zu ergreifen, zu groß waren Respekt und die Angst vor dem skrupellosen Ordensführer. Achmandor wusste um seine Stärke. Es war nicht unbedingt eine körperliche Überlegenheit gegenüber seinen untergebenen Brüdern, eher eine psychologische Vormachtstellung. Alle fürchteten ihn, dies verlieh ihm unglaublichen Einfluss auf seine Untergebenen. Nach kurzer Zeit des Schweigens ergriff er das Wort, ohne sich umzudrehen: »Wir haben versagt.«

Einer seiner Brüder antwortete unterwürfig: »Oh nein, Magnus Frater, Euch trägt keine Schuld. Wir haben die Situation falsch eingeschätzt.«

Langsam drehte er sich um.

»Oh doch, es ist auch meine Schuld, ich habe euch zu viel Vertrauen geschenkt und war der Auffassung, ihr könntet die Verantwortung tragen.«

Er schritt auf seine Brüder zu und fixierte sie mit seinen finsteren Augen.

»Der junge Mann beugte sich nicht der Folter. Und weshalb fuhr plötzlich ein Polizist vor? Das alles wäre vermeidbar gewesen, hättet ihr von Anfang an das Tagebuch gefunden.«

Die Männer senkten schuldbewusst den Kopf und atmeten schwer. Achmandors Konsequenzen waren berüchtigt.

Er schritt die Linie entlang, in der seine Brüder aufgereiht standen. Beim linken Bruder blieb er stehen. Seine Hand schnellte an dessen Hals und er drückte zu. Der Bruder starrte ihn entsetzt an, dann füllten sich seine Augen mit Tränen. Auf seine Stirn traten Schweißperlen. Die anderen drei standen da und rührten sich nicht von der Stelle, sahen aber ebenfalls so furchterfüllt drein, als würde Achmandors Hand sich an ihrem eigenen Hals befinden.

Er drückte indes immer fester zu und das Gesichtes des Bruders lief langsam blau an. Er zog ihn zu sich heran und zischte in sein Gesicht: »Geht zurück nach Lorch, folgt jedem ihrer Schritte. Ich will dieses Tagebuch!«

Mit einem wuchtigen Stoß schleuderte er den Bruder zu Boden. Dieser begann sofort zu husten und nach Luft zu ringen.

Achmandor zügelte seine Stimme und entspannte seine Miene, als er sich an die anderen drei wandte. »Geht jetzt und bleibt unbemerkt. Enttäuscht mich nicht noch mal!«

Die Blicke der Madonna

Als sich die ersten Sonnenstrahlen über den Lorcher Marktplatz tasteten und in einen rotgelben Schimmer tauchten, rauschte Kommissar Kießling mit Arnold auf dem Rücksitz die schmale Marktgasse zum Museum hinauf. Auf dem Parkplatz vor der Eingangstür stoppte er die Maschine. Arnold schwang sich vom Rücksitz, während Kießling den Seitenständer ausklappte und den Motor abstellte. Er stieg gerade von der Maschine, als sein Mobiltelefon in der Lederjacke klingelte.

»Einen Moment, da muss ich rangehen«, rief er Arnold zu.

Arnold nickte und wandte sich dem Museum zu. Noch immer konnte er nicht fassen, was in dieser Nacht geschehen war. Es fast wie in einem Albtraum, der nicht enden wollte.

Kießling indes machte einen souveränen Eindruck, als wäre dies alles eine alltägliche Sache. Natürlich konnte niemand in ihn hineinschauen, aber nach außen hin schien der Kommissar alles unter Kontrolle zu behalten. Er drückte auf die grüne Taste auf dem Display und fragte: »Ella, was gibt es Neues?«

Sie fasste die Ergebnisse der Obduktion zusammen und schilderte ihm, welche neuen

Erkenntnissen es zu den vermeintlichen Tätern, die womöglich einem ominösen Orden angehörten, gab, und betonte Dr. Besserwissers Warnung mahnte ebenfalls zur Vorsicht.

Kießling runzelte besorgt die Stirn. Arnolds Bericht, gepaart mit den Informationen von Dr. Berger ergaben ein besorgniserregendes Bild.

Nachdem Ella Kießling die neuen Fakten präsentiert hatte, fragte sie mit matter Stimme: »Kann ich noch etwas tun? So langsam bräuchte ich etwas Schlaf.«

Kießling zögerte und überlegte kurz. »Nein, Ella«, sagte er dann, »für heute ist es genug. Fahren Sie nach Hause und ruhen Sie sich ein paar Stunden aus. Ich melde mich bei Ihnen.«

Er klappte des Telefons zu und ließ es wieder in der Innentasche seiner Lederjacke verschwinden, schritt auf die Eingangstür des Museums zu und klopfte Arnold im Vorbeigehen auf die Schulter. »Kommen Sie, Jäger, machen Sie mal Ihrem Namen alle Ehre.«

Arnold schreckte zusammen. Er war während Kießlings Telefonat vollends in Gedanken versunken gewesen. Schwerfällig trottete er dem Kommissar hinterher.

Kießling hatte den Schlüssel zur Eingangstür und sie betraten das Museum. Arnold beschlich ein beängstigendes Gefühl. Um ein Haar wäre sein Weingut selbst zu einem Tatort mit ihm als Mordopfer geworden. Jetzt stand er wieder hier, wo vor ein paar Stunden ein Mensch auf grausame

Weise sein Leben verloren hatte. Einzelne Sonnenstrahlen tauchten den Raum zwar in ein angenehmes Licht, doch dieser seltsame Geruch trübte das ganze Bild. Es roch kalt und nach Eisen wie in einem Schlachthaus und vermittelte den Hauch von Tod.

Kießling schaute nach vorn und inspizierte den Eingangsbereich.

»Okay, Jäger, Sie sind dran. Wo ist diese Madonna?«

Arnold überlegte und versuchte, seine Sinne zu sammeln.

»Wir müssen da rüber«, sagte er und ging auf direktem Wege zu dem Teil des Ausstellungsraumes, wo die Figur der Traubenmadonna platziert war.

Kießling folgte ihm und fragte: »Und wo könnte jetzt das Tagebuch versteckt sein?«

Arnold ging in die Knie, tastete den Sockel ab und folgte seinem Gefühl, dass es hier versteckt sein musste. Vielleicht hatte der Sockel einen Hohlraum. Aber dieser Gedanke erwies sich als falsche Annahme. Der Sockel war massiv. Arnold richtete sich auf, trat ein paar Schritte zurück, beließ aber seinen Blick auf der Statue. Etwas ließ ihm keine Ruhe.

Kießling hatte ihn scharf beobachtet. »Was denken Sie?«

»Pst!« ,unterbrach ihn Arnold, »irgendetwas hat sich verändert, ich komme nur nicht drauf.«

Arnold ließ vor seinem inneren Auge den Rundgang mit Dr. Meinhaus Revue passieren, bis er dem Moment anlangte, als seine Aufmerksamkeit auf die Traubenmadonna fiel und Dr. Meinhaus sein Interesse an ihr bemerkt hatte. Plötzlich schaute er hoch, als wollte er der erlösenden Erkenntnis Platz machen. »Sie wurde bewegt.«

»Wie meinen Sie das?«

»Die Figur, sie schaut in eine andere Richtung als das letzte Mal!«

Kießling trat hinter die Traubenmadonna, um deren Blickrichtung zu folgen, die auf die hintere Wand des Ausstellungsraumes führte. Dort hing ein farbenfrohes Aquarell, das den Rhein bei Sonnenuntergang zeigte. Kießling und Arnold schauten sich an und gingen gleichzeitig auf das Bild zu. Vorsichtig nahm es der Kommissar herunter, dahinter kam ein kleiner Wandtresor zum Vorschein.

Kießling versuchte den Tresor zu öffnen, dieser war allerdings verschlossen und mit einer vierstelligen Zahlenkombination gesichert.

»Verdammt noch mal,«, fauchte er, »war ja klar, dass hier kein Post-it mit der Kombination drauf klebt.«

Arnold schwieg und rekapitulierte wieder den Zeitpunkt, an er mit Dr. Meinhaus durch das Museum gelaufen war. Ihr Gespräch hörte er in seinem Kopf wie von einem Tonband ablaufen.

Kießling holte ihn wieder in die Realität zurück. »Hören Sie auf zu träumen, überlegen Sie lieber mit mir, wo der Doktor die Kombination hinterlegt haben könnte.«

Arnold ging darauf nicht ein und antwortete nur kurz und knapp: »Versuchen Sie 1925.«

»Wie kommen Sie jetzt darauf?« Kießling sah ihn überrascht an.

»Geben Sie es schon ein«, forderte Arnold ihn auf.

Ungläubig und kopfschüttelnd gab Kießling die Zahlenkombination über das Eingabefeld des Tresors ein. Und tatsächlich, als er die letzte Ziffer eingab, klackte der Tresor und öffnete sich.

»Woher haben Sie denn das gewusst? Sind Sie auch so ein Typ vom Jahrmarkt, der Geheimnisse in seiner Glaskugel sieht?«

Arnold schaute ihn böse an. »Als ich mit Dr. Meinhaus durch das Museum gegangen bin, erwähnte er das Jahr, in dem die Stadt Lorch diese Kunstsammlung gespendet bekam, die das Herzstück des Museums bildet - 1925!«, erklärte Arnold hitzig.

»Nicht schlecht Jäger, Sie machen sich«, bemerkte Kießling mit einem anerkennenden Lächeln, um ihn zu beruhigen. Er öffnete die Tresortür in Gänze und zum Vorschein kamen das Tagebuch sowie der Kelch. Kießling zog das Buch heraus.

»Also hierfür musste der gute Doktor sein Leben lassen.« Kießling seufzte, während er das Buch von außen betrachtete.

Arnold sagte nichts. Am liebsten hätte er ein Streichholz entzündet und diese ganze Situation mit dem Buch in Flammen aufgehen lassen. Aber so einfach war es leider nicht. Sie hatten das Buch gefunden und damit sollte alles erst richtig beginnen. Kießling schlug es auf und sagte: »Na, dann wollen wir doch mal sehen, was wir hier haben.« Er blätterte langsam durch die Seiten. Arnold fuhr sich indes mit der Hand über die Augen. Die Müdigkeit schlug bei ihm durch, diese ganze Aufregung und Anstrengungen der Nacht waren nicht spurlos an ihm vorübergegangen. Kießling registrierte, dass Arnolds Kräfte nachließen, und schlug das Buch zu. »Ich denke, der Tatort ist nicht der richtige Ort, um das hier ausgiebig zu untersuchen. Lassen Sie uns auf das Revier fahren, dort holen wir uns eine Mütze Schlaf und danach widmen wir uns der Lektüre des Tagebuchs.«

Arnold nahm den Vorschlag dankbar auf, auch weil der Kommissar vorschlug, Ruhe auf dem Revier zu suchen. Um nichts in der Welt würde er jetzt allein zurück zum Weingut zurückkehren. Ihm war allerdings klar, dass dies dem Kommissar bewusst war. Die Gefahr war natürlich noch lange nicht gebannt und Arnold jetzt allein zu lassen, wäre ein zu großes Risiko. Kießling zitierte einen Streifenwagen zum Museum, der Arnold aufs Revier in das wenige Kilometer entfernte Rüdesheim chauffieren sollte. Er fuhr mit dem Motorrad hinterher.

Im Revier führte Kießling Arnold in den Pausenraum, wo dieser sofort auf eine Couch und in einen tiefen Schlaf fiel. Kießling hingegen war nicht müde. Sein Ehrgeiz trieb ihn dazu, die zwei Beweisstücke sofort zu inspizieren. Er setzte sich an einen Schreibtisch, schlug das Tagebuch auf und begann, sich in die Notizen von Peter Baum zu vertiefen.

Kapitel fünf

Das Freudenfest zu Kaub

Einige Tage waren vergangen, seit sich die kleine Gruppe eingeweihter Flaschenhals-Bewohner um Peter Baum in der Lorcher Kirche getroffen hatte, um ihr weiteres Vorgehen zu besprechen. Der Flaschenhals war in der Zwischenzeit in Aufruhr geraten, nicht etwa wegen einer Invasion der Franzosen oder Schlimmerem, im Gegenteil. Im Lorcher Nachbarort Kaub fanden seit Langem geplante Festlichkeiten statt. Großes war organisiert worden, und dem wurde auch von der Politikprominenz Tribut gezollt. Am Denkmal des legendären General Blücher am Kauber Rheinufer sollte der Oberbürgermeister von Kassel, Philipp Scheidemann, eine Festrede halten. Scheidemann war kein Unbekannter zu dieser Zeit. Schließlich war er es gewesen, der in der Novemberrevolution von 1918 das Ende des Kaiserreichs verkündete und die Deutsche Republik proklamierte. Dies nahmen tausende Menschen zum Anlass, um nach Kaub zu pilgern und dem Festakt beizuwohnen. Es herrschte eine muntere und gelassene Stimmung. Das Rheintal um Kaub schimmerte in von Fackeln und Feuern erzeugten warmen Farben. Eine leichte Brise in der kühleren Jahreszeit sorgte für eine frische, klare Luft.

Die Franzosen richteten ihr Augenmerk auf die Feierlichkeiten und versuchten natürlich, ihre Nadelstiche zu setzen. So wurde ein Ausflugsschiff auf dem Rhein gestoppt, auf dem sich eine Gruppe patriotische Lieder singender Studenten amüsierte. Geistesgegenwärtig hisste der Kapitän die holländische Flagge und behauptete so, es handle sich an Bord um holländisches Hoheitsgebiet. Die Franzosen mussten unverrichteter Dinge abziehen und ihre Wut wurde weiter genährt.

Nach Scheidemanns Rede startete ein Fackelzug, an dessen Ziel ein großes Feuer entzündet wurde. Die Menschen feierten, tanzten und lebten ihre Freude aus, als ob es kein Morgen gäbe. Aus jedem Munde kam der Satz: »Nirgends ist es schöner als in dem Freistaat Flaschenhals.« Es war der Schlachtruf an all diejenige, die den Einwohnern das Leben mit ihren Sanktionen und politischem Geschacher erschweren wollten. Nicht umsonst zierte dieser Satz den 50-Pfennig-Schein, der als Notgeld im Flaschenhals verbreitet wurde.

Alle Aufmerksamkeit von außen war auf die Feierlichkeiten gelenkt, und so blieben zwei Männer unbeachtet, die in Lorch ein Pferdefuhrwerk zur Abfahrt vorbereiteten. Die große Ladefläche war mit dicken Decken verhüllt. Die Männer waren Peter Baum und Theodor Kurz.

Der Ort lag wie ausgestorben da, denn die meisten Einwohner hielten sich in Kaub bei den

Feierlichkeiten auf. Theodor blickte ganz wehmütig zum Rhein hinunter, wo sich immer noch Menschen auf den Weg machten, um sich in diesen dunklen Zeiten bei einem gemeinsamen Fest aufzuheitern.

»Ach verdammt, Peter, meinst du, wir schaffen es noch zu der Feier?«, fragte Theodor in Richtung seines Kompagnons, wohl wissend, dass ihre Mission dies nicht zulassen würde.

»Ich denke nicht. Wir können froh sein, wenn wir unser Vorhaben im Schutze der Nacht erfolgreich beenden können. Schließlich fehlt uns mit Edmund noch ein wichtiger Mann.«

Edmund war in seiner Funktion als Lorcher Bürgermeister in Kaub vor Ort. Es hätte einen verdächtigen Eindruck erweckt, wenn er der Veranstaltung ferngeblieben wäre.

So waren Peter und Theodor auf sich allein gestellt, um ihren Plan im Schutz der Dunkelheit umzusetzen.

In den letzten Wochen hatten die Männer viele Vorkehrungen getroffen, um für alle Zeit die Bedrohung durch jedwede fremden Mächte abzuwenden. Äußerste Geheimhaltung war ihre oberste Priorität. Peter war federführend bei den Planungen gewesen. Ausschließlich ein kleiner Kreis um den Winzer war eingeweiht.

Peter blickte sich nervös um und sagte zu Theodor: »Wir müssen aufbrechen, es ist soweit.«

Theodor ließ seinen Blick ebenfalls umherschweifen. »Ich hoffe, du hast das alles gut vorbereitet«, raunte er. »Mir ist gar nicht wohl bei der Sache.«

»Vertrau mir. Wir müssen aber äußerste Vorsicht walten lassen. Ich habe das ungute Gefühl, dass uns mehrere Schatten begleiten werden.«

Theodor griff an seinen Gürtel und zog ein Stück seines Messers heraus. Angriffslustig blickte er Peter an und erklärte: »Ich bin für alles gewappnet! Soll nur einer versuchen, uns zu nahe zu treten.«

Peter lächelte schmal und erwiderte augenzwinkernd: »Na, dann kann ja nichts schiefgehen.«

Die beiden kletterten auf das Pferdefuhrwerk, vor das zwei Gäule gespannt waren. Peter schwang die Zügel und der Karren setzte sich in Bewegung. Die Räder knarrten laut auf den holprigen Pflastersteinen der Lorcher Gassen. Sie hatten extra keine Fackeln dabei, um unbemerkt zu bleiben, und verließen sich voll und ganz auf ihren Orientierungssinn.

Schon bald verließen sie den beleuchteten Teil von Lorch, rumpelten in die Nacht und sie atmeten erleichtert auf.

Doch Peters ungutes Gefühl bewahrheitete sich trotzdem. Vier dunkle Gestalten bewegten sich auf ihren Spuren und folgten ihnen in die Dunkelheit.

In Sicherheit auf dem Polizeirevier

Die Mittagssonne stand bereits hoch am Himmel, strahlte durch das Fenster des Rüdesheimer Polizeireviers direkt auf einen Schreibtisch, wo der laut schnarchende Kießling seinen Kopf abgelegt hatte. Über dem Studium des Tagebuches hatte er alle Macht über die Bedürfnisse seines Körpers verloren und sich nach einer langen Nacht dem nötigen Schlaf ergeben.

Auf dem Revier herrschte geruhsame Stille, als ob die Welt vollkommen in Ordnung wäre. Ein in die lokale Zeitung vertiefter Beamter saß vorne am Eingang, zwei weitere brüteten in den anliegenden Büros über Papierkram zu einfachen Delikten, die in einer kleinen Stadt immer wieder vorkommen. Derart schlimme Verbrechen wie das von vergangener Nacht war diese friedliche Region nicht gewohnt.

Kießling hatte sein Büro normalerweise in der nächstgrößeren Stadt Wiesbaden. Das Rüdesheimer Revier nutzte er nur, wenn es notwendig wurde. Da Morde oder Tötungsdelikte im Rheingau eher die Ausnahme waren, hielt er sich nicht oft hier auf.

Er schnarchte noch lautstark vor sich hin, als sich die Bürotür einen Spalt breit öffnete. Ein leichter Luftzug durchstrich den Raum, ausgelöst durch das gekippte Fenster und das Öffnen der Tür. Kießlings Haare bewegten sich im Lufthauch, fielen in seine

Stirn und kitzelten ihn leicht. Ella Nilsson bewegte sich langsam auf ihn zu, ein Schatten vorweg, leise und vorsichtig. Kießling wachte, gestört durch das kitzelnde Haar und den Zug, zögerlich auf. Ella trat näher, blieb neben ihm stehen, streckte die Hand nach ihm aus und platzierte mit der anderen Hand genau vor seinem Kopf eine Tasse. Als sie sachte seine Schulter berührte, fuhr der Kommissar erschrocken hoch und suchte nach Orientierung.

»Guten Nachmittag Chef, Kaffee?«

»Was?«, fragte er verwirrt, rieb sich die Augen und blickte in das lächelnde Gesicht seiner Assistentin.

»Kaffee? Ich denke, du kannst einen gebrauchen.« Dabei zeigte Ella auf einen Pappbecher mit heiß dampfendem Bohnenkaffee, den sie aus einer nahen Bäckerei mitgebracht hatte.

»Oh ja … aber, verdammt noch mal, Ella, schleich‹ dich doch nicht so an, nachher erschieße ich dich noch vor Schreck«, murrte er verschlafen.

»Das tut mir leid«, sagte sie, »aber ich habe mich eigentlich nicht angeschlichen. Dein Schnarchen hat nur jedes natürliche Geräusch übertönt.«

Kießling lächelte peinlich berührt. Er griff nach dem Kaffeebecher und nahm vorsichtig einen Schluck.

»Schön stark.«

»So, wie Sie es mögen, Herr Kommissar«, antwortete Ella und grinste ihn frech an.

Er rappelte sich hoch, streckte sich und vertrieb damit die Müdigkeit aus seinen Knochen.

»Wo ist unser Gast?«, fragte er Ella.

»Wenn du unseren Zeugen und mittlerweile auch fast ein Opfer meinst, der liegt nebenan und steht dir in Sachen Schlafgeräusche in nichts nach.«

»Na, da bin ich ja beruhigt, dass er noch lebt und dich ebenfalls beeindrucken konnte«, scherzte Kießling. »Dann weck‹ unseren Winzer mal auf und bring ihn zu mir. Wir müssen uns über das hier unterhalten.« Dabei hielt Kießling das Tagebuch hoch.

Ella nickte und ging ins Nebenzimmer, um Arnold zu wecken. Kießling blickte ihr hinterher. Als sie verschwunden war, ließ sich er wieder in den Schreibtischstuhl fallen, hielt sich das Tagebuch vor Augen und zog nachdenklich die Mundwinkel nach unten. Es schien, als hätte sich naturgemäße Abgebrühtheit verflüchtigt.

Er legte das Buch zurück, griff nach seinem Kaffeebecher und drehte sich mit dem Stuhl Richtung Fenster. Seine Gedanken kreisten um die Zeilen aus dem Tagebuch, die er gelesen hatte. Ihm war klar, dass es sich bei dem Inhalt um mehr drehte als reine Fiktion. Die Ereignisse der letzten Nacht ließen die dort beschriebene Vergangenheit wieder aufleben und zu Realität werden.

Lorch im Freistaat Flaschenhals, 23. Oktober 1921

Heimat, du unsere Heimat, heut´ gehen wir auf Reisen für dich, ob jemals uns jemand folgt, dies bleibt uns ungewiss. Mit dem Herz am rechten Fleck tauchen wir ein in dein Innerstes, verbergen das Licht, aber halten es am Brennen und löschen es nicht.

Ein jeder, der würdig und den Willen besitzt, soll am Ende ein Teil deiner sein und steht fortan in dieser Pflicht.

Der Lorcher Wein, so gut und rein, möge der erste Wegweiser sein. Auf ein Glas an den Ort, der Sünde vergibt, und mit vollen Klängen die Stille durchbricht.

Die erste Deutung

Ella betrat mit dem noch leicht verschlafenen Arnold das Büro, in dem Kießling gerade sinnierend aus dem Fenster schaute. Arnolds Haare waren ganz zerzaust und seine Miene zeigte einen zerknirschten Ausdruck. Es war unübersehbar, dass er eine schicksalhafte, ereignisreiche Nacht durchlebt hatte. Ella lächelte amüsiert über den desolaten Zustand der beiden Männer, die eigentlich eher wirkten, als hätten sie einen nächtlichen Zug durch die zahlreichen Rüdesheimer Kneipen hinter sich, was wohl der junge Winzer als auch der Kommissar jederzeit vorgezogen hätten.

Kießling wandte sich um.

»Na, Jäger? Gut geschlafen?«, fragte er in Anspielung auf die Ereignisse der vergangenen Nacht und um Arnold ein wenig aufzuheitern.

»Dumme Frage, wie hätten Sie denn geschlafen, wenn Ihnen vor ein paar Stunden noch jemand die Lichter ausknipsen wollte?«, erwiderte Arnold mürrisch. Er fand den Sarkasmus in keiner Weise angebracht.

Ella versuchte die Situation zu retten und sagte zu Arnold: »Ich denke, der Kommissar hat es nicht so gemeint, ihm ist wohl bewusst, dass Sie eine anstrengende Nacht hatten.« Dabei blickte sie aus dem Augenwinkel zu Kießling hinüber, damit er sich zurückhielt und forsche Bemerkungen besser unterließ.

Kießling nickte ihr fast unmerklich zu. »War nicht so gemeint, ich wollte wirklich wissen, wie Sie geschlafen haben.«

Arnold beruhigte sich wieder etwas. »Es ging so. Dafür, dass die Couch wohl schon seit gefühlt dreißig Jahren benutzt wird, war sie doch recht bequem.«

»Das will ich aber behaupten«, fügte Kießling an, »sie hat mir schon so manche Nacht die Träume versüßt.«

Arnold wusste nicht, wie er diese Bemerkung einordnen sollte, reagierte aber mit einem leichten Schmunzeln.

Kießling wechselte wieder zum Ernst der Lage.

»Ich habe mir das Buch durchgelesen.« Dabei nahm Kießling das Tagebuch vom Tisch und hielt es in die Höhe. »Vorgestern Abend hätte ich das hier als nette Gruselgeschichte aus vergangenen Zeiten abgetan, doch irgendwie hat sich der Inhalt mit der Gegenwart verknüpft.«

»So sehe ich das mittlerweile auch«, sagte Arnold.

Kießling blickte ihn an: »Das steht wohl außer Frage. Aber worum genau geht es hier?«

Ella und Arnold sahen ihn aufmerksam an.

»Irgendwas ist den Leuten damals in die Hände gefallen, das offensichtlich eine derartige Brisanz hatte, dass sie es noch nicht mal beim Namen genannt haben, sondern nur mit *Fundstücken* beschrieben haben.«

Während er sprach, gestikulierte er mit den Armen und durchquerte mit schnellen Schritten das Büro. Ella kamen sofort die Worte von Doktor Besserwisser-Berger wieder in den Sinn. »Es muss sich um etwas sehr Wertvolles gehandelt haben. Wie Dr. Besserwisser zum Besten gab, haben diese Ordensleute wohl über Jahrhunderte hinweg Gold von unschuldigen Leuten beschlagnahmt, das Ganze verwahrt und immer wieder an neuen Orten versteckt.«

»Ja, unser Leichendoktor mit dem Geschichtslexikon im Kopf. Manchmal hat das Gebabbel auch was für sich«, meinte Kießling. »Aber zurück zum Thema, du hast recht, Ella.«

Sie freute sich über den Zuspruch. Arnold warf ihr einen anerkennenden Blick zu, schwieg aber weiterhin.

Kießling deutet wieder auf das Tagebuch und wandte sich an Arnold. »Kommen wir wieder zu dem hier. Haben Sie es ganz gelesen?«

Arnold zögerte und überlegte, wie weit er gekommen war.

»Nun ja, ganz habe ich es nicht gelesen. Die ersten Passagen haben mich ziemlich berührt und dann bin ich schon auf Dr. Meinhaus zugegangen. Ich hatte schließlich noch den Becher, über den ich nachgedacht habe.«

Kießling schwieg einen Moment, wiegte dabei nachdenklich mit dem Kopf und fuhr dann fort: »Viel haben Sie nicht verpasst. Nach den dramatischen Einträgen ist nur noch etwas sentimentales Geplapper zu finden, ein mehr oder weniger gereimter Absatz. Danach hat jemand sorgfältig die folgenden Seiten herausgetrennt.«

Arnold schaute Kießling ungläubig an. Ihm war klar, dass der Kommissar das Buch gelesen hatte, nachdem er selbst sich schlafen gelegt hatte. Um ehrlich zu sein, hatte er sich mehr Erkenntnisse durch den Kriminalbeamten erhofft. Er schritt auf Kießling zu, nahm ihm das Buch aus der Hand und blätterte sich durch die ersten Seiten bis zu den Ausrisskanten im hinteren Teil.

»Oh Mann, das ist mir gar nicht aufgefallen. Ich war von den ersten Seiten so gefesselt, dass ich gar nicht weiter, als bis zu dem Punkt, wo mir die Geschichte real erschien, gelesen habe.«

Seine Verwunderung schwang um in Enttäuschung, denn er hatte sich vom Inhalt des Buches mehr erhofft.

»Was machen wir jetzt?« Er seufzte resigniert. »Was bringt uns das Buch, wenn nicht mehr drinsteht?«

»Nun ja«, sagte Kießling. »Was heißt denn: Wenn nichts drinsteht?«

Arnolds Aufmerksamkeit stieg wieder an.

»Lesen Sie doch mal den letzten Eintrag vom 23. Oktober«, forderte Kießling ihn auf.

Arnold las die Zeilen und schöpfte etwas Hoffnung.

Kießling zeigte auf den letzten Absatz und sagte: »Der Verfasser spricht hier von einem Wegweiser und will uns sagen, wo wir beginnen sollen.«

»Wir?«, fragte Arnold verständnislos.

»Natürlich wir. Oder denken Sie, die Leute, die gestern in Lorch ein Massaker veranstaltet und Ihre Gastfreundschaft genossen haben, suchen sich nun neue Spielkameraden?«

Arnold verstand jetzt, worauf der Kommissar hinauswollte. Wo sollte er auch hin? Gestern Nacht hatte jemand versucht, ihn zu ermorden, weil derjenige überaus begierig auf das war, was in dem Tagebuch angedeutet wurde.

Kießling packte Arnold am Arm. »Sie schweben in Lebensgefahr«, machte er ihm unmissverständlich klar. »Entweder finden wir die Gegenstände, die die unbedingt haben wollen und setzen die Gebetsbrüder dabei bestenfalls fest oder wir können Sie gleich zur Schlachtbank führen.«

Ella starrte Kießling ermahnend an und sagte mit etwas gefühlvollerem Ton: »Wir wollen nur, dass Ihnen nichts passiert und am sichersten sind Sie in unserer Nähe.«

Kießling legte das aufgeschlagene Tagebuch auf den Tisch.

»Kommen wir zu dem letzten Absatz. Da steht: »Auf ein Glas Wein am Ort, der die Sünde vergibt.« Was ist damit gemeint?«

Arnold konzentrierte sich. Schon früher hatte er es geliebt, Rätsel zu lösen. Jetzt war der Zeitpunkt, an dem er die Übung in die Praxis umsetzen konnte.

»Sünden werden im Beichtstuhl vergeben«, sagte er, »und Beichtstühle stehen normalerweise nur in Kirchen.«

Kießling nickte zustimmend. »Gut kombiniert, aber meines Wissens wird im Beichtstuhl nicht gesoffen.« Er grinste. »Na ja, wobei …«

»Wie haben Sie denn Ihre letzte Beichte geleistet?«, fragte Ella.

»Ich geh‹ dafür in die Straußwirtschaft und leiste da Abbitte«, konterte Kießling, wurde aber gleich wieder ernst.

»Zurück zu unserem Vers. In der Kirche werden Sünden vergeben. Was das mit Wein zu tun hat, weiß ich nicht. Aber das ist unser bester Hinweis.« Kießling griff nach seiner Lederjacke und schwang sie über die Schulter. »Ella, organisier‹ ein Auto. Jäger, Sie holen Ihre Sachen. Wir fahren nach Lorch in die Kirche und suchen diesen Pfarrer, den auch schon Dr Meinhaus kontaktiert hat. Das passt dann auch erst mal zusammen. Sünde, Kirche, Pfarrer … Was es mit dem Wein auf sich hat, finden wir dann in Lorch schon raus.« Er klatschte in die Hände und setzte die beiden in Bewegung. Ella ließ sich am Empfang den Schlüssel eines alten Dienstwagens aushändigen und fuhr ihn vor den Haupteingang. Als Arnold gerade hinten einsteigen wollte, hielt er kurz inne und drehte sich zu Kießling, der ihm die Tür aufhielt. »Was meinen Sie, werden wir den Tag überleben?«, fragte er mit hochgezogenen Brauen.

Kießling lächelte schmal. »Ich mit Sicherheit, in meinem Keller liegt nur schmutzige Wäsche. Da gibt es keine verhängnisvollen Tagebücher.«

Arnold nahm es mit Humor, entspannte sich ein wenig und stieg ein.

Unterdessen in der Pathologie

Dr. Berger starrte mit sorgenvoller Miene auf seinen Bildschirm. Sein penibel aufgeräumtes Büro war sinnbildlich für ihn, der es klar strukturiert bevorzugte, alles war an seinem Platz. Fotos von verschiedenen Orten der Erde zierten die Wände. Auf einigen war Dr. Berger zu sehen. Sie spiegelten die Erfahrungen wider, die er in den vielen Jahren, in denen er die Welt bereiste, gesammelt hatte. Er lachte auf den Bildern. Seinem früheren fröhlichen Ich war es auf den Bildern deutlich anzusehen, dass dies seine Passion gewesen war, gar seine Erfüllung.

Nichts von dieser Beschwingtheit verspürte er jetzt. Immer wieder fuhr er sich mit der Hand über den Mund, als ob er damit die Nervosität beiseitewischen könnte, die ihn beim Studieren der Archivseiten, die er gerade aufgerufen hatte, beschlich.

Der Fall des Dr. Meinhaus hatte ihn unfreiwillig in seinen Bann gezogen. Normalerweise war der Pathologe sehr nüchtern, gar gefühlskalt, was seine Fälle anging. Nie ließ er Schicksale an sich heran, dieses Verhalten wäre auch fatal für einen Gerichtsmediziner gewesen. Doch dieses Mal war es etwas anderes. Was er in dem französischen Kloster aufgeschnappt hatte, ließ in nicht mehr los. Diese dunkle Phase der Kirchengeschichte erregte seine ganze Aufmerksamkeit, weil sie in der Gegenwart wieder zutage trat.

Er scrollte über den Bildschirm und rief immer neue Archivseiten aus den vergangenen Jahrzehnten über mysteriöse Morde mit rituellen Symbolen an den Opfern auf. Bei allen Leichen hatte man das gleiche auf der Brust ins Fleisch geritzte Zeichen entdeckt.

Dr. Berger versuchte mehr über diese Fälle herauszufinden, aber es gab kaum Polizeiberichte. Wenn es Aufzeichnungen gab, waren diese kurz und führten zu keinen Ergebnissen. Zeugen gab es keine. Es gab ein oder mehrere Todesopfer, aber kein zusammenhängendes Motiv. In der Folge wurden die Fälle sehr schnell geschlossen. Lediglich ein paar Randnotizen auf den Ermittlungsbögen sprachen von wertvollen Gegenständen, die verschwunden sein sollten. Aber niemand zeigte verschwundene Gegenstände an, geschweige denn hatte sich ein Eigentümer gemeldet.

Dr. Berger öffnete einen neuen Tab und gab in die Suchmaschine die Begriffe »Kirchenorden« und »Geheimbünde« ein. Es kam eine Vielfalt von Suchergebnissen. Die Symbole und Zeichen waren unzählig. Er scrollte sich durch die Liste, wechselte auf eine Bilderseite und verfolgte aufmerksam die Bildvorschläge. Er klickte mehrere Seiten durch und wurde nicht fündig. Er hatte die Hoffnung schon fast aufgegeben, da stieß er auf das Symbol eines von einer Pyramide umschlossenen Kreuzes. Er schreckte auf. Umgehend trat Dr. Meinhaus‹ Leiche vor sein inneres Auge. Es war das gleiche Zeichen, das in dessen Brust eingeritzt worden war. Er ging auf die Internetseite, auf der sich das Bild befand. Es war eine sehr umfangreiche Seite mit vielen weiteren Symbolen und weiterführenden Links zu religiösen Aspekten. Er suchte auf dem Kontaktformular nach einem Namen und wurde fündig. Dr. Claudio Russo - Vatikanhistoriker. Wie es der Zufall wollte, führte dieser Dr. Russo in Wiesbaden ein kleines Buchantiquariat. Hastig machte er einen Ausdruck von dem Zeichen, griff seine Jacke vom Stuhl und machte sich auf den Weg.

Der Doktor war von sich selbst überrascht. Derartige Emotionen für einen Fall hatte er schon lange nicht mehr erlebt, eigentlich noch nie, ging ihm durch den Kopf, als seinen Wagen startete. Es war wohl der alte Entdeckerdrang, der wieder ihn ihm hochkam. Zudem hatte die Thematik des Falles genau seinen Nerv getroffen.

Mit leicht überhöhter Geschwindigkeit fuhr er die knapp 60 Kilometer von Rüdesheim nach Wiesbaden, die Eile ließ ihn das Risiko, geblitzt zu werden, gleichgültig sein. In der Wiesbadener Innenstadt kannte er sich gut aus, sodass er die Seitenstraße, in der das Antiquariat lag, schnell fand. Er fuhr seinen Mercedes direkt in eine freie Parklücke gegenüber des kleinen Ladengeschäftes, das das vergangene Jahrhundert überdauert hatte. »Unglaublich, dass es überhaupt noch so etwas gibt«, dachte er. Die meisten Leute suchten eher den nächsten Handystore oder postmodernen Buchladen mit Kaffeelounge auf, anstatt sich in einen alten staubigen Buchladen zu setzen.

Als er die Tür öffnete, läutete eine kleine Klingel, die vom Türrahmen ausgelöst wurde. Es war dunkel in dem kleinen Raum. Die deckenhohen Regale waren vollgestopft mit gebrauchten Büchern. Es roch staubig und ein wenig muffig, ein Geruch, über den ein bibliophiler Mann wie Dr. Berger sich jedes Mal freute, wenn er ihm in die Nase stieg. Aus dem Hinterzimmer trat ein älterer Herr, den er um die 75 bis 80 Jahre schätzte. Er hielt eine Pfeife in der Hand, die allerdings nicht zu brennen schien. Offenbar atmete er nur das restliche Aroma von bereits verbranntem Pfeifentabak ein.

Er schaute Dr. Berger freundlich an und begrüßte ihn höflich. »Guten Tag der Herr, was kann ich für Sie tun?«

»Ich grüße Sie ebenfalls. Ich bin über das Internet auf Ihr Geschäft aufmerksam geworden und hätte ein paar Fragen.«

Der alte Mann lächelte und erwiderte: »Ach ja, das Internet. Ich bin ja immer wieder erstaunt, was das alles kann. Mein Enkel hat mir diese Seite da eingerichtet und auf einmal kommen doch tatsächlich wieder ein paar Kunden in meinen Laden.«

»Oh ja, es hat schon seine Vorzüge«, meinte Dr. Berger und schmunzelte. »Ich kam durch den religiösen Schwerpunkt Ihrer Seite zu der Annahme, dass Sie mir vielleicht bei einer Sache helfen könnten.«

»Bei was für einer Sache denn?«

»Nun, ich bin Dr. Berger und Gerichtsmediziner in der Wiesbadener Pathologie. Wir wurden mit einem Symbol konfrontiert, das mir früher schon einmal untergekommen ist. Ich konnte aber nicht viel darüber herausfinden.«

»Dass ich einmal einen Pathologen kennenlernen würde, hätte ich nicht erwartet. Ich bin der Inhaber, Dr. Russo.« Dr. Berger nickte ihm lächelnd zu.

»Interessant«, sagte Dr. Russo. »Zeigen Sie mal her, vielleicht kann ich Ihnen behilflich sein.«

Dr. Berger öffnete seine Aktentasche, zog den Ausdruck mit dem Symbol heraus und legte es Dr. Russo auf die zerschrammte Ladentheke.

Dieser beugte sich vor und betrachtete es einen Moment, dann zog Dr. Russo überrascht die Augenbrauen hoch und blickte Dr. Berger ernst an. »Wo haben Sie das schon mal gesehen?«

»Das erste Mal, als ich auf einer Reise in einem Kloster in Frankreich war. Dies ist allerdings schon viele Jahre her. Jetzt ist es in einem Mordfall aufgetaucht.«

»Und lassen Sie mich raten, es wurde den Opfern in die Brust geritzt?«, fragte Dr. Russo.

Dr. Berger geriet in höchste Aufmerksamkeit, und es war ihm unheimlich, dass der Historiker offensichtlich genau zu wissen schien, wo dieses Zeichen auf ihrem Opfer angebracht worden war.

»Das ist richtig, woher wissen Sie das?«

»Nun, dieses Symbol gehört zu einem Orden, der sich einen recht blutigen Weg durch die Geschichte der letzten Jahrhunderte geschlagen hat.«

»Soweit ich damals in Frankreich erfahren konnte, bewahrt dieser gestohlene Schätze, welche die Kirche zu Zeiten der Inquisition in Besitz genommen hat.«

»Bewahren ist ein sehr charmant gewähltes Wort dafür. Dieser Orden hat nicht nur das durch die Kirche widerrechtlich an sich gebrachte Vermögen inoffiziell verwaltet, sondern nach Ende der Inquisition dessen Fortbestand gesichert«, führte der alte Herr weiter aus.

»Wie meinen Sie das?«

Dr. Russo bat Dr. Berger näher heran, als wolle er ihm ein Geheimnis anvertrauen. Der Pathologe beugte sich zu ihm und lauschte aufmerksam.

»Viele in der Kirche haben nach Ende der Inquisition das Geschehene als das betrachtet, was es war, ein großes Verbrechen an den Menschen. Allerdings gab es auch genügend Kreise, die das nicht so sahen. Und so begann der Orden eine Eigendynamik zu entwickeln, fernab der offiziellen Kirche.«

Dr. Russo verließ den Tresen, trat an ein Regal im hinteren Bereich des Ladens und zog einen verstaubten dicken, in Leder gebundenen Band heraus, legte ihn vor Dr. Berger und blies den Staub herunter. Dann schlug er ihn auf, blätterte behutsam eine Seite nach der anderen durch und zeigte Dr. Berger schließlich das Symbol.

»Das hier sind Aufzeichnungen über die Taten des Ordens. Ich habe diese über mehrere Jahre zusammengestellt.«

»Es ist wohl nicht ganz ungefährlich, in solchen Kreisen zu forschen?«, wollte Dr. Berger wissen.

»Sehen Sie, wenn wir Historiker nur da forschen würden, wo die Geschichte keine Narben hinterlassen hat, würden wir in der Gegenwart und nachfolgende Generationen große Probleme haben, Recht von Unrecht zu unterscheiden.«

Dr. Berger nickte. Es war eine unschöne Wahrheit, aber er konnte Dr. Russo nur zustimmen. Wenn niemand die Gräueltaten der Vergangenheit ans Licht brachte und veröffentlichte, würde kein Mensch daraus lernen.

Dr. Russo fuhr fort: »Der Orden zog eine blutige Schneise durch die Jahrhunderte. Wo auch immer sich die alten Kirchenschätze hinbewegten, immer wurden diese von den Anhängern des Ordens zurückgeholt.«

»Wieso wurden diese denn überhaupt verteilt?«

»Nun, es gab ja keine Schatzkammern in diesem Sinne. Die Schätze waren überall unter den Oberen verteilt, die damals diese Raubzüge und Enteignungen im Namen der heiligen Inquisition veranstalteten. Starben diese, gingen die Wertgegenstände ausschließlich an verschiedene Mitglieder des Ordens über.«

»Nach deren Ansicht gehörten sie also der Kirche?«

»Nicht ganz. Mit der Zeit hat dieser Kreis eine ganz eigene Weltanschauung entwickelt. Es ging um Machterhalt. Die obersten Brüder in diesem Orden sahen sich immer abgespalten von der Welt der Menschen. Sie hielten sich für die Einzigen, denen es zustand, über das Wohl und Unwohl der Menschen zu bestimmen.«

»Und Geld beziehungsweise in diesem Fall Gold, bedeutet Macht.«

»So ist es! Mit akribischer Brutalität verfolgten sie das geraubte Vermögen bis in die entferntesten Teile der Welt und eigneten es sich wieder an.«

Ein kalter Schauder lief über Dr. Bergers Rücken. Die Ausmaße dieses Falles nahmen bedrohliche Gestalt an, denn es schien nicht nur um einen Ritualmord zu gehen. Hier waren offenbar Mächte jenseits der üblichen kriminologischen Vorstellungskraft am Werk.

Dr. Russo musterte Dr. Berger eine Weile und sagte: »Da Sie mich so direkt nach dem Orden fragen, hat wohl jemand eine entsprechende Visitenkarte hinterlassen.«

Dr. Berger nickte. »Das können Sie laut sagen. Ich befürchte, die Inquisition hat Einzug in den Rheingau gehalten.«

Dr. Russo zog die Mundwinkel zusammen und atmete ein paar Mal tief durch die Nase. »Ich gebe Ihnen einen guten Rat, Herr Dr. Berger. Machen Sie schnell einen Deckel auf den Fall uns hoffen Sie, dass diese Leute die Stücke ihrer Begierde bekommen haben und ganz schnell von hier verschwinden. Seit

Jahrhunderten treiben diese, ich will nicht sagen Menschen, ihr Unwesen - und das wird sich auch nicht ändern.«

»Aber wir können doch nicht zusehen, wie sie wahllos Menschen abschlachten und unwürdig entstellen?«, entgegnete Dr. Berger entsetzt über die Mahnung des Historikers.

»Manchmal schützt man die Menschen besser, wenn man das Böse ziehen lässt, anstatt ein Feuer zu entfachen.«

»Ein reinigendes Feuer hat noch nie geschadet!«, widersprach Dr. Berger ihm

Dr. Russo setzte ein zynisches Lächeln auf. »Und doch hinterlässt es nur Asche.«

Daraufhin schloss er das Buch mit seinen Aufzeichnungen und reichte es Dr. Berger. »Hier, nehmen Sie, ich hoffe, es hilft Ihnen weiter und bewahrt Sie vor Schaden. Gott sei mit Ihnen.«

Der Pathologe nahm das Buch schweigend entgegen. Dr. Russo drehte sich ohne ein weiteres Wort um und verschwand im Hinterzimmer. Konsterniert legte Dr. Berger seine Visitenkarte auf den Tresen.

Draußen benötigte er einen Moment, um das Gehörte zu verarbeiten. Als er wieder die Fassung erlangte, nahm er sein Telefon, um Kommissar Kießling anzurufen und ihn umgehend über seine Begegnung mit Russo zu unterrichten. Kießling nahm nicht ab, und so wählte er Ellas Nummer. Aber auch sie war nicht zu erreichen. Kurzentschlossen stieg er in seinen Wagen und machte sich auf den

Weg in den Rheingau in der Hoffnung, Kießling oder Ella auf dem Polizeirevier in Rüdesheim anzutreffen.

Kapitel sechs

Edmunds Gefühle

Kaub im Freistaat Flaschenhals war hell erleuchtet. In den schmalen Gassen tanzten und sangen die Menschen, als ob es kein Morgen gäbe und man meinen könnte, dass hier nie ein Krieg stattgefunden hatte, der das Land und die Menschen auseinandergerissen hatte. Der Wein floss in Strömen, alle Gasthäuser und Weingüter waren voll besetzt von feiernden Menschen.

Philipp Scheidemann hatte seine Rede gerade zu Ende gebracht. Es war ein flammender Tribut an die tapferen Menschen im Flaschenhals und ein motivierender Aufruf an all jene, die mit Mut, Eifer und Tatkraft in diesen schweren Zeiten die Hoffnung im Freistaat Flaschenhals auf eine blühende Zukunft am Leben hielten. Mit brennenden Fackeln zogen die Bürger freudetrunken durch die Straßen Kaubs und zeigten der Welt ihre Liebe zu ihrer Heimat.

Inmitten der feiernden Menge stand allerdings ein Mann, der mit einem aufgesetzten Lächeln seine sorgenvolle Miene überspielte. Es war der Lorcher Edmund Pnischeck, den fiebrige Fröhlichkeit nicht wirklich anzustecken vermochte. Mit seinen Gedanken war er ganz woanders und wünschte sich an die Seite seiner beiden Mitstreiter in Lorch, die in diesem Augenblick eine wichtige Aufgabe zu bewältigen hatten.

Edmund blickte sich im Getümmel um. Er erfreute sich am Anblick der glücklichen Menschen in Feierlaune, aber er wusste, dass deren Schicksal sehr eng an das Gelingen der Mission geknüpft war, die gerade ein paar Kilometer weiter rheinaufwärts in Lorch ihren Anfang nahm.

Er fühlte sich grauenhaft, weil er in seiner Position als Bürgermeister mehr oder weniger gezwungen war, in Kaub Präsenz zu zeigen. Sein Fehlen wäre aufgefallen und hätte vielleicht an der ein oder anderen Stelle Misstrauen erzeugt und die Mission gefährdet.

Eine Gruppe von Lorchern steuert auf Edmund und nahm ihn in ihre Mitte.

»Was ist los, Bürgermeister, schon zu viel Wein gehabt?«, fragte einer der angetrunkenen Männer.

Edmund besann sich und bemühte sich wieder, Frohsinn vorzutäuschen. Er setzte ein breites Grinsen auf und schnappte sich eine Flasche Wein. »Oh, noch lange nicht, die Nacht ist noch jung und wir sind es auch, so lasst uns feiern!« Dabei hob er die Flasche zum Prosit in die Höhe, die anderen folgten ihm und sie ließen ihre Flaschen aneinanderklingen. Die Lorcher Gesellen waren besänftigt und zogen weiter. Edmund stellte die Flasche an den Straßenrand und trat ein paar Schritte aus dem Menschenstrom heraus. Er blickte suchend sich um und wurde bald fündig. Am Rheinufer entdeckte er zwei junge Männer, die gerade in Kaub ankamen. Es waren der Lorcher Michael und der aus dem Dorf Ransel stammende Karl. Sie gehörten zum eingeweihten Kreis und waren auch bei der Besprechung in der Kirche zugegen gewesen. Edmund ging zielstrebig auf die beiden zu.

»Michael, Karl, es tut gut, euch zu sehen. Mittlerweile weiß ich schon gar nicht mehr, wie ich meine Nervösität überspielen soll.«

»Am besten hättest du dir ein paar Gläschen Wein fürs Gemüt genehmigt«, meinte Karl grinsend.

»Das wäre normalerweise sicher nicht verkehrt, aber heute ist das wohl überhaupt nicht angebracht.«

Sogleich machten alle ernste Gesichter. Der Bürgermeister beugte sich näher an die beiden Männer und senkte seinen Ton. »Habt ihr alles soweit vorbereitet?«

»Ja«, sagte Karl, »aber es war nicht sehr leicht, ohne Aufmerksamkeit zu erregen.«

»Das kann ich mir vorstellen, aber ihr wisst ja, wie wichtig unauffällig zu bleiben für das Gelingen unserer Mission ist«, brachte es Edmund auf den Punkt.

Michael und Karl stimmten dem natürlich zu. Zu weit waren sie gekommen, um jetzt noch durch eine Unachtsamkeit zu scheitern.

Michael stemmte die Hände in die Hüften. »Dennoch ist mir nicht wohl bei der Sache, dass

Peter und Theodor für diesen Gang alleine losgezogen sind.«

Edmund stimmte ihm zu. »Das geht mir nicht anders«, gestand er ein. »Aber bedenkt, Freunde, eine zu große Gruppe auf den letzten Metern würde uns vielleicht um das Ziel bringen. Lasst uns beten und in Gedanken bei Peter und Theodor bleiben. Sie werden es schaffen!«

Mit diesen Worten gingen sie auseinander. Karl und Michael schlossen sich dem Menschentross an, Edmund blieb noch am Rhein stehen und blickte versonnen auf die verwirbelte Wasseroberfläche. Für Edmund bot der Anblick in diesem Moment ein Symbol der Hoffnung, dass alles, was von der Strömung des Flusses ergriffen wird, auch sein vorbestimmtes Ziel erreicht. Genau dies erhoffte er sich für seine beiden Mitstreiter, die jetzt im Lorcher Wald ihrem Ziel entgegengingen.

Auf zur Kirche

Die Nachmittagssonne füllte das Rheintal mit warmen, goldgelben Strahlen, die den Rhein glitzern ließen. Ein unbeteiligter Beobachter hätte sich bei diesem Landschaftsbild nur schwer vorstellen können, was den drei Menschen in den Köpfen umherspukte, die gerade von Rüdesheim kommend in die Lorcher Innenstadt einbogen. Es war noch keine 12 Stunden her, dass die drei Zeugen eines der schlimmsten Morde in der Geschichte des Rheingaus geworden waren und einer von ihnen fast selbst zum Opfer avancierte.

Ella steuerte den Wagen die schmale Gasse zum Lorcher Marktplatz hinauf, an dessen Ende die imposante Sankt-Martins-Kirche fußte. Arnold hatte die ganze Fahrt schon ein flaues Gefühl im Magen. Immer noch wünschte er sich in seine Heimat Mecklenburg-Vorpommern zurück und hoffte insgeheim, dort in seinem Bett bald aus diesem Alptraum aufzuwachen. Die Traumblase zerplatze recht schnell, als Kießling sich vom Beifahrersitz umdrehte und Arnold aus seinen Wunschvorstellungen riss. »Aufwachen, Jäger, wir sind da.«

Arnold blickte Kießling missmutig an und sagte wehmütig: »Vielleicht können wir noch eine Runde drehen? Die Fahrt am Rhein entlang war so schön friedlich.«

»Jetzt seien Sie mal nicht so zimperlich« erwiderte Kießling. »Friedlich können wir auch noch morgen sein. Heute gibt´s einen tollen Cocktail aus Rätselraten, Böse-Buben-Fangen und vielleicht einem Koffer voll Gold - wer bietet schon so ein Unterhaltungsprogramm?«

Arnold gewöhnte sich langsam an Kießlings fragwürdigen Humor und spielte mit. »Sie haben recht, für trockene Unterhaltung können wir in die Oper gehen.«

Das wollte Kießling hören. Arnold hatte seine Angst und Nervosität hintenangestellt und schien etwas optimistischer zu sein. »Das ist der Sportsgeist, den wir brauchen!«, meinte Kießling erfreut. Daraufhin wandte er sich seiner Assistentin zu. »Ella, parken Sie den Wagen da oben vor dem Museum und halten hier draußen die Stellung, während wir den Pfarrer aufsuchen. Ich will hier keine Überraschungen erleben.«

»Alles klar, Chef, wenn mir etwas auffällt, schlage ich Alarm!«

»Aber bitte ganz laut, dummerweise ist mein Akku vom Telefon platt.«

»Kein Problem, wenn sich was ergibt, veranstalte ich ein Hupkonzert.«

Kießling nickte und stieg aus. Arnold bewegte sich ebenfalls von der Rückbank nach draußen und schenkte Ella noch ein zaghaftes Lächeln. Dabei sagte er leise: »Passen Sie auf sich auf!«

Ella lächelte aufmunternd zurück. »Machen Sie sich mal keine Sorgen, wird schon alles gutgehen.«

Arnold stieg aus und schloss die Autotür. Ella fuhr, wie von Kießling angeordnet, zum Museumsparkplatz. Arnold blickte Kießling an und dieser starrte regungslos zurück.

»Ist was?«, fragte Arnold irritiert.

»Haben Sie gerade meine Assistentin angebaggert?«

Arnold schaute ihn verstört an. »Wie kommen Sie denn darauf? Ich … ich habe lediglich gesagt, sie solle auf sich aufpassen.«

Kießling lächelte schelmisch. »Alles gut, mein Lieber, war nur Spaß. Will Sie nur auf andere Gedanken bringen.«

»Das machen Sie gut. Aber vielleicht komm´ ich darauf zurück, wenn wir das ganze Spektakel hinter uns haben.«

Kießling kommentierte diesen Konter mit einem kurzen Lacher und hob den Daumen.

Sie wandten sich zur Kirchentreppe, die hoch zur schweren Holzeingangstür führte, und setzten wieder ernste Mienen auf. Kießling setzte sich in Bewegung. »Na, dann los, suchen wir mal den Pfarrer!«

Auf der Suche nach den Mitstreitern

In der Zwischenzeit erreichte Dr. Berger das Rüdesheimer Polizeirevier. Sein dicker Mercedes rollte auf den Parkplatz. Der normalerweise sehr akkurate Pathologe stellte ihn nachlässig und ganz ungewöhnlich für seine Verhältnisse auf zwei Parkplätzen. Er stieg hastig aus und warf die Autotür zu, ohne das Fahrzeug zu verschließen. Niemals würde er sonst seinen Wagen ungesichert auf einem Parkplatz abstellen, auch wenn dieser sich direkt vor einem Polizeirevier befand, aber Nervosität und Eile ließen ihn unachtsam sein.

Er ging schnellen Schrittes die Stufen zur Eingangstür hoch und betrat das Revier. Der Beamte am Empfang grüßte ihn förmlich. »Guten Tag, wie können wir Ihnen helfen.«

»Ich bin Dr. Berger aus der Wiesbadener Gerichtsmedizin. Ich suche Kommissar Kießling.«

Der Beamte drehte den Kopf nach links und schaute über seine Schulter. »Vorhin hat der noch da hinten im Büro geschnarcht.«

Dr. Berger wurde ungeduldig und fragte: »Und, schnarcht er da immer noch?«

Der Beamte rief quer durch den Raum: »Hannes, ist der Kießling noch da?«

»Nee, der ist doch vorhin mit dem Typ, der die ganze Nacht die Couch blockiert hat, und seiner Assistentin weggefahren.«, schallte es aus den hinteren Räumen.

»Ah stimmt.« Der Beamte drehte sich wieder zu Dr. Berger. »Die sind weg. Kann ich sonst noch was für Sie tun?«

Dr. Bergers Geduldsfaden war kurz vorm Zerreißen. Im Zuge seiner Anspannung hatte er mit etwas Hilfe gerechnet und war davon ausgegangen, dass den Beamten die Tatsache bekannt war, dass in Lorch ein schrecklicher Mord stattgefunden hatte. So wäre es aus seiner Sicht angebracht, sich proaktiver zu verhalten.

»Ja verdammt«, fuhr er den Mann entnervt an, »wohin sind sie denn gefahren?«

In diesem Augenblick trat der zweite Beamte aus dem Hinterzimmer. »Soweit ich mitbekommen habe, sind die nach Lorch gefahren und wollten einen Pfarrer aufsuchen.«

»Danke.« Noch während er sprach, drehte er sich um und verließ eilig das Gebäude. Die beiden Beamten blieben verdutzt zurück, aber Dr. Berger hatte keine Zeit zu verlieren. Kommissar Kießling und seine Assistentin mussten umgehend erfahren, dass sie es wohl mit einem nicht zu unterschätzenden Gegner zu tun hatten. Er hatte Ella zwar bereits die ihm vorher bekannten Hintergrundinformationen gegeben, doch seine neuen Erkenntnisse waren aus seiner Sicht immens wichtig.

Der Gerichtsmediziner stieg wieder in seinen Mercedes ein. Die Aufzeichnungen von Dr. Russo lagen auf dem Beifahrersitz. Bevor er den Motor startete, ließ er noch einen besorgten Blick über das staubige Buch streifen. Sein Gefühl sagte ihm, dass etwas aus den Aufzeichnungen schon bald in Realität werden würde.

In der Kirche betraten Arnold und Kießling durch die schwere Holztür das Westportal. Ihre Nasen füllten sich gleich mit dem unverkennbaren Geruch von altem Gemäuer gepaart mit dem von brennenden Kerzen. Aus dem Vorraum ging es nach wenigen Metern über in das Mittelschiff der Sankt-Martins-Kirche. Das imposante, große Gewölbe war sehr beeindruckend. Von den Kreuzgängen blickten Heiligenfiguren auf die beiden herab und vor ihnen, am Ende des Mittelschiffs, prangte der große, imposante Altar mit den handgeschnitzten Figuren. Als handwerklich begabtem Mensch war dies für Arnold sofort ein Blickfang.

Es war so still, dass man eine Stecknadel hätte fallen hören können. Kießling machte einen Schritt zur Seite zu einem kleinen Becken mit Weihwasser. Er dippte kurz mit dem Finger hinein und bekreuzigte sich. »Was machen Sie denn da?«, flüsterte Arnold verdutzt. »Wollen Sie sich die Hände waschen?«

Kießling blickte Arnold mürrisch an. »Wir hier im Rheingau sind fromme Menschen und keine Mecklenburger Atheisten«, konterte er.

Arnold grinste. Diese kleinen verbalen Schlagabtausche mit Kießling gefielen ihm. Er goss noch etwas Öl ins Feuer und entgegnete: »Sieht man ja, wohin das führt. Bei uns Atheisten in Mecklenburg laufen auf jeden Fall keine Gebetsbrüder rum und begehen Morde.«

Der Satz traf ins Schwarze. »Punkt für Sie Jäger, diese Kerle können einem in der Tat den Tag versauen.«

Während ihres Geplänkels hatten Kießling und Arnold nicht bemerkt, wie sich ihnen von hinten ein Mann näherte. Sie schritten langsam voran in Richtung der vorderen Kirchenbänke. Dort angekommen, blieben sie stehen. Hinter ihnen erklang ein leises »Willkommen!«

Arnold und der Kommissar zuckten kurz zusammen und drehten sich um. Es war Pfarrer Jonas, der oben auf der Empore geweilt und ihr Gemurmel vernommen hatte.

»Ja, danke«, sagte Kießling, »aber schleichen Sie sich doch bitte nicht noch mal so leise an. Im Moment bin ich sehr sensibel, was Geistliche aus dem Hinterhalt betrifft.«

»Aber natürlich, es tut mir leid, Herr Kommissar. Mir hätte bewusst sein sollen, dass derzeit kein Platz für überraschende Momente ist.«

»Ist schon gut, wir haben es ja überlebt.«

Der Pfarrer nickte und lächelte. »Was kann ich für Sie tun, meine Herren, ich habe Ihren Kollegen doch bereits alles gesagt, was ich weiß.«

»Das ist richtig«, antwortete Kießling, »deshalb sind wir auch nicht hier. Es geht um dieses Buch hier.« Dabei zog er es aus seiner Jacke und reichte es Arnold. »Hier, Jäger, erklären Sie es dem Herrn Pfarrer, Sie haben´s gefunden.«

Überrascht, dass der Kommissar ihn einbinden wollte, lächelte Arnold ihn geschmeichelt an. So empfand er sich nicht als das Opfer, dass im Schlepptau des Beamten beschützt werden musste. Er war Teil des Ermittlerteams, dies brachte ihm sofort einen Vertrauensschub und Sicherheit. Er nahm das Tagebuch entgegen. »Es handelt sich hier um ein Tagebuch«, erklärte er dem Pfarrer. »Ich habe es in meinem Weinkeller gefunden, und es ist mittlerweile recht offensichtlich, dass Dr. Meinhaus deswegen ermordet wurde.«

Pfarrer Jonas verzog das Gesicht. »Deswegen? Was steht da drin?«

Arnold fuhr fort: »Nun ja, es beschreibt einen ähnlichen Mord vor ungefähr 100 Jahren hier in Lorch. Irgendetwas muss auf einem Schiff auf dem Rhein vorgefallen sein. Es wurden Leute ermordet, und an Bord fand man etwas, was nicht genau benannt wurde.«

Der Pfarrer sah, hellhörig geworden, auf. Seine Mimik ließ vermuten, dass ihm diese Geschichte nicht ganz fremd war.

»Das war jetzt die Kurzfassung«, sagte Arnold. »Auf jeden Fall aber gibt das Buch Hinweise auf das, was die Lorcher Bürger damals gefunden haben«.«

»Und deshalb sind wir hier, schaltete sich Kießling dazwischen. »Aber wenn ich Sie so anschaue, so ganz überrascht scheinen Sie nicht zu sein.«

Pfarrer Jonas schwieg einige Sekunden und atmete kurz tief ein, bevor er antwortete: »Sie haben recht. Ich hatte mir schon gedacht, dass die Ereignisse der Vergangenheit ihre Krallen in die Gegenwart ausstrecken, obgleich diese Geschichte nur als Legende überdauerte.«

»Dann wissen Sie worüber wir hier reden?«, hakte Kießling nach.

»Teilweise. Josef hat mich nicht ohne Grund kontaktiert. Er wusste, was hier in Lorch angeblich passiert ist und dass ein gewisser kirchlicher Orden involviert war.«

»Das ist ja interessant. Bei der Vernehmung gestern haben Sie das nicht so detailliert ausgeführt.« Kießling sah den Pastor mit gerunzelter Stirn an.

»Nun, ich war nicht sicher«, erklärte Pfarrer Jonas, »ob es sich um diesen Hintergrund handelte. Jetzt, wo Sie hier sind, bin überzeugt, dass uns die Vergangenheit eingeholt hat.«

Kießling verstand die Intention des Pfarrers in der gestrigen Vernehmung, diesen Punkt nicht zu erwähnen. Er selbst haderte immer noch mit den mysteriösen Umständen des Falles, die jetzt nach und nach Realität annahmen.

Er schaute zu Arnold. »Fahren Sie fort!«

Die Geisel

Unterdessen hatte Ella den Wagen auf dem Parkplatz vor dem Museum abgestellt und war ausgestiegen. Sie lief Richtung Kirche, betrachtete das Gebäude und ließ ihren Blick den Turm hochwandern. Sie haderte mit einer leichten Höhenangst und stand lieber auf dem Boden der Tatsachen.

Der Nachmittag war bereits weit vorangeschritten, es wurde dunkler und unangenehm kühl. Nebelschwaden zogen in das Rheintal und schoben sich langsam in die menschenleeren Lorcher Gassen. Der Marktplatz vor der Kirche lag wie ausgestorben da.

Ella ging weiter um die Kirche herum, bis sie in einem kleinen, parkähnlichen Garten, der mit sehr viel Sorgfalt angelegt war, anlangte. Hier befand sich auch der Zugang zur Sakristei der Kirche, wo der Pfarrer und die Messdiener die Vorbereitungen zum Gottesdienst durchführten. Ella geriet in eine verträumte Stimmung. Hier war es so friedlich, dass ihr die Ernsthaftigkeit der Lage fast keine Rolle mehr zu spielen schien. Immer wieder glitten ihre Blicke an dem Gebäude entlang und sie ließ die beruhigende Stille des Gartens auf sich wirken.

Plötzlich wurde sie von hinten von zwei sehr kräftigen Armen gepackt und zurück in die Realität gerissen. Eine Hand legte sich brutal um ihre Kehle, mit der anderen setzte der Angreifer ihren Waffenarm außer Gefecht, als sie reflexartig zu ihrer Waffe greifen wollte. Ihr Herz begann sofort ins Unermessliche zu schlagen. Angst und Panik ergriffen sie und sie meinte zu ersticken. Sie wehrte sich mit aller Kraft, trat nach hinten und schlug mit der linken Elle ihrem Gegner in die Rippen. Doch es half nichts, sie hatte keine Chance, sich aus der Umklammerung zu befreien. Ihren Augen füllten sich mit Tränen, die ihr die Sicht verschleierten, als eine weitere Gestalt in einem Ordensgewand auf sie zukam. Ella versuchte, nach ihr zu treten, doch ihre Kraft reichte nicht mehr aus. Der Angreifer von vorne hielt einen Lappen in der Hand und kam immer näher auf Ella zu, bis er direkt vor ihr stand. Die wiederholte Fußabwehr hatte keinen Erfolg. Der Angreifer drückte Ella den Lappen auf Mund und Nase. Sie bekam immer mehr Panik, versuchte nach Luft schnappen, doch ihre Lungen füllten sich nun mit dem ekelerregenden süßlichen Geruch nach Chloroform. Es dauerte nur ein paar Sekunden, bis sämtliche Anspannung aus ihren Gliedern wich und Ella bewusstlos zusammensackte.

Die beiden Angreifer packten Ella unter den Achseln und trugen sie zu einem schwarzen Transporter, der in einer schmalen Gasse am Rande der Kirche parkte. Gerade, als sie Ella durch die Seitentür in das Innere des Fahrzeugs bugsierten, bog ein Mercedes um die Ecke.

Es war Dr. Berger. Die beiden Männer bemerkten, dass sie gesehen wurden. Schnell stiegen sie ebenfalls hinten ein, schlossen die Tür und gaben dem Fahrer das Signal, sofort loszufahren. Er musste aber am Wagen von Dr. Berger vorbei, da es die direkteste Fluchtmöglichkeit war. Der Gerichtsmediziner reagierte schnell, denn er hatte Ella erkannt und sofort richtig geschlossen, dass sie offensichtlich entführt werden sollte. Er gab Vollgas und versuchte, mit seinem Wagen die Straße zu blockieren. Von vorn raste der Transporter der Entführer auf ihn zu. Dr. Berger blockierte die ganze Breite der Gasse, aber der Fahrer des Transporters machte keine Anstalten, die Geschwindigkeit zu reduzieren. Dr. Berger begann zu schwitzen. Sollte er sitzen bleiben und darauf hoffen, dass der Fahrer nachgab? Vor seinem inneren Auge spielten sich in Zeitlupe verschiedene Szenarien ab und er musste in Sekundenbruchteilen eine Entscheidung treffen. Nur noch wenige Meter trennten ihn und den heranrauschenden Transporter. Immer noch keine Reduzierung der Geschwindigkeit. Dr. Berger traf eine Entscheidung. Er riss die Tür auf und machte einen Satz aus dem Auto. Sekunden später krachte der Transporter in den Mercedes des Gerichtsmediziners und schob diesen mit Wucht zur Seite. Durch die entstandene Lücke konnten die Entführer mit quietschenden Reifen entkommen.

Dr. Berger saß auf dem Hosenboden, atmete noch hektisch ein und aus. Sein Puls puckerte. Er konnte sich nicht erinnern, dass sein Adrenalinspiegel jemals ein derartiges Level erreicht hätte. Langsam rappelte er sich auf und starrte auf die Schrammen an seinen Händen. Er blickte ungläubig dem Transporte nach und konnte nicht fassen, was gerade geschah.

Der Knall, den der Aufprall verursacht hatte, war durch die schmalen Straßen von Lorch gehallt und sicherlich bis hinunter zum Rhein zu hören gewesen.

Natürlich vernahmen Arnold, Kießling und Pfarrer Jonas in der Kirche das Geräusch. Erschrocken drehten sich die drei in die Richtung, wo das Scheppern seinen Ursprung hatte.

»Was zur Hölle war denn das?«, fragte Kießling lautstark.

»Es hörte sich wie ein Autounfall an«, meinte Arnold. »Es muss von der Gasse gekommen sein, die hinter die Kirche führt.«

»Aber da fährt normalerweise bis auf ein paar Einwohner niemand entlang - und wenn, dann mehr oder weniger in Schrittgeschwindigkeit, weil es da so eng ist«, sagte Pfarrer Jonas.

Plötzlich wurde Kießling ganz blass. Er riss die Augen auf und rief: »Ella!« Dabei drehte er sich auf dem Absatz um und rannte Richtung Ausgang. Arnold stürzte ihm nach. Pfarrer Jonas, mit seinen 60 Jahren nicht ganz so schnell zu Fuß, machte sich ebenfalls auf, Arnold und Kießling zu folgen.

Draußen rannte der Kommissar wie von Sinnen sofort um die Kirche herum. Durch die Intensität des Aufpralls konnte man gut erahnen, aus welcher Richtung der Knall gekommen war. Sein Blick fiel auf Dr. Bergers demolierten Mercedes und den benommen daneben stehenden Gerichtsmediziner.

Kießling stoppte abrupt vor dem Wrack. »Dr. Berger, was machen Sie denn hier? Was ist passiert?«

Dr. Berger blieb vor Entsetzen die Stimme weg. Er schluckte und versuchte, einen Ton herauszubringen. Arnold war in der Zwischenzeit ebenfalls angekommen und rief sofort: »Ella! Wo ist Ella?«

Dr. Berger versuchte, immer noch die Fassung zu erlangen. Kießling drehte sich derweil mehrfach um die eigene Achse, um sich nach seiner Assistentin umzusehen. Auch er rief lautstark ihren Namen. Obwohl er noch nichts von der Entführung wusste, kroch eine ungute Ahnung in ihm hoch. Die überraschende Anwesenheit von Dr. Berger. Ein demolierter, quergestellter Mercedes und dazu der halbwegs ramponierte Pathologe. Er wandte sich wieder zu Dr. Berger. »Was ist hier passiert?«, insistierte er. »Haben Sie Ella gesehen?«

»Sie haben sie entführt«, sagte er schließlich mit zittriger Stimme.

»Was haben Sie gesagt?«, hinterfragte Arnold ungläubig.

»Sie haben sie entführt!« Dr. Bergers Stimme wurde lauter. »Sie haben Ella entführt!«

Kießling stieg eine Zornesröte ins Gesicht. »Verdammter Mist!«, schrie er und trat mit voller Wucht gegen den verbeulten Kotflügel des Mercedes. Er begann recht planlos umherzulaufen. Dabei schnaufte er wie ein zorniger Stier mit zu Fäusten geballten Händen. Es war unübersehbar, dass er damit eine Art Hilflosigkeit überspielen wollte. Arnold trat auf ihn zu und versuchte, ihn zu beruhigen. »Beherrschen Sie sich doch. Wir müssen überlegen, was wir jetzt tun.«

»Beherrschen soll ich mich?«, fuhr Kießling ihn an. »Während wir in der Kirche Kaffeekränzchen gehalten haben, ist meine Assistentin hier draußen entführt und unser Gerichtsmediziner fast zu Brei gefahren worden. Erzählen Sie mir nicht, ich solle ruhig bleiben!«

Dr. Berger hatte inzwischen die Fassung wiedererlangt. »Herr Kießling, kommen Sie wieder zu sich, der junge Mann hat recht. Wir müssen uns jetzt zusammenreißen. Ella wird es nicht helfen, wenn wir jetzt in Panik verfallen.«

Aus dem Hintergrund erklang plötzlich eine dunkle, tiefe Stimme. »Das ist richtig, verfallen Sie jetzt nicht in Panik. Sie haben eine Aufgabe!«

Hinter der Kirche trat in ein tiefschwarzes Gewand gehüllte Gestalt hervor. Die Kapuze war bis kurz über die Augen gezogen, sodass nur ein stechender Blick darunter hervorstach.

Es war Achmandor, der nun zum ersten Mal seinen Kontrahenten gegenüberstand.

Arnold erkannte ihn sofort. »Das ist er! Das war der Oberste von denen, die mich in meiner Wohnung umbringen wollten.«

Kießling griff, ohne zu zögern, nach seiner Waffe und richtete sie auf Achmandor, dabei rief er: »Keine Bewegung, sofort auf den Boden legen!«

Achmandor machte keine Anstalten, seiner Aufforderung Folge zu leisten, stattdessen schritt auf die drei zu.

»Ach, Herr Kommissar«, sagte er in beherrschtem Ton, »nehmen Sie die Waffe runter. Ich denke, wir wissen beide, dass Sie nicht in der Position sind, um mich zu bedrohen.«

Dabei blieb er stehen und blickte dem Kommissar tief in die Augen. Kießling realisierte, auf was Achmandor hinauswollte und dass Ella in der Gewalt des Ordens war.

Achmandor wiederholte seine Forderung: »Nehmen Sie den Revolver schon runter. Ich denke, wir sollten uns auf einer anderen Ebene unterhalten.«

»Nehmen Sie die Waffe runter, die haben Ella!«, flüsterte Arnold eindringlich.

»Ja, nehmen Sie sie runter, wir haben keine Wahl.« Dr. Berger fuhr sich mit zittriger Hand über die Stirn.

Kießling senkte langsam die Waffe und Achmandor grinste hämisch. Er wusste, dass er in der besseren Position war und die anderen keine Wahl hatten, als das zu tun, was er von ihnen wollte.

»Was wollen Sie?«, fragte Kießling resigniert.

»Das ist eine gute Frage. Sie haben etwas in Ihrem Besitz, das unter Umständen verrät, wo sich unser Eigentum befindet.« Achmandor machte eine unbestimmte Geste, sodass sein Umhang sich hob und senkte. Er wirkte wie eine gruselige Imitation von Dracula. Arnold lief ein Schauder über den Rücken.

»Was für ein Eigentum soll das sein?«, wollte Kießling wissen.

»Ich denke, dass muss ich Ihnen nicht näher erklären«, sagte Achmandor selbstsicher. »Sie haben den Inhalt des Buches und ein Teil unseres Eigentums gefunden.«

Arnold dachte sofort an den Becher. »In dem Buch stehen nur schemenhafte Dinge, wir werden daraus nicht schlau«, versuchte Arnold ihn zu beschwichtigen. »Nehmen Sie das Buch und bringen Ella zurück.«

Kießling blickte Arnold anerkennend an. Normalerweise konnte er es nicht ausstehen, wenn ihm die Initiative abgenommen wurde, aber in diesem Fall hatte der junge Winzer eine gute Äußerung vorgebracht.

Achmandor schüttelte den Kopf und raunte: »Nein! Ihresgleichen haben vor 100 Jahren unser Eigentum verschwinden lassen, jetzt bringen Sie es wieder zurück und übergeben es uns. Sie haben Zeit, bis morgen früh die Sonne aufgeht!«

»Was ist, wenn wir das nicht schaffen?«, fragte Dr. Berger.

Achmandor senkte den Kopf und nahm eine noch bedrohlichere Haltung ein. »Wenn wir bis morgen nicht unser Eigentum zurückbekommen haben, bekommen Sie Ihres zurück.«

Allen drei war klar, auf was Achmandor anspielte, er meinte Ella in einem besorgniserregenden Zustand.

»Und Ihnen ist sicher bewusst, wie wir mit Sündern verfahren!«, ergänzte Achmandor.

Kießling Kopf wurde wieder feuerrot und er fauchte: »Wenn Sie Ella etwas antun, dann …!«

»Was dann?«, unterbracht ihn Achmandor, »Drohen Sie mir nicht, und ich rate Ihnen, meine Warnung ernstzunehmen!«

»Das bringt doch nichts«, sagte Arnold, um Kießling zu beschwichtigen, »wir müssen tun was er sagt.«

»Schlauer Bursche, da bin ich aber froh, dass wir dich nicht gestern wieder unserem Schöpfer übergeben haben«, richtete sich Achmandor an Arnold und grinste dabei überlegen.

Kießling spürte diese Überlegenheit und nahm sich zusammen. »Wie können wir sicher sein, dass Sie Ella nichts antun?«

»Bringen Sie mir unser Eigentum zurück, dann müssen Sie sich diese Frage nicht stellen. Ich erwarte Sie morgen am Altar der Kirche mit der Information, wo unser Eigentum ist!« Mit diesen Worten drehte sich Achmandor um und verschwand, wie er gekommen war, wieder im Nebel.

Arnold, Dr. Berger und Kießling blickten noch einige Sekunden in seine Richtung.

Kießling drehte sich zu den anderen um. »Was zum Teufel war denn das?«

Arnold und Dr. Berger schüttelten nur ungläubig den Kopf.

»Okay, wir müssen dieses Eigentum, was auch immer es ist, finden. Wo zum Geier steckt dieser Pfarrer?«

»Ich bin hier, ich habe es aus der Ferne verfolgt.« Pfarrer Jonas trat mit bestürzter Miene aus dem Schatten des Gemäuers. »Was kann ich tun?«

»Schauen Sie in Ihren Kirchenbüchern nach, ob Sie irgendwas zu dem Vorfall vor 100 Jahren finden.«

Pfarrer Jonas nickte nur, drehte sich um und nahm Kurs auf sein Wohnhaus, welches in der Nähe der Kirche war.

Kießling wandte sich Dr. Berger und Arnold zu. »Und wir müssen jetzt herausfinden, was dieser Vers in dem Tagebuch bedeutet und vor allem, wer dieser Spinner von eben war.«

»Da kann ich helfen«, sagte Dr. Berger.

Kießling und Arnold blickten den Gerichtsmediziner fragend an.

Dieser holte das Buch von Dr. Russo aus seinem Wrack und hielt es Arnold und Kießling hin. Er erklärte: »Ich denke, hier finden wir Antworten darauf, mit wem wir es zu tun haben. Es handelt sich gewiss nicht um eine Karnevalstruppe.«

»Wir sehen es uns in der Kirche an. Dann können wir auch gleich den Pfarrer miteinbeziehen. Ich denke, der kann uns noch von Nutzen sein.«

Kapitel sieben

Der Wald und seine Geister

Dichte Nebelschwaden legten sich um die Bäume des Lorcher Waldes und zauberten eine gespenstische Atmosphäre. Im Gebüsch am Wegesrand knisterte und raschelte es, mit den Geräuschen des knarrenden Pferdefuhrwerks und dem dumpfen Hufschlag der Gäule stellte sich eine unheilschwangere Stimmung ein. Peter verlangsamte nervös die Fahrt, um in den Wald zu lauschen. Theodor war indessen unentwegt dabei, seinen unsteten Blick in alle Richtungen schweifen zu lassen, um jedwede, unnatürliche Bewegung im Unterholz zu erfassen. Es war ihnen mittlerweile klar, dass nicht nur die Augen der Tiere ihrem Treiben folgten.

Um ihre Anspannung etwas zu mildern, versuchten sie, ihre Gedanken auf etwas Angenehmeres zu lenken.

»Wie geht es eurer Tochter?«, fragte Theodor.

Peters Blick zeigte Stolz und Freude. »Sie wächst und gedeiht. Es ist wundervoll mit anzusehen, wie sie sich jeden Tag entwickelt und neue Dinge dazulernt.«

»Ist das so? Also, unser Bub hat nur Flausen im Kopf.«

Peter lachte. »Ich denke, das kommt auch noch. Spätestens, wenn im Januar ihr Geschwisterchen zur Welt kommt.«

Theodor lächelte. »Stimmt, du und Maria bekommt wieder Nachwuchs. Das ist toll, ich freu´ mich sehr für euch.«

»Manchmal habe ich aber ein schlechtes Gewissen.«

»Wieso das?«

»Maria und ich haben uns immer Kinder gewünscht«, erklärte Peter leise, »und wir wollen, dass sie in einer heilen Welt aufwachsen.«

Theodor ahnte, worauf Peter hinauswollte.

»Gerade wurde erst einer der schlimmsten Kriege seit Menschengedenken beendet, wir leben immer noch isoliert in unserer Heimat. Von rechts und links wird mit den Säbeln gerasselt und dann auch noch unser Rhein in Blut getränkt.« Peter seufzte.

»Du musst kein schlechtes Gewissen zu haben. Gerade weil wir neues, unschuldiges Leben in die Welt setzen, machen wir das große Ganze ein Stückchen besser. Ich denke, mit jedem Kind, das geboren wird, heilen die Wunden unseres Landes. Es möchte doch niemand, dass unsere Kinder das gleiche Leid erfahren wie wir.« Theodor klopfte ihm beschwichtigend auf die Schulter.

Peter nickte. Theodors tröstliche Worte trugen einen kleinen Schimmer Hoffnung in sich. Er riss sich zusammen, um nicht sentimental zu werden.

»Ich stimme dir zu. Aber jetzt lass uns dies hier zu Ende bringen, damit wir die heile Welt wieder zurück in unseren Flaschenhals tragen.«

Theodor griff zu einer Laterne, die hinter der Fahrerbank platziert war und hielt sie Peter hin. »Wollen wir die Laterne jetzt entzünden?«

Peter konzentrierte sich wieder auf die düstere Umgebung. »Nein, noch nicht. Wir haben unser Ziel noch nicht erreicht.«

»Vielleicht wäre ein wenig Licht hilfreich, weil der Nebel immer dichter wird«, meinte Theodor.

»Da hast du recht. Wir dürfen die Laterne allerdings nicht zu früh entzünden, sonst gefährdet dies unseren Plan.«

Theodor verstaute sie wieder hinter dem Kutschbock und bemerkte dabei, wie sich etwas hinter einer zurückliegenden Kurve bewegte. Es sah aus, als hätte jemand um die Biegung geschaut, bedacht darauf, nicht gesehen zu werden.

Theodor drehte sich langsam wieder um und blickte nach vorn. Er ließ sich nichts anmerken, dass er etwas gesehen hatte, und flüsterte leise: »Wir sind nicht allein!« Dabei schaute er nicht Peter an, sondern starrte nach vorn.

»Ich weiß!«, murmelte Peter.

Die beiden verharrten einen Moment schweigend.

»Was sollen wir tun? Wir sind noch nicht am Ziel«, sagte Theodor schließlich.

Peter verzog nachdenklich die Mundwinkel und erwiderte: »Wir müssen Distanz zwischen uns bringen. Wir sind noch nicht da, wo wir sein müssten.«

Theodor nickte stumm.

»Na dann«, sagte Peter, schwang die Zügel und die Pferde fielen in einen schnellen Trab. Das schlecht gefederte Fuhrwerk rappelte über den steinigen Forstweg, und während Theodor sich an der Seitenlehne festklammerte, presste Peter seine Füße fest in den Fußraum, um guten Halt zu bekommen.

»Geht es dir gut?«, fragte Peter nach einer Weile, weil die Anspannung seines Freundes deutlich zu spüren war.

»Geht schon«, brummte Theodor. »Ich mache mir halt Sorgen, ob wir gerade auf bestem Weg direkt in Teufels Küche sind.«

Peter wusste keine beruhigenden Worte. Ihm war klar, dass es für eine Umkehr zu spät war, aber sie hatten keine Wahl. Zudem ging es ihm nicht besser. Ständig dachte er an seine schwangere Maria und die gemeinsame Tochter. Das Vorhaben musste gelingen. Der Gedanke, seine Familie nicht wiederzusehen oder dass sie ohne ihn in diesen schwierigen Zeiten zurechtkommen müssten, trieb ihm ebenfalls Sorgenfalten auf die Stirn. »Wir werden es schaffen. Hab´ Vertrauen«, erklärte er entgegen seiner eigenen Befürchtungen.

Theodor schnaubte leise. »Dein Wort in Gottes Gehör.«

Auf des Rätsels Pfaden

Auf dem Marktplatz vor der Lorcher Kirche tummelten sich wieder ein paar Schaulustige. Es wurde getuschelt und gemurmelt. Es kam schließlich nicht alle Tage vor, dass in Lorch so viel Polizeipräsenz herrschte wie in diesen Tagen.

»Gestern ein Mord, heut´ fahrn´ sie sich die Köpfe ein«, brummte ein Bürger aus der Menge. Ein anderer fügte hinzu: »Jo, nirgends is´ man mehr sicher, selbst vor de´ eigene Haustür laufe die Mörder frei rum.«

Die Beamten der Rüdesheimer Polizei, die mittlerweile vor Ort waren und den Platz um das demolierte Auto von Dr. Berger absicherten, blieben ganz entspannt. Normalerweise war Lorch eine sehr friedliche Stadt und niemand musste um seine Sicherheit fürchten. Geschah allerdings etwas Außergewöhnliches, gerieten die Menschen gleich in Aufruhr, als ob die Welt unterginge und alles voller Verbrecher wäre.

Daher taten die Beamten genau das Richtige, indem sie den Tatort abriegelten und die umstehenden Menschen im schlimmsten Fall vor sich selbst schützten.

In der Kirche, in der nichts von dem Wirbel auf dem Vorplatz zu hören war, hatten sich indes Dr. Berger, Arnold und Kießling in den vorderen Bänken des Hauptschiffes zusammengefunden. Man sah allen drei die belastenden Ereignisse der vergangenen Stunden an.

Kießling brach als erster das Schweigen und sagte: »Irgendwie scheint sich Geschichte immer zu wiederholden.«

»Wie meinen Sie das?« Dr. Berger runzelte die Stirn.

Der Kommissar zog das Tagebuch heraus, warf es auf die Gebetsbank und erklärte: »Vor knapp hundert Jahren hat an genau dieser Stelle eine Gruppe von Lorcher Bürgern getagt und dürfte ein ähnliches Problem wie wir heute mit diesen Bastarden gehabt haben.«

In diesem Moment tauchte Pfarrer Jonas aus dem Hintergrund auf. »Aber Herr Kommissar, bitte nicht eine solche Wortwahl in einem Gotteshaus.«

Kießling blickte den Geistlichen entschlossen an und fauchte: »Glauben Sie mir, wenn ich diese Brüder zu fassen kriege, können Sie darum beten, dass es überhaupt einen Gott gibt.« Er wandte sich um und ging Richtung Portal.

Pfarrer Jonas entgegnete auf Kießlings Drohung nichts, denn Kießlings Wut war nicht verwunderlich, schließlich hatte die Bruderschaft seine Kollegin, Vertraute und Assistentin Ella entführt und zu allem Überfluss noch mit deren Ermordung gedroht.

»Kommen Sie wieder zurück, Kießling«, rief Arnold, »Drohgebärden bringen uns nicht weiter. Wir müssen jetzt überlegen, was diese Zeilen in dem Tagebuch bedeuten.«

»Da geb´ ich dem jungen Mann recht«, sagte Dr. Berger, »wir haben keine Zeit für emotionale Ausraster. Erklären Sie uns besser, was Sie hier haben.«

Kießling stoppte, drehte sich um und starrte Dr. Berger einen Moment beleidigt an. Dann schien er sich zusammenzureißen. »Das stimmt, zum Durchdrehen haben wir später immer noch Gelegenheit.«

Dr. Berger übernahm wieder das Wort. »Bevor wir uns allerdings dem Tagebuch widmen, müssen wir uns das hier anschauen.« Damit griff er in seine Aktentasche und zog die Notizen von Dr. Russo hervor und platzierte sie neben dem Tagebuch auf der Gebetsbank. »Dies ist eine Recherchearbeit über den Orden, mit dem wir es hier anscheinend zu tun haben.« Während er sprach, öffnete der Gerichtsmediziner das Buch und blätterte durch die Seiten und referierte Arnold, Kießling und Pfarrer Jonas seine Erkenntnisse. »Wir haben es mit einem sehr skrupellosen und machtbesessenen Orden zu tun. Er schlug sich mit scharfer Klinge durch die Kirchengeschichte.«

Pfarrer Jonas unterbrach Dr. Berger während dieser von Gräueltaten des Ordens berichtete und sprach entrüstet: »Das kann nicht sein«, unterbrach Pfarrer Jonas, der offensichtlich entsetzt über die Gräueltaten des Ordens war, ihn, »die Kirche … ich meine, der Vatikan, würde niemals so eine Gruppe von Mördern unterstützen.«

Kießling sah ihn missmutig an. »Wieso denn nicht«, sein Ton wurde sarkastisch, »da vermissen wohl ein paar verlorene Schäfchen die guten Zeiten aus dem Mittelalter.«

Pfarrer Jonas errötete angesichts dieser groben Respektlosigkeit. Kurz bevor er Kießling eine zornige Antwort geben wollte, griff Dr. Berger besänftigend ein. »Bleiben Sie ruhig. Weder ist dieser Orden eine offizielle Zelle der Kirche noch ein Haufen verlorener Schäfchen; aber in der Tat ist er wohl im Mittelalter hängengeblieben.«

Pfarrer Jonas brachte sich die Gemütslage des Kommissars wieder in Erinnerung und schwieg.

Dr. Berger fuhr fort, ein genaues Bild von den Taten und der Gesinnung des Ordens zu zeichnen. Arnold lauschte ihm konzentriert und blickte immer wieder auf Dr. Russos Aufzeichnungen, die mit Berichten von Überlebenden, die auch in Kontakt mit der Bruderschaft gekommen waren, gespickt waren. Er konnte sich sehr gut in diese Menschen hineinversetzen, schließlich hatte er selbst fast sein Leben durch die Hand des Ordens verloren.

Der Pathologe blätterte immer weiter, bis er auf altertümliche Fotos stieß, die die Tatorte und Opfer des Ordens dokumentierten. Die Bilder zeigten grausame Szenen und bekundeten die Ruchlosigkeit und Brutalität der Ordensbrüder.

Pfarrer Jonas schnappte nach Luft, trat einen schnellen Schritt vor und schlug das Buch zu. »Hören Sie jetzt auf damit! Ich denke, es ist für jeden deutlich geworden, wer oder was hier in Lorch sein Unwesen treibt.« Dabei erhob der Pfarrer derart seine Stimme, dass sie durch das Hauptschiff der Kirche hallte.

Dr. Berger sagte nichts, schaute ihn aber verärgert an, denn er hielt es für wichtig, jedes Details über den Orden herauszufinden. Dies glich auch seiner Arbeit als Pathologe, wo er auf jedes noch so kleine Indiz achtete.

Gerade Kießling zeigte Verständnis für Pfarrer Jonas‹ Reaktion: »Ist schon okay, Dr. Berger. Ich denke, wir können hier aufhören. Das reicht, um sich vorzustellen, was für eine Art von Orden das ist. Derartige Bilder sind wohl nichts für die Augen eines Geistlichen - zumindest für manche aus der Zunft.« Diesen kleinen Seitenhieb konnte sich der Polizeibeamte dann doch nicht verkneifen.

Arnold nahm das Tagebuch, legte es auf die Aufzeichnungen von Dr. Russo und schlug die Seite mit dem letzten Vers auf.

Er las vor: »Der Lorcher Wein, so gut und rein, möge der erste Wegweiser sein. Auf ein Glas an den Ort, der Sünde vergibt, und mit vollen Klängen die Stille durchbricht.«

Er blickte in die Runde. »Was kann das bedeuten?«

Die Männer schauten ratlos zurück.

Kießling machte den Anfang. »Also, Ort, der Sünde vergibt könnte der Beichtstuhl sein. Aber was könnte sich in dem Beichtstuhl befinden, das uns einen Hinweis gibt?«

Pfarrer Jonas machte eine wegwerfende Geste. »Sie können mir glauben, ich verbringe viel Zeit in dem Beichtstuhl, und bis jetzt ist mir darin noch nichts aufgefallen.«

»Ich glaube, das wäre auch zu kurz gedacht«, schaltete Arnold sich ein. Die anderen blickten den jungen Winzer fragend an. »Wenn die Leute von damals irgendwelche Hinweise hinterlassen wollten«, fuhr er fort, »wäre der Beichtstuhl eine schlechte Wahl gewesen. Holz vergeht mit der Zeit. Beichtstühle werden auf- und abgebaut und mit Sicherheit über die Zeit mehrfach restauriert worden. Da wäre ein versteckter Gegenstand nicht lange verborgen geblieben.«

Kießling wiegte anerkennend den Kopf. »Da hat unser Jäger nicht unrecht. Also, was in dieser Kirche überdauert lange Zeit überdauert und durchbricht mit vollen Klängen Stille?« Er blickte Pfarrer Jonas auffordernd an. »Na, kommen Sie schon, Herr Pfarrer, Sie hängen doch den ganzen Tag hier herum, was fällt Ihnen dazu ein?«

Der Geistliche wandte sich verärgert von Kießling ab. Er schien sich von der direkten Art des Kommissars und dessen salopper Rhetorik brüskiert zu fühlen. Mit angespannter Stimme antwortete er: »Ich habe keine Ahnung, und ich hänge hier auch nicht rum. Meinen Sie nicht, dass es ein einfaches Unterfangen ist, eine Kirchengemeinde zu leiten?« Kießling zeigte kein Verständnis für die Reaktion des Pfarrers. »Jetzt spielen Sie doch nicht die beleidigte Leberwurst. Oder sind Sie auch so ruppig beim Abnehmen der Beichte?«

Kurz bevor Pfarrer Jonas darauf kontern konnte, fuhr Arnold lautstark dazwischen. »Jetzt ist aber Schluss. Wir haben ganz andere Probleme und sollten uns nicht permanent zanken.«

Arnolds Worte zeigten Wirkung. Kießling und Pfarrer Jonas beendeten ihren Disput, warfen sich aber noch ein paar giftige Blicke zu.

Dr. Berger hatte sich inzwischen von den dreien abgewendet und murmelte mit gesenktem Kopf etwas vor sich hin. Arnold ging ihm hinterher und fragte: »Dr. Berger?«

»Pst! Lassen Sie mich nachdenken«, sagte der Pathologe. Kießling trat zu Arnold und flüsterte ihm ins Ohr: »Der hat jetzt seine Denkerposition, kennen wir schon.«

Die Stille errang wieder die Oberhand und sie warteten gespannt darauf, ob Dr. Berger der Lösung etwas näher kommen würde. Plötzlich drehte er sich um, riss die Augen auf und fragte: »Wie gelangt man zur Orgel?«

Pfarrer Jonas wies nach oben zur Empore im hinteren Teil der Kirche, wo die Orgel ihren Platz hatte.

Sie gingen nach hinten und die Stufen zur Empore hinauf.

Dr. Berger schob sich auf die Bank des imposanten Instruments, legte die Hände auf die Tasten und verharrte.

Kießling sah in erstaunt an. »Sie können auch Orgel spielen? Welche Talente verbergen Sie denn noch vor uns?«

Dr. Berger blickte ihn verständnislos an, zog ein paar der unzähligen Register und griff in Tasten. Sogleich füllte sich die Kirche mit den Klängen einer Bach-Fuge. Der Gerichtsmediziner vermochte zur Überraschung aller das Instrument perfekt zu bedienen.

Kießling musterte ihn ehrfürchtig, dann flüsterte er in Arnolds Ohr: »Das hätte ich eigentlich ahnen müssen.«

Nach ein paar Minuten beendete der Pathologe sein Spiel.

Arnold war erste Linie neugierig, schließlich schien Dr. Berger eine Erkenntnis bekommen zu haben, die sie der Lösung des Rätselverses näher bringen könnte. »Das war sehr beeindruckend; aber ohne Ihre Fähigkeiten in den Schatten stellen zu wollen, wie hilft uns das weiter?«

Dr. Berger drehte sich zu den anderen um.

»Der Ort, der die Sünde vergibt, ist der Beichtstuhl. Die Klänge, welche die Stille durchbrechen, ist die Orgel, fehlt nur noch der Wein.« Mit diesen Worten griff er an die Registerknöpfe der Orgel und zog gezielt das Register Riesling 2f.

Mit einem Mal ertönte Vogelgezwitscher aus den silberglänzenden Orgelpfeifen. Hinter Dr. Berger, gegenüber der Orgel, öffnete sich die Tür zu einem Schränkchen und es kamen mehrere Flaschen Riesling, Gläser und Korkenzieher zum Vorschein.

Überrascht betrachteten Kießling und Arnold das kleine Geheimfach, während Pfarrer Jonas nicht so sehr verblüfft zu sein schien.

»Und hier«, sagte Dr. Berger unterschwelligem Stolz in der Stimme, »ist der Lorcher Wein - gut und rein.«

»Beim Herrgott, das Weinfach«, sagte Pfarrer Jonas, »daran habe ich gar nicht gedacht.«

»Sie wussten von dem Fach?« Kießling sah ihn misstrauisch an.

»Ja, natürlich, aber ich hätte nicht gedacht, dass das Tagebuch darauf anspielt. Was sollte denn hier auch noch zu finden sein?«

Arnold holte eine Flasche und Gläser aus dem Schränkchen und schwenkte den Wein in Richtung des Kommissars. »Ein Riesling, Herr Kießling?«

Der Kommissar verstand die Anspielung. Er stellte sich schließlich gern mit dieser Floskel vor, und grinste. »Nicht jetzt mein Freund. Wenn der Spuk vorbei ist, kommen wir hierher zurück.«

Die drei traten näher an das Schränkchen heran und blickten hinein.

»Da ist nichts«, sagte Pfarrer Jonas.

»Geduld, mein lieber Pfarrer, das ist doch eine Ihrer Tugenden.« Dr. Berger klopfte ihm behutsam auf die Schulter.

Kießling warf Dr. Berger einen amüsierten Blick zu und musste ein Lächeln unterdrücken. Diese kleine Spitze hätte er von dem Gerichtsmediziner nicht erwartet.

Sie prüften wieder das Innere.

Arnold verdrehte leicht die Augen, als ihm eine Unstimmigkeit auffiel. »Sehen Sie doch, die

Maserung der Rückwand weicht von der der Seitenwände ab.«

»Sie haben recht«, brummte Kießling. Er steckte seine Hand hinein und klopfte an die Rückwand, bis ein hohler Ton erklang. Er schlug immer fester auf das Holz, bis plötzlich die Rückwand ein Stückchen heraussprang.

»Meine Güte!« Dr. Bergers Augen leuchteten vor Begeisterung.

Kießling zog mit einem Ruck das Wandstück heraus und eine kleine Staubwolke stieg auf. Arnold wedelte mit der Hand den Staub weg und machte die Sicht auf das Innere wieder frei. Als sich der Staub verzogen hatte, blickten sie auf eine Glasschatulle, in der die ausgerissenen Tagebuchseiten annähernd einhundert Jahre überdauert hatten. Arnold griff in das Fach und zog vorsichtig die Schatulle heraus. Als hätten sie bereits ihr endgültiges Ziel erreicht, entwich ihm ein erleichtertes Lachen.

»Wir haben es gefunden«, sagte er zu den anderen.

»Nun ja, vermutlich haben wir nur ein Stück der Lösung gefunden.« Dr. Berger machte eine einschränkende Handbewegung.

Kießling dachte umgehend an Ella und in ihm stieg die Hoffnung, dass sie die junge Frau gesund wiedersehen würden. »Okay, Jäger, dann machen Sie es nicht so spannend und lesen mal vor, was da steht. Den Anfang haben wir damit geschafft.«

Lorch im Freistaat Flaschenhals, 24. Oktober 1921

Aus Holz gebaut, zu Stein geworden, ist der Weg an seinem höchsten Punkt verborgen. Er thront über den Reben und war immer da, zum Schutze von Lorch und Vater Rhein, kein bös´ Gesonnener soll seinem wachen Auge verborgen sein.

Der als würdig erwiesen, wird die Hänge zu ihm erklimmen und sein nächstes Ziel aus seiner Gunst heraus bestimmen.

In Gefangenschaft

Ella öffnete mühsam die Augen, als die Wirkung des Chloroforms nachließ. Ihr Kopf tat höllisch weg. Schrammen im Gesicht und an ihren Händen zeugten von der Gegenwehr, die sie bei ihrer Entführung den Ordensbrüdern entgegengebracht hatte. Ella zitterte vor Kälte und war noch leicht benommen. Sie lag auf dem Boden und war an Händen und Füßen mit Stricken gefesselt. Die Fesseln saßen sehr fest, schnitten sich in die Haut und jede kleinste Bewegung versetzte ihr starke Schmerzen. Dies war allerdings Ellas kleinstes Problem. Sie hatte keine Vorstellung, wohin ihre Entführer sie gebracht hatten. Sie sah sich um. In einer derart angst-einflößenden Umgebung hatte sie sich noch nie befunden. Es schien eine Grotte zu sein, spärlich beleuchtet von verschmierten Öllampen, die den feuchten Raum in ein schummriges Licht tauchten. Alte Stützen aus Eichenholz an Wänden und Decke erinnerten an ein Bergwerk. Ella versuchte, ihre Gedanken zu sammeln und nicht in Panik zu verfallen. Ihr Verstand versuchte, ihr pausenlos einzureden, wie aussichtslos die Situation war; dass sie nie wieder hier herauskommen und wahrscheinlich in diesem kalten Verlies den Tod finden würde. Sie nahm sich zusammen, rappelte sich in eine sitzende Position hoch und versuchte, die Umgebung zu analysieren. Es roch modrig. Das Holz musste bereits Jahrhunderte alt sein. Was allerdings ihre Aufmerksamkeit deutlich mehr erregte, war das Geräusch von fließendem Wasser. Irgendwo war ein Fluss oder Ähnliches in der Nähe, sodass dieses Geräusch bis in ihr Gefängnis durchdrang. Alte Weisheiten schossen Ella durch den Kopf, die besagten, »Wo fließendes Wasser ist, ist ein Ausgang nicht weit« oder »Das Wasser kennt immer den richtigen Weg«. Mit diesem motivierenden Hoffnungsschimmer sah sie sich weiter um, auf der Suche nach einem scharfen Gegenstand, mit dem sie sich ihrer Fesseln entledigen konnte. Auf dem Boden entdeckte sie ein Stück schartigen Schiefer. Mit aller Kraft versuchte sie, sich mit ihren Beinen in Richtung des Gesteinsstücks zu bewegen. Mühselig kam sie Zentimeter für Zentimeter voran. Die Fesseln schnitten immer tiefer in ihr Fleisch und der Schmerz trieb ihr Schweißperlen auf die Stirn. Ihre Kraft war beinahe aufgebraucht, ihre Muskeln schmerzten unerträglich, doch ihr Überlebenswille brachte sie immer weiter in die Richtung des vielleicht rettenden Schiefers. Nur noch wenige Zentimeter trennten sie von dem Stein. Ihre Augen begannen zu funkeln, er war in Reichweite und Ella konnte ihn fast greifen. In diesem Moment rauschte ein Fuß in ihr Blickfeld und kickte den Stein mehrere Meter weit weg. Entsetzt blickte Ella ihrer Chance auf Rettung hinterher. Ihr Blick ging nach oben. Über ihr stand eine dunkle Gestalt mit finsterem Blick, das restliche Gesicht in dem spärlichen Licht war kaum zu erkennen. Sie robbte zurück, um ihm zu entkommen, bis sie mit dem Rücken an einen Holzbalken stieß. Sie saß in der Falle.

Mit tiefer Stimme hauchte die Gestalt: »Sie können mir nicht entfliehen.«

Ella atmete schnell. Sie war von Angst, aber auch gleichzeitig von Wut erfüllt, die ihr Kraft gab, um sich zusammenzureißen. »Wer sind Sie und was wollen Sie?«, stieß sie heraus.

»Das tut nichts zur Sache. Für Sie ist nur eines wichtig: dass Ihre Freunde das tun, was ich von Ihnen verlangt habe.«

»Und was soll das sein?«, wollte Ella erfahren, obwohl sie wusste, was der Grund für diese Entführung war.

»Sie sollen mir und meinen Brüdern unser Eigentum zurückbringen.«

Ella war bewusste, dass sie irgendwie einen Teil der Kontrolle über die Situation zurückerlangen musste, wenn sie eine Chance haben wollte, lebend hier herauszukommen. Sie wählte Provokation als Strategie, auch wenn dies gewagt war. »Welches Eigentum meinen Sie? Etwas das, was Sie den Menschen vor vielen Jahren gestohlen haben?«

Die Gestalt kam näher auf Ella zu und baute sich vor ihr auf. Es war Achmandor, bei dem sie offenbar einen wunden Punkt getroffen hatte. Sein Ton wurde rauer und deutlich lauter. »Wir haben nie etwas gestohlen. Wir haben die Welt von Scharlatanen und Lügnern befreit, die das einzig wahre Wort Gottes verleugnet haben.«

Ella erhob ebenfalls ihre Stimme. »Und wer sind Sie überhaupt, zu entscheiden, wer Gott verleugnet hat?«

Achmandor schnellte zu ihr herab, packte sie an der Kehle und drückte zu. Dabei zischte er ihr drohend ins Gesicht: »Wer wir sind? Ich sage Ihnen, wer wir sind. Wir sind der Arm, der die Axt Gottes führt, um mit Blut und Feuer das Gleichgewicht in der Welt wiederherzustellen, was mit der Abkehr der Menschen von unserer Kirche aus den Fugen geriet.« Dabei drückte er immer fester zu, als wolle er Ella das Leben aus dem Leibe quetschen.

In ihr steig Todesangst empor. Sie bekam kaum noch Luft, das Licht vor ihren Augen wurde immer dunkler. Achmandors Atem brannte sich in ihr Gesicht, während eine nie gefühlte Kälte sich in ihrem Körper ausbreitete. Sie drohte jeden Moment das Bewusstsein zu verlieren, da drang eine Stimme durch den Raum: »Magnus Frater, haltet ein. Ihr sagtet, wir benötigen sie noch.«

Achmandor ließ von ihr ab. Ella hustete und rang nach Luft und zog sie keuchend tief in ihre Lungen ein. Ein Hauch von Leben kam zurück, dennoch kippte sie nun kraftlos zur Seite.

Achmandor richtete sich langsam auf und wandte sich in die Richtung, aus der die Stimme gekommen war. Dort stand einer seiner untergebenen Brüder. Achmandor trat auf ihn zu und verharrte schweigend. Dann sagte er: »Du hast recht, Bruder.« Im gleichen Moment holte er mit seiner rechten Hand aus und schlug dem Bruder ins Gesicht, sodass dieser hintenüber kippte und auf dem steinigen Boden hart aufschlug. Er trat über ihn. »Und sage mir nie wieder, was ich tun soll, sonst ist es dein Hals, den ich zerquetschen werde.« Daraufhin verschwand er wieder in der Dunkelheit.

Auf ein Geheimnis folgt das nächste

Arnold las die Zeilen der alten Tagebuchseite seinen Mitstreitern vor. Er las langsam, wiederholte teilweise die Worte und versuchte, gleich ein Bild in seinem Kopf zu erschaffen, um was es gehen könnte. Dr. Berger, Kießling und Pfarrer Jonas lauschten ihm aufmerksam und fast ehrfürchtig. Als Arnold zum Schluss kam, vermochte zunächst keiner ein Wort zu sagen.

»Was kann das bedeuten?«, fragte Pfarrer Jonas schließlich.

»Aus Holz gebaut, zu Stein geworden - thront über den Reben …«, sinnierte Dr. Berger.

Kießling schaute zu Pfarrer Jonas an und fragte: »Herr Pfarrer, was kann das denn sein, ihr Geistlichen wisst doch immer alles.«

»Ich bin Pfarrer und kein Historiker, Herr Kommissar!«, konterte dieser leicht verärgert. Ihm missfiel es, dass Kießling immer wieder Spitzen gegen ihn austeilte. Normalerweise hatte Kießling überhaupt nichts gegen Kirchenleute, aber dieser hier hatte es ihm irgendwie angetan und es bereitete ihm eine diebische Freude, ihn zu provozieren.

Arnold grätschte dazwischen. »Lasst uns bei der Sache bleiben, denkt an Ella!«

»In Ordnung, wenn keiner etwas Produktives beizutragen hat, schlage ich vor, dass wir schnellstens jemanden finden, der von der Materie Ahnung hat«, sagte Dr. Berger ernst. »Kennt von einer von euch einen Einheimischen, den wir fragen könnten?«

Arnolds Augen begannen zu funkeln und er platzte heraus: »Ich hätte da jemanden!« Er grinste Kießling an. »Sie haben sich schon mal getroffen. Sie wollte ihn erschießen.«

Kießling wusste sofort, wen Arnold meinte. Es war der Mann, der seinen Revolver mit einer Spritzpistole verglichen hatte. Er verzog verächtlich die Miene. »Und Sie meinen, der alte Zausel kann uns weiterhelfen?«

Arnold lächelte. »In irgendeiner Weise, davon bin ich überzeugt!«

»Nun denn, dann lasst uns losziehen«, forderte der Kommissar sie auf. Als Pfarrer Jonas sich aufrichtete, um ihnen zu folgen, machte Kießling eine abwehrende Handbewegung. »Danke, Herr Pfarrer, aber wir übernehmen ab jetzt. Halten Sie hier in der Kirche die Stellung, falls einen von den Tätern das schlechte Gewissen überkommt und zur Beichte gehen will.«

Pfarrer Jonas schaute ihn beleidigt an, schwieg aber. Arnold hingegen empfand einen Dank an den Pfarrer für angebracht, schüttelte ihm die Hand und folgte Dr. Berger und Kommissar Kießling, die bereits auf dem Weg aus der Kirche waren. Kießling rief quer durch den Treppengang: »Kommen Sie schon, Jäger, Sie können sich später Ihre Absolution abholen.«

»Müssen diese dummen Sprüche sein?« Arnold sah Kießling erbost an. »Der Pfarrer hat uns doch geholfen.«

»Wollen Sie hierbleiben?«

»Ich meine ja nur.«

»Na, dann ist ja gut. Jetzt hoffe ich, dass Ella die Schlüssel hat stecken lassen, sonst müssen wir ein Auto klauen. Das von unserem Doktor ist ja nur noch Schrott.«

Dr. Berger verzog das Gesicht und musste an seinen geliebten Mercedes denken, der noch demoliert um die Ecke stand.

»Ich finde das gar nicht witzig, mein lieber Kommissar. Was würden Sie sagen, wenn jemand Ihre Harley über den Haufen gefahren hätte?«

Kießling streckte die Brust heraus. »Der hätte mich lieber gleich mit überrollen sollen. Das wäre ein Fall, wo ich gut und gerne vergessen könnte, dass ich Recht und Gesetz die Treue geschworen habe.«

Die drei gingen hoch zum Parkplatz, wo Ellas Wagen stand. Die Tür war nicht verschlossen und tatsächlich, der Schlüssel steckte noch. Kießling setzte sich ans Steuer und grinste. »Unsere Ella, auf sie ist Verlass.«

Dr. Berger und Arnold stiegen hinten ein. Der Gerichtsmediziner legte die Aufzeichnungen von Dr. Russo und das Tagebuch zu sich auf die Rückbank.

Mit quietschenden Reifen schoss Kießling über den Marktplatz und die schmale Gasse zur Hauptstraße hinunter. Dr. Berger krallte sich an den Sitzpolstern fest und hielt die Luft an. »Herr

Kießling, nicht so schnell, da sind links und rechts Mauern!«

Kießling ließ sich nicht irritieren. Mit Volldampf nahm er Kurs auf Arnolds Weingut. Mit dem Auto war dies in ein paar Minuten zu erreichen und bei Fahrstil des Kommissars sogar noch um einiges schneller.

»Wo wohnt der Kauz?«, wollte der Kommissar wissen, als sie im Hof des Weinguts ausstiegen.

Arnold zeigte auf Willis Haus und ging ihnen voraus.

Willi ließ nicht lange auf sich warten, denn er hatte den unangekündigten Besuch bereits durch das geöffnete Wohnzimmerfenster erspäht und rief zu ihnen hinunter: »Ei Gude, das is´ jo schee, dass mich jemand besuche´ kommt.« Dabei grinste er über das ganze Gesicht.

Arnold winkte nach oben und rief zurück: »Hallo Willi, wir könnten deine Hilfe gebrauchen.«

»Ei klar! Geht doch schon mo´ hinter in die Laube, ich komm´ gleich runter!«, antwortete der Rentner und schloss das Fenster.

Arnold führte die anderen um das Haus zur kleinen Weinlaube im Hinterhof, wo Willi und er schon schöne Stunden verbracht hatten.

Kießling zappelte angespannt herum. Er machte sich fortwährend Sorgen um Ella. Noch mehr wurmte es, dass sie überhaupt entführt worden war und er es nicht hatte verhindern können. Ständig überlegte er, wie es dazu hatte kommen können, dass er seine Assistentin alleingelassen hatte. Ihm war doch bewusst, zu was dieser Orden fähig war. Aber er musste pragmatisch bleiben. Was musste getan werden, um schnellstmöglich Ella aus den Fängen dieser Kriminellen zu holen? Das Naheliegendste war natürlich, vordergründig auf deren Forderungen einzugehen. Deswegen waren sie schließlich hier, um den nächsten Hinweisen auf die Spur zu kommen.

Die Hintertür zum Haus öffnete sich und Willi trat in den Hinterhof. Freudestrahlend kam auf die drei zu.

»Ei, seid´ gegrüßt meine Lieben, willkommen in Laggeis Garte´, was führt euch zu mir?«

Dr. Berger war sofort angetan von der herzlichen Begrüßung. Kießling hielt sich reserviert. Er wollte endlich vorankommen.

»Wir haben ein kleines Problem, Willi, bei dem du uns vielleicht helfen kannst«, sagte Arnold.

»Ich hoffe doch, was habt ihr denn für eine Problemche´?«

»Es ist mehr ein Rätsel. Wir müssten herausfinden, auf welchen Ort diese Zeilen anspielen.« Dabei zog Arnold die Tagebuchseite heraus und hielt sie Willi unter die Nase.

Willi senkte den Kopf und nickte, während er die Zeilen studierte, als hätte er gleich erkannt, welcher Ort beschrieben war.

Er blickte auf. »Schee geschriebe´. Da war wohl ein richtiger Romantiker am Werk.« Dabei grinste er wieder bis über beide Ohren.

»Kannst du was damit anfangen?«, fragte Arnold ungeduldig.

Willi blickte wieder auf die Tagebuchseite und antwortete: »Es klingt vertraut, ich würd´ gern was nachgucke.«

Mit diesen Worten gab er Arnold das Blatt zurück, drehte sich um und verschwand wieder im Haus.

»Ich bin ja nicht sicher, ob der das verstanden hat, wahrscheinlich holt er jetzt erst mal seine Lesebrille«, meinte Kießling mürrisch.

»Seien Sie mal nicht so negativ eingestellt, mein lieber Herr Kommissar, man sollte die Einheimischen nie unterschätzen.« Dr. Berger klopfte ihm ermutigend auf die Schulter. Kießling schüttelte seine Hand entnervt ab.

Arnold fügte an: »Ich denke auch, dass er eine Idee hat. Als ich mit ihm hier einen Abend in der Laube verbrachte, war ich erstaunt darüber, was Willi alles über das Rheingau wusste.«

Indes kam Willi mit einem Buch zurück. »Ich wusst´ doch, dass des mir irgendwie bekannt vorkam.«

Die drei blickten ihn erwartungsvoll an.

»Aus Holz gebaut und zu Stein geworde´ - thront über de´ Rebe´- die schwätze vom Nollich!«

Arnold fragte: »Was ist der Nollich?«

Kießling und Dr. Berger schienen zu wissen, von was Willi sprach. Sie drehten sich um und blickten den Berg hoch, an dessen Fuße die Stadt Lorch lag. Von Willis Hof aus hatte man gute Sicht und es war möglich am oberen Bergvorsprung eine kleine Burg zu sehen.

»Burg Nollig?«, fragte Dr. Berger.

»Jo, de´ Nollich!«, antwortete Willi in seinem unverwechselbaren Lorcher Dialekt.

»Über den Reben thronen macht Sinn«, repetierte Kießling das Rätsel, »zum Schutze von Lorch auch, aber aus Holz gebaut? Der Nollig ist doch auch Stein.«

Willi nickte wissend. Schließlich war der Nollig eine aus Stein gebaute Burg, die vor Jahrhunderten Teil der Lorcher Stadtbefestigung gewesen war. Willi deutete auf seine Chronik der Lorcher Geschichte und erklärte: »Sie habe´ recht, aber der ursprüngliche Nollich war aus Holz gebaut und wurde später erst mit Stein verkleidet.«

»Zeigen Sie mal her!«, forderte Dr. Berger euphorisch und zog Willi dabei das Buch aus der Hand. Er blätterte die Seiten, bis er ein Bild von Burg Nollig erspähte. »Dann hat sich der Weg hierher ja doch gelohnt«, räumte Kießling anerkennend ein.

Willi, sichtlich gerührt und erfreut, dass er helfen konnte, bot ihnen einen Schoppen an.

Arnold schüttelte den Kopf. »Vielen Dank, Willi, wir kommen in jedem Fall darauf zurück, aber zuerst müssen wir zum Nollig hoch!«

Willi lachte und klopfte Arnold ermutigend auf die Schulter. »Kein Problem, ihr seid immer willkomme´. Dann wünsch´ ich euch jetzt viel Spaß beim Klettern!«

Als sie wieder auf der Straße waren, wollte Kießling etwas sagen, da bog ein Polizeiwagen um die Kurve und hielt vor ihnen an. Das Fenster ging runter und der Polizeibeamte hinterm Steuer sagte aufgeregt an Kießling gewandt: »Gut, dass wir Sie gefunden haben, es gibt Neuigkeiten.«

Kießling nickte ihm auffordernd zu.

»Wir haben das Fluchtauto gefunden, mit dem Frau Nilsson entführt wurde. Es parkte in einem Hinterhof hier in der Stadt.«

»Hier in Lorch?«, fragte Kießling ungläubig, »und wo zum Teufel sind die hin?«

»Das wissen wir nicht«, führte der Beamte aus, »wir haben die gesamte Umgebung und alle angrenzenden Häuser durchsucht, keine Spur von den Tätern und Frau Nilsson.«

Kießling richtete sich auf. Wut war in seinem Gesicht zu lesen. »Das darf doch nicht wahr sein, die können doch nicht vom Erdboden verschluckt worden sein. Sucht weiter, dreht jeden Stein um. Passt aber auf, dass ihr nicht zu auffällig seid. Die haben immer noch Frau Nilsson und sie sollen nicht unter Druck kommen.«

Kießling bat noch um ein Handy, da bei seinem der Akku leer war. Einer von den Polizisten gab ihm ein Diensthandy.

»Hier Herr Kommissar, die Nummer steht hinten drauf, falls Sie die jemand mitteilen möchten.«

Dankend nahm Kießling das Telefon entgegen und drehte sich zu Dr. Berger und Arnold um, als der

Polizeiwagen Richtung Stadtinneres davon gefahren war. »Okay, dann lasst uns mal den Berg besteigen.«

Kapitel acht

Auge in Auge

Peter steuerte das knarrende Pferdefuhrwerk mit sicherer Hand über die steinigen Waldwege. Vor einer scharfen Rechtskurve zog er die Zügel kurz und drosselte die Geschwindigkeit. Würden sie die Kurve zu schnell passieren, könnte das Gespann in die Böschung rutschen. Allerdings war Peter ein erfahrener Mann am Zügel. Als Winzer musste er ständig in den Steilhängen der Lorcher Weinberge auf engstem Wege mit seinem Fuhrwerk manövrieren.

Mit leichtem Trab rollten sie durch die Kurve. Dahinter tat sich in den Nebelschwaden eine kleine Waldlichtung auf. Peter steuerte direkt darauf zu und brachte das Fuhrwerk in der Mitte der Lichtung zum Stillstand. Beide atmeten tief und schnell, die Fahrt war anstrengend gewesen, dazu kam noch die nervliche Anspannung. Aus ihren Mündern und Nasen zog ihr Atem sichtbar in den Nachthimmel und verband sich mit dem Nebel. Sie blickten sich besorgt an.

Peter brach die Stille. »Bist du bereit?«

Theodor nickte.

Daraufhin sprangen sie gleichzeitig vom Kutschbock ab, leinten die Pferde an einem einsamen Baum auf der Lichtung an und hasteten in das angrenzende Waldstück, dessen dichtes Unterholz sie vor unliebsamen Blicken schützte.

Peter und Theodor kämpften sich suchend durch Äste und Dornen.

»Wo ist es?«, fragte Theodor leise. Nervosität schwang in seiner Stimme mit.

»Ich bin nicht sicher, irgendwo hier muss es sein.« Peter wischte sich den Schweiß von der Stirn.

Theodor zog sein Messer und schlug ihnen wie mit einer Machete den Weg frei, bis Peter ihn zurückhielt. »Halt ein, wir dürfen nicht so laut sein.«

Theodor hielt sich mit seinen wuchtigen Hieben nun zurück. Vorsichtig durchtrennte er im Weg befindliche Sträucher und dornige Äste. Immer wieder hakten sich die Dornen durch ihre Kleidung in die Haut und ritzten ihnen tiefe Schrammen in die Arme.

»Dort!«, rief Theodor schließlich leise und zeigte mit dem Finger auf eine leere Weinflasche, die kopfüber auf einen in den Boden gerammten Stock gesteckt war.

»Schnell!«, sagte Peter und ging auf die Markierung zu.

»Sieht gut aus«, sagte Theodor und schaute erleichtert zu Peter rüber.

»Ja, Karl und Michael haben ganze Arbeit geleistet.«

Zufrieden über das, was ihre Mitstreiter hier vorbereitet hatten, bevor sie sich mit Edmund auf dem Fest in Kaub getroffen hatten, lächelten sie sich an.

»Jetzt aber in Deckung!«, forderte Peter Theodor auf, »alles ist vorbereitet.«

Schnell verschwanden die beiden hinter Büschen und warteten. Durch den Nebel war schwer etwas zu erkennen. Da es jetzt wieder still war, konnte man jedes Geräusch auch aus größerer Entfernung wahrnehmen. Bis auf den kalten Wind, der durch die Äste strich, war nichts zu hören.

Sie beobachteten regungslos die Lichtung und atmeten so leise wie möglich, um ihre Position nicht zu verraten.

Eine Weile geschah nichts und Peter fragte sich schon, ob sie zu früh gekommen oder ob sie überhaupt verfolgt worden waren. War all ihre Planung vergeblich gewesen?

Plötzlich vernahmen sie leise Schritte auf der Lichtung. Gebannt starrten sie durch die Nebelschwaden. Peter legte seinen Finger über den Mund und signalisierte seinem Freund, Stillschweigen zu bewahren.

Der Untergrund knirschte, und nun konnten sie heraushören, dass sich mehrere Personen auf der Lichtung befanden.

Aus dem Dunkel traten vier Gestalten in schwarzen Kutten, die Kapuzen über die Köpfe gezogen. Die vier näherten sich dem Fuhrwerk und warfen sich offensichtlich irritierte Blicke zu. Sie schienen nicht damit gerechnet zu haben, das Fuhrwerk verlassen vorzufinden.

Peter und Theodor rührten sich nicht, denn wenn sie jetzt bemerkt würden, könnte das ihr Todesurteil bedeuten. Endlich traten die Gestalten langsam auf das Fuhrwerk zu. Sie blickten sich ständig um, als ob sie versuchten, die Situation zu entschlüsseln. Angekommen kletterten sie hinten auf die Ladefläche.

Peter tastete neben sich nach dem Jagdgewehr, das Karl und Michael ebenfalls an der Markierung platziert hatten. Er prüfte, ob es geladen und schussbereit war, und signalisierte Theodor, dass er bereit war. Dieser griff in seine Jackentasche und zog ein paar Streichhölzer heraus. Er nahm eines aus der Schachtel. Dann richteten sie ihre Aufmerksamkeit wieder auf die vier Ordensbrüder. Diese zogen gerade die Decke von der Ladefläche und stießen auf alte Reben und Brennholz, die auf dem Wagen unter der Decke verborgen waren. Ihre Gesten verricten eindeutig, dass sie mit dieser Ladung nicht gerechnet hatten.

Peter riss die Augen auf, zog die Mundwinkel zusammen und gab Theodor mit einer nickenden Bewegung zu verstehen, jetzt aktiv zu werden. Theodor entzündete das Streichholz, zog eine Lunte vom Boden hoch und hielt die Flamme daran, bis diese sich mit einem lauten Zischen entzündete. Die vier Brüder blickten sofort in Richtung des Feuers, waren aber verwirrt und konnten mit der Situation nichts anfangen. Die brennende Lunte fraß sich durch das Geäst und verschwand in nach 50 Metern in einem Holzhaufen, der mit Schwarzpulver versetzt war und ohrenbetäubend explodierte. Die vier Brüder blickten wie erstarrt in Richtung der Explosion. Peter erhob sich, das Gewehr im Anschlag, entsicherte es, schoss aber nicht.

»Kommt schon!«, murmelte er.

Die vier stürzten zum Waldrand, als plötzlich Motorgeräusche erklangen. Scheinwerferkegel bewegten sich schnell auf die Lichtung zu. Exakt auf der anderen Seite von Peter und Theodors Versteck brachen die Fahrzeuge mit hoher Geschwindigkeit aus dem Dickicht.

Jetzt gab Peter einen Schuss ab, der die Ordensbrüder aufschreckte und zum Stehen brachte, während die Fahrzeuge auf der Waldlichtung stoppten. Die Türen gingen auf, es sprangen mehrere Soldaten heraus und richteten Pistolen auf die vier Ordensbrüder. Auf Französisch riefen sie lautstark: »Keine Bewegung, die Waffen runter!« Es war noch so viel Distanz zwischen den vieren und den Soldaten, dass der Nebel nur ein eingeschränktes Sichtfeld zuließ. Die Soldaten wiederholten ihre Forderung. »Keine Bewegung!«

Das war Peters Stichwort. Er setzte die Waffe an und zielte auf eines der Fahrzeuge. Er setzte einen Schuss ab und traf genau in einen Scheinwerfer, der in tausend Teile zersprang.

In diesem Moment rief einer der Soldaten lautstark: »Feuer!«

Peter und Theodor warfen sich zu Boden und zogen die Köpfe ein. Kugeln zischten zu den Ordensbrüdern hinüber. Lautes Geschrei der Männer war zu hören, die getroffen zusammenbrachen. Die Franzosen feuerten weiter, bis die Brüder sich nicht mehr regten.

»Feuer einstellen!«, hallte es mehrfach über die Lichtung.

Die Soldaten ließen die Waffen sinken. Durch den Nebel und Qualm der abgefeuerten Waffen war kaum etwas zu sehen. Langsam tasteten sich die Franzosen heran, ihre Waffen immer noch feuerbereit im Anschlag. Vor den erschossenen Brüdern blieben sie stehen.

»Die sehen nicht aus wie Leute aus dem Flaschenhals.«

Der Vorgesetzte der Soldaten trat näher heran und zog einem der Toten die Kapuze herunter und schaute sich das Ordensgewand an.

»Nein, die sind keinesfalls von hier. Das sind Mönche oder so was.«

Entsetzt darüber, Kirchenleute erschossen zu haben, näherten sich auch die restlichen Soldaten.

»Haben die auf uns geschossen und dieses Feuerwerk veranstaltet?«, fragte einer von ihnen.

Kurz herrschte Schweigen.

»Keine Ahnung, aber hier liegt keine Waffe.« Dann ging der Vorgesetzte zum Pferdefuhrwerk und inspizierte die Ladefläche. »Und hier liegen nur Brennholz und alte Reben.«

Verunsichert schauten sich die Soldaten an. Hatten sie tatsächlich unbewaffnete Mönche oder gar Pfarrer erschossen, die nur Feuerholz transportierten? Es waren ganz offensichtlich keine Bürger des Flaschenhalses, die sie geradezu hingerichtet hatten. Eine solche Tat könnten sie niemals vor ihren Vorgesetzten rechtfertigen. Zwar gestand man den Patrouillen zu, an der Grenze zwischen den besetzten Gebieten und dem Freistaat Flaschenhals Schmugglern von Lebensmitteln oder anderen Gütern Einhalt zu gebieten, aber Pfarrer erschießen? Das konnten sie unmöglich melden.

»Was machen wir denn jetzt?«, fragte ein Soldat.

Der Vorgesetzte blickte immer noch auf die Leichen und traf dann eine Entscheidung. »Wir müssen sie verschwinden lassen, wir haben sie nie gesehen.«

»Aber wer hat geschossen und was ist mit der Explosion?«, wollte einer seiner Männer wissen.

»Das ist egal, wer weiß, ob überhaupt jemand auf uns geschossen hat. Vielleicht war das auch ein Jäger im Wald und die Pfarrer waren einfach nur zur falschen Zeit am falschen Ort.«

Ungläubig blickte der französische Soldat seinen Vorgesetzten an. Aber er verstand. Erschossene Pfarrer waren dem Oberkommando keinesfalls zu verkaufen.

»Schafft die Leichen auf das Fuhrwerk. Wir werden alles verschwinden lassen.«

Hastig hievten die Soldaten die Leichen auf das Fuhrwerk und warfen die Decke darüber. Sie banden die Pferde los und zwei von ihnen setzten sich auf den Kutschbock, die anderen stiegen wieder in die Autos.

Die Fahrzeuge wendeten und fuhren von der Lichtung. Die Soldaten auf dem Fuhrwerk folgten ihnen.

Als sie außer Sicht waren, kamen Peter und Theodor vorsichtig aus ihrer Deckung heraus. Sie blickten den Lichtern der Autos hinterher und sahen nur noch schemenhaft, wie ihr Pferdefuhrwerk im Nebel verschwand.

Theodor flüsterte: »Ich hoffe, wir kommen dafür nicht in die Hölle, dass wir diese Menschen den Franzosen ausgeliefert und für ihren Tod gesorgt haben.«

»Ich kann dir nicht sagen was unser Schicksal ist, aber ihres war in dem Moment besiegelt, als sie den unschuldigen Rheinschifffahrern die Hälse durchschnitten«, sagte Peter müde.

Theodors sah es genauso. Diese Leute hatten unschuldige Menschen ermordet und dies wohl aus nur einem niedrigen Motiv – Gier.

Die beiden Flaschenhalsbewohner starrten noch einige Sekunden ins Dunkel, den Spuren der Franzosen hinterher, bis sie sich umwandten und zu Fuß den Weg zurück nach Lorch aufnahmen.

Der Aufstieg

Kießling raste mit hohem Tempo durch die Lorcher Straßen. Dr. Berger wurde auf der Rückbank hin und her geworfen, Arnold klammerte sich mit beiden Händen an den Haltegriff über der Beifahrertür.

»Herr Kommissar, langsamer!«, jammerte Dr. Berger von der Rückbank.

»Beißen Sie die Zähne zusammen, Doktor. Wenn Ihnen beim Leichensezieren schon nicht schlecht wird, dann ist das bisschen Gewackel doch ein Klacks für Sie«, erwiderte Kießling.

Der Pathologe krallte sich daraufhin noch fester an den Gurt.

Arnold blickte zu Kießling und sagte sorgenvoll: »Haben wir eigentlich einen Notfallplan? Es ist schon fast Abend. Was ist, wenn wir bis morgen … was auch immer … nichts gefunden haben?«

Kießling schaute ernst nach vorn. Er teilte Arnolds Gedanken schon länger. Ihnen blieb keine Wahl, als weiterzumachen. In Windeseile ließ er alle möglichen Szenarien vor seinem geistigen Auge abspulen.

»Wir haben keine andere Option, wir müssen Ella finden. Sollte sich nichts anderes ergeben und wir auf dieser Burgruine nichts finden, stecken wir ganz schön in der Klemme.«

Arnold pflichtete ihm stillschweigend bei. Diese Ungewissheit, ob sie oben auf dem Nollig erfolgreich den letzten Hinweis finden würden, zerriss ihn innerlich. Er selbst hatte am eigenen Leib die Erbarmungslosigkeit dieses Ordens gespürt. Immer wieder sah er das Bild einer zierlichen Ella vor sich, wie diese grausamen Ordensbrüder ihr Leid zufügten. Bei diesem Gedanken begann sein Herz immer zu schlagen, Angstschweiß bildete sich auf seiner Stirn, Tränen füllten die Augen. Kießling warf ihm einen kurzen Seitenblick zu. Er kannte die Symptome. Häufig bedeuteten diese den Beginn einer Panik. Er trat etwas auf die Bremse, nahm eine Hand vom Lenkrad und packte Arnold am Bein.

»Bleiben Sie ruhig, Arnold, ich weiß, was in Ihnen vorgeht, mir geht es genauso. Wir werden Ella retten, koste es, was es wolle!«

Die Selbstsicherheit des Kommissars beruhigte Arnold etwas. Er nickte und lächelte schmal.

»Was gibt´s denn da zu lachen?«, fragte Kießling überrascht.

»Ach, nichts besonderes, aber Sie haben mich eben das erste Mal beim Vornamen genannt«, antwortete Arnold.

Dr. Berger lehnte sich vor und legte eine Hand auf Kießlings Schulter. »Sehen Sie, Herr Jäger, da zeigt sich, unser Kommissar hat auch einen weichen Kern.«

Kießling schüttelte den Kopf, wollte den sentimentalen Moment nicht überbewertet wissen und konterte wieder im gewohnten Sarkasmus: »Keine

Angst, kommt nicht wieder vor. Jetzt aber wieder Augen nach vorn, wir haben Arbeit!«

Mit diesen Worten bog Kießling mit quietschenden Reifen in einen schmalen Weg, der sich in Serpentinen durch die Weinberge zur Burg Nollig hinaufwand.

Dr. Berger und Arnold klammerten sich an den Halteschlaufen fest und blickten herab auf das Rheintal, das die Nachmittagssonne gerade in atemberaubende Farben tauchte. Für einen kurzen Moment vergaßen Gerichtsmediziner und Jungwinzer die Dramatik ihrer Mission und versanken im friedvollen Anblick.

Doch die nächste 180-Grad-Kurve lag nur noch wenige Meter voraus. Kießling zog das Auto mit Wucht um die Kurve, sodass die Achsen knirschten.

Der Weg nach oben wurde immer schmaler und führte plötzlich weg von der Burg. Kießling stoppte den Wagen knappe 100 Meter unter dem Nollig. »Verdammt noch mal, wie kommen wir denn da hoch? Der führt jetzt in die andere Richtung«, schimpfte er.

»Keine Ahnung, ich war auch noch nicht hier oben. Aber es ist ja nicht mehr weit zu der Burg. Wir können den Rest von hier aus direkt nach oben laufen«, schlug Arnold vor.

Kießling schaute Arnold entsetzt an. »Laufen? Sehen Sie nicht, wie steil das ist? Das hat nix mit Laufen zu tun, das ist Bergsteigen.«

Voller Elan öffnete Dr. Berger die hintere Autotür und schwang sich heraus.

»Kommen Sie schon, Herr Kommissar, keine falsche Scheu. Sie sind doch sicher eine Sportskanone«, sagte Dr. Berger augenzwinkernd.

Kießling stieg knurrend aus dem Wagen und murrte: »Sportskanone - vielleicht vor 20 Jahren mal ...«

Aber es half in der Tat nichts. Keiner von ihnen kannte sich hier oben aus, und jetzt orientierungslos durch die Gegend zu fahren, würde sie bei der einsetzenden Dunkelheit nur unnötig wertvolle Zeit kosten.

Kießling schlug die Autotür zu und stapfte voran. Dr. Berger und Arnold schauten sich grinsend an. Kießling drehte sich um und fauchte: »Ich weiß genau, was ihr Spezialisten denkt! Auf jetzt, wir haben keine Zeit!«

Sie folgten ihm und traten den Aufstieg zur Burg Nollig an. Es war tatsächlich eine schweißtreibende Angelegenheit. Sie mussten durch eine Weinbergszeile, anschließend durch Hecken und Gestrüpp. Immer wieder rutschten ihnen die Füße auf dem bröckeligen Schieferuntergrund ab. Inzwischen war auch Dr. Berger und Arnold das Lachen vergangen. Schweiß rann ihnen über die Gesichter. Beschämt stellten sie fest, wie der Kommissar athletisch wie eine Bergziege die Hänge emporkraxelte. Auf einem kleinen Plateau angekommen, schaute er hämisch grinsend nach unten und wartete auf die Nachzügler. Sowie beide ebenfalls den Hang hinter sich gebracht hatten und zu ihm stießen, fragte er: »Wie war das mit der Sportskanone?«

Sie suchten nach einem Zugang zur Burgruine und stießen auf einen Zaun, an dem ein Schild mit der Aufschrift »Privatbesitz - Kein Zugang« prangte.

Kießling zögerte keinen Moment und kletterte über den Zaun. »Los kommt, darauf können wir jetzt keine Rücksicht nehmen«, sagte er barsch, als Arnold und Dr. Berger kurz zögerten.

Aus der Nähe bot der alte Wehrturm einen majestätischen Anblick, gleichzeitig umgab ihn eine unbestimmte gespenstische Aura. Arnold konnte seine Blicke nicht von dem alten Gemäuer abwenden, während sie darauf zu gingen. Er hatte ständig das Gefühl, als wollte das Mauerwerk ihm unentwegt Geschichten erzählen, was es über die Jahrhunderte alles gesehen und erlebt hatte.

Dr. Berger wandte sich ihm zu und sagte: »Faszinierend, nicht wahr?«

»Das können Sie laut sagen«, antwortete Arnold, »ich habe so eine Burg noch nie aus der Nähe gesehen.«

Der Nollig war sehr imposant. Außen mit dunklem Stein gemauert, wenigen Fenstern, die verschlossen waren.

»Deshalb sage ich ja immer, Arsch hoch von der Couch und raus ins Leben«, warf Kießling ein.

Als sie vor dem Portal des Turms anlangten, rüttelte Kießling vergeblich an Knauf und Vorhängeschloss.

»Wie sollen wir denn in den Turm kommen?«, fragte Arnold.

Dr. Berger zog ratlos die Mundwinkel nach unten. Sie hätten damit rechnen müssen, dass der Zugang zum Turm versperrt sein würde.

Kießling fackelte nicht lang und schritt entschlossen auf die Eingangstür zu, zog seine Waffe und feuerte auf das Vorhängeschloss. Mit einem lauten Knall zerschlug die Kugel den Bügel des Schlosses und es fiel herunter. Mit einem beherzten Fußtritt stieß er die stählerne Tür auf. Danach drehte er sich zu seinen Begleitern um und sagte: »Darf ich bitten!« Dabei machte er eine Geste wie ein Concierge, der neue Gäste in sein Haus bittet.

Die drei betraten den Fuß des Turms. Kühle, abgestandene Luft empfing sie in der Dunkelheit. Die Tür war sicher schon seit längerer Zeit nicht mehr geöffnet worden und keine Menschenseele in diesen Gemäuern gewesen. In den Ecken raschelte es. Hunderte von Mäusen und andere kleine Bewohnern waren wohl durch das Eindringen der drei aufgeschreckt worden.

Dr. Berger entdeckte in einem Regal neben der Tür eine alte Öllampe und schnupperte daran. »Hat einer von Ihnen Feuer? Ich denke, die hier könnte noch funktionieren.«

Kießling zog eine Packung Streichhölzer heraus und reichte sie ihm. Er öffnete die Schachtel, riss ein Streichholz an der Seite, hielt es an den Docht der Lampe und tatsächlich entfachte sich eine kleine Flamme. Der Pathologe drehte an dem Rad, um den Docht weiter nach oben zu schieben, sodass die Flamme heller wurde.

Kießling grinste ihn erfreut an. »Na, geht doch, geben Sie mir die Lampe«, sagte er und übernahm die Führung.

Während sie sich nach vorn tasteten, fragte der Kommissar Arnold: »Okay Jäger, was stand jetzt noch mal auf dem Zettel?«

Arnold überlegte kurz und antwortete: »Der Weg ist an seinem höchsten Punkt verborgen. Wir müssen auf den Turm.«

Kießling leuchtete das Innere weiter aus und vor ihnen erschien im spärlichen Licht eine Wendeltreppe.

»Seht. Dort!«, sagte er.

Am Fuße der Treppe blickten sie nach oben. Kießling stellte einen Fuß auf die erste Stufe und wippte vorsichtig hin und her. Es knarrte bedenklich. »Na, mein lieber Herr Doktor, wollen Sie nicht vorgehen?«, fragte er. »Ich als Sportskanone habe doch sicher zu viel Übergewicht.«

Dr. Berger winkte ab.

»Geben Sie mir die Lampe, ich gehe vor«, erklärte Arnold.

Nach ein paar Schritten hatten sie die Gewissheit, dass die Treppe noch durchaus stabil war und sie problemlos tragen konnte.

Oben befand sich eine Luke, die auf die Turmplattform führte. Arnold öffnete sie und betrat die Plattform, wo ihm ein kühler Wind um die Ohren pfiff. Ein atemberaubender Panoramablick über das gesamte Rheintal um Lorch tat sich vor ihm auf. Kein Wunder, dass die Bürger der Stadt vor vielen hundert Jahren diesen Punkt gewählt hatten, um einen Wachturm zu errichten. Gefahren konnten aus großer Entfernung erkannt und die Menschen in der Stadt rechtzeitig gewarnt werden.

Kießling und Dr. Berger folgten und bestaunten schweigend ein paar Augenblicke den Ausblick, bis Kießling die romantische Stimmung abrupt unterbrach. »Wo müssen wir suchen?«

»Wir sind am höchsten Punkt der Burg«, überlegte Dr. Berger laut. »Dort kein bös´ Gesonnener seinem Blick verborgen blieb«. Also müssen wir am westlichsten Punkt des Turmes suchen.«

Arnold und Kießling folgten seiner Anweisung und traten an die Mauer des Turmes, welche zum Rhein gelegen war. Hier wurde früher Ausschau nach all jenen gehalten, die Böses im Sinn hatten und die Lorcher überfallen wollten.

Die beiden schritten auf und ab, suchten Boden und Mauerwerk ab, konnten aber nichts Auffälliges entdecken.

Arnold wurde zunehmende nervöser, ging sogar zu Boden und krabbelte über den steinernen Untergrund in der Hoffnung, etwas zu finden. Dr. Berger stand ratlos neben ihm. Auch Kießling war anzumerken, dass er kurz davor stand, die Geduld zu verlieren.

»Verdammte Scheiße noch mal!«, brüllte er, raffte ein paar Kiesel, die herumlagen und schleuderte sie wie wild über die Brüstung.

Entgeistert beobachteten ihn Dr. Berger und Arnold dabei, unfähig selbst etwas zu tun.

»Herr Kießling beruhigen Sie sich«, sagte Dr. Berger dann behutsam, »Sie werden sich oder andere noch verletzten.«

Wutentbrannt stieß Kießling aus: »Das ist mir scheißegal. Diese verdammten Ordensbrüder und ihr verdammtes Eigentum sollen in der Hölle schmoren!«

Mit diesen Worten holte der Kommissar mit seinem Fuß weit aus und trat mit voller Wucht gegen die Turmbrüstung, dass es nur so krachte.

Dr. Berger hielt sich die Hand vor die Augen, weil er befürchtete, dass Kießling sich den Fuß brechen würde. Aber plötzlich herrschte Stille und nur noch der Wind war zu hören. Dr. Berger ließ die Hand sinken und blickte zuerst zu Arnold, der wie versteinert Kießling anstarrte. Dann wanderte sein Blick ebenfalls zum Kommissar, der regungslos vor den Trümmern der Mauer stand.

Von hunderten Steinen, gegen die er hätte treten können, hatte er genau den einen erwischt, der die Öffnung zu einem Hohlraum verschloss.

Arnold und Dr. Berger traten wortlos näher und betrachteten fasziniert den Hohlraum. Eine verkorkte Weinflasche, in deren Innerem sich ein Bogen Papier befand, war zum Vorschein gekommen. Kießling ging langsam in die Knie, zog den Fund aus dem Loch heraus und sagte fassungslos: »Ich glaub‹, mich tritt ein Pferd.«

»Nur dass das Pferd in diesem Fall Sie waren und Sie die eine Steinwand kaputtgetreten haben.« Arnold konnte wieder grinsen.

Dr. Berger wollte Kießling die Flasche abnehmen und sagte dabei: »Wir müssen sie vorsichtig öffnen. Wenn zu schnell Sauerstoff an dieses alte Papier gelangt, …«

Kießling unterbrach den Doktor in seiner Ausführung, indem er die Flasche zurückzog und auf dem steinernen Boden zerschellen ließ. Danach griff er nach dem Papier und schaute Dr. Berger amüsiert an. »Bei aller Wertschätzung Ihrer fachlichen Kenntnisse, dafür haben wir jetzt keine Zeit.«

Kießling setzte an und wollte das Geschriebene vorlesen, da klingelte Dr. Bergers Handy. Dieser schaute auf das Display und erkannte eine Wiesbadener Nummer.

»Müssen Sie da jetzt unbedingt rangehen?« Kießling sah ihn jetzt nicht mehr ganz so freundlich an.

»Eine Wiesbadener Nummer, könnte wichtig sein«, antwortete der Pathologe. Am anderen Ende der Leitung ertönte die Stimme eines wohl älteren Herren. »Guten Tag, Herr Dr. Berger, hier ist Dr. Russo aus dem Antiquariat. Erinnern Sie sich?«

»Natürlich, Sie haben mir freundlicherweise in meiner Angelegenheit sehr weitergeholfen und Ihre Notizen zur Verfügung gestellt«, antwortete Dr. Berger.

»Richtig, und genau deshalb rufe ich an. Ich muss Ihnen etwas mitteilen, hören Sie genau zu!«

Dr. Berger lauschte konzentriert Dr. Russos Ausführungen und sein Blick wurde immer ernster. Plötzlich hielt er sich erschrocken die Hand vor den Mund. Kießling und Arnold beobachteten ihn alarmiert.

Er beendete den Anruf mit zitternder Stimme. »Ja, vielen Dank Dr. Russo, ich werde dem gleich nachgehen!« Dann legte er auf. Noch einen Moment lang blickte auf das Display, als könne er nicht glauben, was er gerade gehört hatte. Aufgeregt blickte er Arnold und Kießling an und forderte sie in plötzlich aufkeimender Hektik auf: »Kommen Sie mit!«

Er stürmte auf die Luke zu und hastete die Wendeltreppe hinunter. Kießling verwahrte das Papier schnell sicher in seiner Innentasche. Arnold und er machten sich umgehend auf, Dr. Berger zu folgen.

Dieser war schon unten angelangt, rannte hinaus und überwand in einem sportlichen Sprung den Zaun, der das Gelände abriegelte. Arnold und Kießling hatten richtig Mühe ihm zu folgen. In halsbrecherischer Geschwindigkeit rutschte der Gerichtsmediziner den Abhang zum Auto hinunter. Unten angekommen, riss er die Autotür auf und zog das Notizbuch mit Dr. Russos Aufzeichnungen heraus. Er legte es auf den Kofferraumdeckel und begann wild darin zu blättern. Mittlerweile waren

Arnold und Kießling ebenfalls am Auto angekommen.

»Was zum Teufel ist denn los?«, fragte Arnold außer Atem.

Dr. Berger hielt bei einer Seite inne und studierte diese intensiv, bis er nach einigen Sekunden den Kopf hob und Kießling und Arnold voller Furcht ansah. Kurzatmig brachte er heraus: »Gott steh´ uns bei!«

Zeitgleich in Dr. Russos Antiquariat

Dr. Russo legte sein Telefon beiseite, nachdem er mit Dr. Berger gesprochen hatte. Tiefe Sorgenfalten durchzogen sein Gesicht. Er musste sich hinsetzen, so erschöpft war er von der ganzen Geschichte.

Die Ladentür öffnete sich und es trat eine elegant gekleidete Frau in den Vierzigern ein. Beim genauen Hinsehen war eine große Ähnlichkeit mit Dr. Russo zu erkennen. Es war seine Tochter, die wie jeden Abend vor Feierabend vorbeikam, um ihrem Vater das Abendessen zu bringen. Sie ging direkt auf die Theke zu und musterte besorgt ihren Vater, der regungslos dahinter saß.

»Papa, ist alles in Ordnung? Du bist kreidebleich.«

»Alles gut mein Kind, mach dir keine Sorgen«, brachte er heraus.

Damit ließ sie sich nicht abspeisen. »Hör´ auf zu schwindeln, mit dir ist doch etwas.«

Dr. Russo konnte seiner Tochter nichts vormachen, zu gut kannte sie ihren Vater.

»Sind es wieder diese alten Geschichten?«, wollte sie wissen. »Papa, diese Dinge sind vor langer Zeit geschehen. Diese Leute, deren Taten du jahrelang nachgegangen bist, sind wahrscheinlich schon alle tot.«

Tief besorgt blickte er seine Tochter an und sagte: »Ich wünschte, es wäre so!«

Mit diesen Worten schob er ihr die Tageszeitungen vom heutigen Tag über den Tresen und klopfte mit dem Finger auf den Bericht über den Mord im Lorcher Museum. Über dem Bericht war ein großes Foto vom Tatort abgebildet. Neben den vielen Polizisten waren auch andere Beteiligte auf dem Bild zu erkennen. Um eine Person hatte Dr. Russo mit einem Rotstift einen dicken Kreis gezogen.

»Wer ist das, Papa?«

»Das, mein Kind, ist das, was ich immer befürchtet habe. Sie waren nie weg und allgegenwärtig!«

Lorch im Freistaat Flaschenhals, 25. Oktober 1921

Von oben herab ein Blick, dem Antlitz Gottes gemein, fließt er stolz, unser Vater Rhein. Wer diesen Punkt hat nun erreicht, hat sich der Heimat als verbunden gezeigt. Der Weg geht weiter, behaltet Mut und Achtsamkeit, blicket nach vorn, das Ziel ist nicht mehr weit. Der Berg im Rhein, er wird es euch weisen, schickt euch hoch hinaus, um euch ein letztes Mal zu beweisen. Derer, die ihr Leben ließen, bringt Ehr´ und Opfer, dann habt ihr euch als würdig erwiesen.

Der Plan

Langsam setzte die Dämmerung über Lorch ein. Die Nachmittagssonne färbte den Horizont mit einem blutroten Schleier, der sich langsam über das Rheintal legte.

Arnold, Kießling und Dr. Berger standen an ihrem Auto in den Weinbergen unterhalb der Burg Nollig, wo der bestürzte Doktor noch immer nicht fähig war, Kießling und Arnold von seiner Entdeckung zu berichten. Arnold und Kommissar Kießling schauten sich erschrocken an angesichts Dr. Bergers Reaktion auf eine offensichtlich schaurige Erkenntnis, die sich ihm nach dem Anruf von Dr. Russo offenbart hatte.

»Was ist los, was haben Sie in den Notizen gesehen?«, wollte Arnold wissen.

Dr. Berger schluckte. »Sie erinnern sich daran, dass ich über den Orden in einem Antiquariat recherchierte?«

Kießling und Arnold nickten.

»Der Inhaber hat mich gerade angerufen und auf ein Bild in seinen Notizen aufmerksam gemacht.«

»Was ist auf dem Bild zu sehen?«, fragte Kießling ungeduldig nach.

»In der heutigen Ausgabe der Tageszeitung war ein Bericht über den Mord, inklusive einer Aufnahme vom Tatort.«

»Ja und? Das ist doch normal, machen Sie es nicht so spannend.«

Dr. Berger fuhr fort: »Der Inhaber des Antiquariats, Dr. Russo, hat auf dem Bild jemanden erkannt, der auch in seinen Notizen auftaucht.«

»Und wer soll das sein?«

Dr. Berger drehte das Notizbuch langsam in Richtung Arnold und Kießling und wies auf ein altes Foto, das sicherlich vor ein paar Jahrzehnten aufgenommen worden war. Zu sehen war eine Gruppe von Ordensbrüdern, die nur schemenhaft zu erkennen waren.

»Ich kann diese Leute nur schwer identifizieren«, sagte Arnold, nachdem er das Foto intensiv betrachtet hatte, »das Bild hat wohl jemand aus dem Hinterhalt aufgenommen, es ist ziemlich verwackelt. Wen meint dieser Dr. Russo?«

»Sehen Sie genau hin!« Mit diesen Worten zeigte Dr. Berger auf eine Person in der Mitte der Gruppe. Es war ein Mann in einem Ordensgewand, recht jung, vielleicht Mitte zwanzig, als die Aufnahme entstand.

Kießling und Arnold sahen genauer hin, und als ob ihre Gedanken synchron geschaltet wären, fiel es ihnen wie Schuppen von den Augen. Wie zuvor bei Dr. Berger versteinerten ihre Mienen, als sie den Mann erkannten. Es war jemand, der ihnen seit dem Mord mehrmals begegnet war, mit dem sie gesprochen und das erste Rätsel versuchten, zu lösen. Pfarrer Jonas.

Was machte Pfarrer Jonas auf dem Bild, das in dem Notizbuch mit der Unterschrift *vermeintliche Ordensmitglieder* gekennzeichnet war?

Als Kießling endlich den Zusammenhang erkannte, riss er die Augen auf. Die ganze Zeit über hatten sie auf die zentrale Frage keine Antwort gefunden: Wieso hatten diese Ordensbrüder Dr. Meinhaus getötet? Jetzt war es klar, dieser hatte Pfarrer Jonas von dem Fund in Arnolds Keller erzählt.

Woher hatten die Ordensbrüder gewusst, dass Arnold und Ella an der Lorcher Kirche vorfahren würden? Er hatte sie gesehen und seine Brüder informiert.

Wohin konnten die Ordensbrüder mit der entführten Ella so schnell spurlos verschwinden? Das würde Pfarrer Jonas ihnen jetzt beichten müssen. Diese Erkenntnis durchfuhr Kießling wie ein Blitz, der in einen Baum einschlug. Zuvor musste er allerdings seinem Zorn freien Lauf lassen.

»Diese falsche Ratte!«, brüllte er und trat voller Wucht in die Autotür und hinterließ eine tiefe Delle. Arnold, immer noch ungläubig über die vernichtende Wahrheit über den Pfarrer, bewahrte aber die Fassung.

»Was machen wir jetzt?«, fragte Dr. Berger.

Kießling atmete tief durch und versuchte, sich zu beruhigen. Er zog die auf dem Nollig gefundene Tagebuchseite heraus und las sie sich noch einmal durch.

»Was steht denn da?« Arnold wurde jetzt ungeduldig.

»Anstelle von diesen Hinweisen nachzujagen, die wahrscheinlich eh irgendwann ins Leere laufen, müssen wir unseren Wissensvorteil nutzen«, erklärte Kießling.

Es war klar, worauf er hinauswollte. Dr. Berger und Arnold gingen ebenfalls d´accord damit. Sie mussten den Vorteil ausnutzen, dass Pfarrer Jonas nicht wusste, dass seine wahre Identität aufgeflogen war.

Kießling überlegte einen Moment, schaute wieder auf die Tagebuchseite und reichte sie Arnold. »Lesen Sie mal vor, Jäger.«

Arnold schaute sich den Text an und zuckte mit den Schultern. Viel Sinn ergab er nicht für ihn, aber Kießling schien schon eine Idee zu haben.

»Wir bauen uns das etwas zurecht und beziehen den falschen Pfarrer mit ein.«

Kießling zog sein Handy heraus und suchte sich die Nummer der Lorcher Pfarrei heraus und tippte sie ins Display.

»Was haben Sie vor?«, wollte Dr. Berger wissen.

Kießling hob die Hand und wies die beiden an still zu sein, während es klingelte. Es nahm jemand ab.

»Guten Abend, Herr Pfarrer, Kommissar Kießling hier, wir benötigen Ihre Hilfe.«

»Auf einmal?«, meinte der Pfarrer reserviert. »Es kam aber niemand, dem ich die Beichte abnehmen konnte.«

Kießling verstand, schließlich hatte er Pfarrer Jonas beim letzten Treffen wenig höflich stehengelassen und mit dieser Floskel verabschiedet.

»Ja, es tut mir leid, ich glaube, wir sind auf dem falschen Fuß gestartet. Nun, wir haben herausgefunden, wo das Eigentum dieses Ordens zu finden ist. Morgen früh wird der Oberste dieses Ordens am Altar in der Kirche auf uns warten«, führte Kießling aus.

Pfarrer Jonas wurde hellhörig und akzeptierte umgehend Kießlings Entschuldigung. »Kein Problem, Herr Kommissar, ist bereits vergeben. Wo ist das Versteck dieses Eigentums?«, versuchte er zu erfahren.

»Das können wir Ihnen gern persönlich alles erzählen, dürfen wir heute Abend noch vorbeikommen?«, fragte Kießling mit Kalkül für seinen Plan.

»Ja natürlich, kommen Sie vorbei. Ich warte in der Sakristei auf Sie«, antwortete Pfarrer Jonas aufgeregt.

»Bis gleich!«, entgegnete Kießling und legte auf. Er drehte sich zu den anderen und fauchte: »Dieser falsche Fünfziger, ich hatte die ganze Zeit über ein ungutes Gefühl mit dem Kerl.«

Tatsächlich war es so. Kießlings Instinkt hatte seine Sympathie für den Lorcher Pfarrer nie über ein gewisses Maß hinaus anwachsen lassen. Dies geschah ihm immer bei Menschen, die etwas zu verbergen hatten. Allerdings musste er sich in diesem Fall eingestehen, dass er das falsche Spiel von Pfarrer Jonas nicht von Anfang an durchschaut hatte.

»Was haben Sie vor?«, fragte Arnold den aufgewühlten Kommissar.

Entschlossen blickte dieser Dr. Berger und den Jungwinzer an. »Der wird sein blaues Wunder erleben«, erklärte er wütend. »Ich erzähle es Ihnen im Auto. Auf zur Kirche!«

Währenddessen in der Sakristei der Lorcher Kirche

Pfarrer Jonas stand vor einem Fenster, von dem aus er den Platz vor dem Nebengebäude gut überblicken konnte. Er hielt ein Mobiltelefon in seiner zitternden Hand. Auf dem Vorbereitungstisch für die Messe standen mehrere brennende Kerzen, die den Raum mit flackerndem Licht füllten. Leichter Weihrauchduft zog durch den Raum. Immer wieder nahm er sein Mobiltelefon zur Hand und blickte nervös auf das Display, einen Finger auf die Ruftaste gelegt. Er wollte jemanden anrufen, zögerte aber. Nervös blickte er nochmals aus dem Fenster, musterte den Vorplatz. Dann atmete er tief ein und drückte auf die Wahltaste. Mit einer schnellen Bewegung hob er das Telefon an sein rechtes Ohr. Es klingelte. Auf der anderen Seite hob jemand ab.

Eine tiefe, finstere Stimme war durch den kleinen Lautsprecher am Telefon zu hören. »Bruder Jonas, was hast du zu berichten?«

»Magnus Frater Achmandor, ich habe etwas von dem Kommissar gehört, er hat bei mir in der Pfarrei angerufen. Anscheinend haben sie unser Eigentum gefunden.«

»Was hat er gesagt?«

»Noch nicht viel. Er benötige meine Hilfe. Sie kommen gleich hier in der Kirche vorbei!«, antwortete Pfarrer Jonas in leicht verängstigtem Ton.

»Gut!«, antwortete Achmandor und fuhr fort, »ich möchte, dass du mir sofort Bericht erstattest, wenn du erfährst, wo unser Eigentum verblieben ist.«

»Das mache ich!«

Pfarrer Jonas schluckte, wollte noch etwas sagen, verkniff es sich aber. Dies blieb Achmandor nicht verborgen.

»Warum sprichst du voller Angst, und was liegt noch auf deiner Zunge?«, fragte Achmandor fordernd.

»Es ist nichts Bedeutendes, Magnus Frater. Ich hoffe nur, dass meine Tarnung nicht ans Tageslicht kommt und unserem Ziele jetzt nichts mehr im Wege steht.«

»Mach dir keine Sorgen, Bruder Jonas.« Achmandors Stimme nahm einen beruhigenden Ton an. »Über Jahrzehnte ist deine Identität in Lorch verborgen geblieben, dies wird auch so bleiben. Bald ist deine Pflicht erfüllt und du kannst zu uns zurückkehren.«

»Ja, ich danke Euch, Magnus Frater!«, antwortete Pfarrer Jonas.

Daraufhin beendete Achmandor grußlos das Gespräch.

Pfarrer Jonas starrte das stumme Telefon an. Achmandors Worte hätten ihn trösten sollen, doch sein Gemütszustand hatte sich nicht geändert. Noch immer standen Nervosität und Angst in sein Gesicht geschrieben. Etwas anderes trieb ihn um. Er dachte, es wäre die Furcht davor, seine wahre Identität könnte ans Licht kommen, aber dem war nicht so. In seinem Inneren rumorte etwas, was er nicht genau deuten konnte. Was war es, das ihn vor sich hertrieb?

Er hatte allerdings keine Zeit mehr, das herauszufinden, denn in diesem Moment erleuchteten Scheinwerfer den Kirchplatz vor der Sakristei. Arnold, Dr. Berger und Kommissar Kießling waren vorgefahren, stiegen aus und liefen auf die Eingangstür der Sakristei zu. Pfarrer Jonas atmete tief durch, denn er wollte sich nichts anmerken lassen. Schnell ging er zum Waschbecken, drehte den Hahn auf, nahm etwas Wasser auf die Hand und fuhr sich mit den feuchten Händen durch das Gesicht. In diesem Moment klopfte es mit lauten, festen Schlägen an der Tür.

»Ich komme, eine Sekunde bitte«, rief Pfarrer Jonas.

Ein nahm ein Handtuch vom Haken und trocknete sich das Gesicht ab. Nach einem kurzen Blick in den Spiegel wandte er sich der Tür zu. Langsamen Schrittes bewegte er sich durch den Raum und öffnete den dreien.

»Guten Abend, meine Herren!«, sagte er betont sachlich, und machte dabei den Gang frei, damit die drei in die Sakristei eintreten konnten. Pfarrer Jonas hatte richtig Mühe, seinen Gemütszustand zu überspielen. »Wie kann ich Ihnen denn nun helfen?«

Arnold und Dr. Berger schwiegen und blickten stur den Pfarrer an. Kießling bewegte sich langsam im Halbkreis um Pfarrer Jonas herum, blickte dabei in der Sakristei umher und sagte dann: »Helfen. Ja, Sie können uns helfen.« Er stockte kurz und blieb mit dem Rücken zu Pfarrer Jonas stehen. »Ich erkläre Ihnen, wie.«

Kießling griff an sein Revolverholster und tastete nach seiner Waffe. Mit einer schnellen Bewegung drehte er sich um und bewegte sich schnell auf Pfarrer Jonas zu. Mit seiner Rechten zog er die Waffe aus dem Holster, mit der Linken griff er Pfarrer Jonas an die Kehle, drückte zu und schob ihn an die Wand.

»Wo ist unsere Kollegin? Wohin habt ihr sie entführt?«, schrie er.

Völlig überrumpelt ging Pfarrer Jonas in die Knie und rutschte rücklings an der Wand nach unten.

Kießling war rot angelaufen. Er meinte es ernst und war bereit, alles zu tun, um die Information aus Pfarrer Jonas herauszubekommen.

Mit der spärlichen Luft, die ihm durch die zugedrückte Kehle zur Verfügung stand, japste Pfarrer Jonas: »Ich weiß nichts, ich habe keine Ahnung.«

Kießling verstärkte seinen Griff um den Hals des Seelsorgers und drückte den Lauf seiner Waffe fest gegen dessen Stirn.

Arnold und Dr. Berger beobachteten hilflos das Geschehen. Zwar hatte Kießling sie während der Fahrt mit seinem Vorhaben vertraut gemacht, doch hätten sie niemals damit gerechnet, dass der Polizist so emotional und mit äußerster Gewalt gegen Pfarrer Jonas vorgehen würde.

Kießling entschloss sich, den Druck erhöhen, es gab keine andere Wahl. Sollte der Pfarrer nichts sagen, könnte das womöglich das Todesurteil für Ella bedeuten.

»Reden Sie schon! Ich habe kein Problem damit, Ihr Gehirn in der Kirche zu verteilen«, drohte Kießling. Dabei entsicherte er den Revolver.

Arnold machte sich größte Sorgen. Kießling hatte ihnen im Auto erklärt, dass er Pfarrer Jonas maximal unter Druck setzen würde, doch nun hatte es den Anschein, dass die Situation außer Kontrolle geriet.

Pfarrer Jonas schwitzte über das gesamte Gesicht. An seiner Stirn traten die Adern hervor, als drohten sie zu platzen. Es war allerdings nicht die Drohung des Kommissars, ihn zu erschießen, sollte er die Informationen nicht preisgeben, die ihm so zusetzte, sondern ein innerer Zwiespalt, welcher nun aufbrach.

Kießling wurde immer wütender. Er riss Pfarrer Jonas von der Wand auf den Boden und presste ein Knie auf seine Brust.

»Letzte Chance, Herr Pfarrer, wo ist Ella?«, brüllte er.

Pfarrer Jonas entspannte sich leicht, als hätte sich durch den emotionalen Druck seine innere Anspannung plötzlich gelöst, und er traf eine Entscheidung.

Mit zitternder Stimme brachte er leise heraus: »Sie ist hier!«

Kießling war noch so in Rage, dass er die Worte nicht wahrgenommen hatte, Arnold und Dr. Berger hingegen schon. Sie setzten sich in Bewegung, Arnold fasste Kießling an die Schulter und holte ihn wieder zurück in die Wirklichkeit.

»Was hat er gesagt?«, fragte Dr. Berger.

Kießling realisierte, dass Pfarrer Jonas etwas zu sagen versuchte. Er nahm die Waffe weg und zog das Knie von dem Pfarrer herunter.

»Sagen Sie das noch mal!«, fuhr er den Pfarrer wild an.

Dieser konnte mittlerweile etwas Luft holen und wiederholte: »Sie ist hier!«

»Was meinen Sie damit, Sie ist hier?«, hinterfragte Kießling.

»Hier, in den Gewölben unter der Kirche«, antwortete der Pfarrer.

Der Kommissar ließ nun vollends von ihm ab, stellte sich auf und trat einen Schritt zurück.

Ein Moment des Schweigens legte sich in die Sakristei.

Als einige Sekunden verstrichen waren, fragte Kießling: »Was sind das für Gewölbe unter der Kirche? Wie kommt man da hin?«

Pfarrer Jonas schwieg. Es war ihm allerdings anzusehen, dass er innerlich mit etwas zu kämpfen hatte.

Dr. Berger schritt ein. »Ich glaube, ich weiß, wovon er spricht.« Kießling und Arnold blickten Dr. Berger an. »Vor vielen hundert Jahren bauten die Menschen Fluchttunnel unter die Städte, damit sie im Falle eines Angriffes von außen schnell fliehen konnten. Die Zugänge waren häufig Gewölbe unter zentralen Plätzen in den Orten, wie dem Marktplatz oder Kirchen. Ich hätte nie gedacht, dass diese Gewölbe in Lorch noch existieren.«

»Er hat recht«, krächzte der Pfarrer.

Kießling schaute ihn an und fragte in einem mittlerweile gemäßigteren Ton: »Und, wie kommt man in diese Gewölbe?«

Pfarrer Jonas richtete sich etwas auf. »Von der Wisper aus. Dort waren früher die Ausgänge. Sie sind heute noch da, jedoch hinter Geröll und Gestein verborgen, aber dennoch zugänglich.«

Die Wisper war ein Nebenfluss, der aus dem gleichnamigen Wispertal direkt in den Rhein mündete. Kießling ging ein Licht auf. So hatten diese Schergen so schnell verschwinden und keine Spuren hinterlassen können. Sie hatten sich die Fluchtwege der alten Stadtbefestigung zunutze gemacht und konnten der Polizei immer einen Schritt voraus sein. Zudem hatten sie Pfarrer Jonas installiert, der ihnen von außen Informationen zukommen ließ.

Pfarrer Jonas senkte den Kopf. »Es tut mir leid«, murmelte er.

»Wie war das?«, fuhr Kießling ihn an.

»Es tut mir leid!«, wiederholte sich der Pfarrer.

Kießlings Intuition setzte wieder ein. Pfarrer Jonas war nicht nur zusammengebrochen, weil er ihnen so wichtige Informationen preisgegeben hatte, anscheinend regte sich noch etwas anderes in dem Geistlichen.

Kießlings Stimme wurde sanfter. Er trat einen Schritt auf Pfarrer Jonas zu, steckte die Waffe in sein

Holster und forderte ihn auf: »Na denn, mein lieber Herr Pfarrer, ist es jetzt an Ihnen, die Beichte abzulegen!«

Pfarrer Jonas schlug die Hände vor sein Gesicht und brach in Tränen aus. Ein Knoten schien in ihm geplatzt zu sein.

»Seit Jahren trage ich diesen Zwiespalt in mir«, schluchzte er. »Ich habe die niederen Motive dieses, meines Ordens erkannt und konnte mich dennoch nicht davon lösen.«

»Fahren Sie fort!«

»Über die Jahre habe ich die Menschen in der Gemeinde Lorch lieben gelernt. Sie haben mich verändert. Ich vergaß den Orden und warum ich hierhergeschickt wurde. Ich lebte hier unter den Einheimischen als ihr Vertrauter und fühlte mich als Teil einer Familie.«

Er erzählte, wie er sich in der Gemeinde wohlfühlte, keinen Gedanken mehr an die niederträchtigen Motive des Ordens verschwendete und durch seine Tätigkeit in Lorch seinem Leben einen Sinn gab.

»Und dann kontaktierte Sie Dr. Meinhaus!«, unterbrach Dr. Berger ihn.

»Ja. Und die Erinnerung an den Orden kehrten zurück. Auf einmal spürte ich wieder diese kalte Pflicht in meinem Nacken, wegen der ich vor vielen Jahren hier installiert worden war.«

»Wieso haben Sie denn überhaupt den Orden darüber informiert, dass das Tagebuch und ein Teil des Schatzes aufgetaucht sind?«

»Ich weiß es nicht.« Pfarrer Jonas wiegte den Kopf. »Diese Nachricht brachte in mir etwas zurück, von dem ich glaubte, dass es längst verschwunden sei. Als ich erkannte, was ich getan hatte, war es zu spät.«

Er nahm die Hände runter, wische sich die Tränen aus den Augen und versuchte, die Fassung wiederzuerlangen. »Gott wird mir meine Taten nicht vergeben. Wie konnte ich nur so dumm sein.«

Kießling sagte energisch: »Ja, so ist es. Vergeben wird Ihnen diese Taten niemand, aber Sie können jetzt dafür sorgen, dass der Gerechtigkeit Genüge getan wird und kein Unschuldiger mehr sein Leben lässt.«

»Ja, das möchte ich«, erklärte der Pfarrer leise. »Was kann ich tun?«

»Sagen Sie uns, wie wir zu Ella kommen. Dann kontaktieren Sie diesen Obersten und sagen, dass er morgen wie geplant zu der Kirche kommen soll. Versuchen Sie zu erreichen, dass so viele seiner Brüder mitkommen wie möglich.«

»Er wird misstrauisch sein«, sagte Pfarrer Jonas besorgt.

»Dann seien Sie eben so überzeugend wie möglich.« Kießling sah ihn entschlossen an.

Pfarrer Jonas war einverstanden, aber die Beklommenheit war ihm deutlich anzusehen. Er kannte Achmandor gut genug, um dessen Skrupellosigkeit einschätzen zu können. Sollte etwas schiefgehen, könnte das ganze Vorhaben in einem Blutbad enden, das seinesgleichen suchte.

Arnold war skeptisch, ob dem Pfarrer zu trauen war. Als jemand, der die Grausamkeiten des Ordens am eigenen Leib gespürt hatte, konnte er sich nur schwer vorstellen, dass sich ein Mensch, der einmal einer derartigen Gesinnung anhängig war, sich ändern könnte.

Dr. Berger spürte seine Verunsicherung und klopfte ihm sachte auf die Schulter. »Ich weiß, was in Ihnen vorgeht. Nur Mut, es wird schon klappen.«

Arnold blickte ihn mit gemischten Gefühlen zwischen Hoffen und Bangen an.

»Außerdem haben wir eh keine Wahl.« Dr. Berger lächelte schmal.

Kapitel neun

Verwahrt für den, der sich als würdig erweist

Peter und Theodor mussten sich in der Dunkelheit zu Fuß nach Lorch durchschlagen. Es dämmerte bereits, als sie nach einigen Stunden den Stadtrand erreichten. Viel hatten die beiden auf dem Rückweg nicht gesprochen. Die ganze Anspannung der letzten Tage und die Erschöpfung nach der Erleichterung, dass ihr Plan funktioniert hatte, machten sich bemerkbar. Es bedrückte die beiden Lorcher sehr, dass heute Nacht Menschen sterben mussten.

Am Ende dieser Nacht stand aber auch ihr Erfolg. Die Mörder der Rheinschifffahrer waren ihrer gerechten Strafe zugeführt worden und es gab vorerst keine Anzeichen, dass sich weitere ihrer Zunft auf den Weg in den Flaschenhals machten. Außerdem hatte ihre List den französischen Besatzern Einhalt geboten, und sie hofften, dass die Franzosen nun etwas zurückhaltender in Umgang mit den Menschen im Flaschenhals sein würden. Die Soldaten hatten augenscheinlich wehrlose Kirchenleute erschossen, die offensichtlich nicht den Bürgern im Flaschenhals zuzuordnen waren, vielleicht auch nur auf der Durchreise waren. Dies konnten sie unmöglich an die Heeresleitung melden, denn das hätte weitreichende politische Folgen gehabt. Ihnen waren die Hände gebunden. Dieser Umstand sollte dem Freistaat Flaschenhals etwas mehr Luft im Umgang mit den Besatzern geben.

Endlich erreichten die beiden Peters Weingut und betraten den dunklen, stillen Innenhof. Peter hatte seine schwangere Frau Maria und ihre Tochter sicherheitshalber zu ihren Eltern geschickt. Sie sollten in jedem Fall in Sicherheit sein, wenn heute Nacht etwas schiefgegangen wäre.

Peter entzündete eine Öllampe, deren kleiner Lichtkegel den Hof nur spärlich beleuchtete. Sie steuerten gerade den Weinkeller an, als plötzlich Schritte hinter ihnen zu hören waren. Peter und Theodors gerieten sofort wieder in Alarmzustand. Peter hielt die Lampe nach vorn und versuchte, etwas zu erkennen. Theodor stand neben ihm, die Hand am Griff seines Messers.

Aus dem Dunkel erklang eine vertraute Stimme. »Gott sei Dank, ihr seid zurück!«

Es war Edmund, der von dem Freudenfest aus Kaub nach Lorch zurückgekehrt war. Er wollte auf Peters Weingut, das sie als Treffpunkt bei erfolgreicher Vollendung der Mission ausgemacht hatten, auf die beiden warten. Ohne Weiteres zu sagen, gingen die drei Männer schnell aufeinander zu und fielen sich in die Arme.

»Es ist geschafft«, brachte Peter heiser heraus.

In diesem Moment fiel die ganze Anspannung von den dreien ab. Tränen der Erleichterung liefen über ihre Wangen. Edmund musste und wollte gar nicht nach Einzelheiten fragen, denn seine Freunde waren gesund zurückgekehrt und alles Nötige war getan worden. Es bedurfte keiner quälenden Erzählungen mehr.

Nach einigen Minuten lösten sie sich aus der Umarmung und wischten sich die Tränen aus den Gesichtern.

Edmund lächelte beschämt. »Meine Güte, drei harte Männer stehen hier und heulen wie kleine Mädchen.«

»Ich denke, nach so einer Nacht ist das in Ordnung«, meinte Theodor und seufzte.

Peter zog die Schultern hoch und setzte wieder eine ernste Miene auf. »Nun lasst uns in den Keller gehen und den letzten Teil erledigen.«

In einem Seitengang des Weinkellers hatte Peter bereits eine Stelle in der Wand vorbereitet, um etwas zu verstecken. Er zog sein Tagebuch aus dem Inneren seiner Tasche hervor.

Edmund sah ihn fragend an.

»Ja, mein Lieber, alles ist niedergeschrieben und wartet jetzt nur auf den richtigen Zeitpunkt«, erklärte Peter.

Theodor zog aus seiner Tasche einen goldenen Becher hervor. »Dieser Becher wird dem Buch Gesellschaft leisten«, sagte der Kauber Winzer und reichte ihn Peter.

»Für die anderen Stücke wurden ebenfalls Vorkehrungen getroffen?«

»Ja! Michael und Karl haben sie verwahrt und werden diese nach heute Nacht an den vorgesehenen Orten platzieren.« Peter nickte ihm entschlossen zu. Dann schob er das Tagebuch und den Kelch in das vorgesehene Loch in der Wand. Die abgenommenen Steine platzierte er danach wieder vorsichtig, einen auf dem anderen, vor dieser Zeitkapsel.

»Meint ihr, dass jemals jemand dies hier finden wird?«, fragte Theodor skeptisch.

Peter stand auf, blickte weiterhin auf das fertig verschlossene Loch und antwortete: »Es wird jemand kommen, der sich unserem Geheimnis als würdig erweist, und diesem wird sich die Wahrheit offenbaren.«

Mit diesen Worten packten die drei ein zur Seite geschobenes Weinfass und zogen es vor das Loch. Mit vereinten Kräften konnten sie es perfekt platzieren.

Als es auf seinem rechten Fleck stand, betrachteten sie eine Weile schweigend ihr Werk.

»Nun lasst uns wie besprochen etwas Zeit verstreichen lassen, bevor wir den allerletzten Schritt in Angriff nehmen«, schlug Edmund schließlich vor.

»Das werden wir tun. Nach den Ereignissen heute Nacht wird mit Sicherheit der ein oder andere schuldige Franzose sein Augenmerk auf unseren Flaschenhals richten. Kein ungewöhnliches Treiben soll ihnen Anlass geben, ihre Taten als unsere List zu entlarven«, sagte Theodor.

»So sei es«, stimmte Peter ihm zu, »doch nun, meine Freunde, lasst uns für heute auseinandergehen. Meine Frau wartet sicher voller Sorge auf meine Heimkehr.«

Die Falle

Die Sonne blinzelte vorsichtig in das Rheintal und kündigte den neuen Tag an. Kießling, Dr. Berger und Arnold hatten die Nacht in Arnolds Weingut verbracht, aber keiner von ihnen war in der Lage gewesen, ein wenig zu schlafen. Die Anspannung vor dem heutigen Tag brannte jedem einzelnen unter der Haut.

Gestern Abend hatten sie die Kirche verlassen, kurz bevor Pfarrer Jonas Achmandor kontaktierte. Es war natürlich riskant, den Pfarrer nicht weiter unter Beobachtung zu halten, doch sie hatten keine Wahl. Wären sie bei dem Anruf zugegen gewesen und einer der Ordensbrüder hätte dies mitbekommen, wären die Folgen unabsehbar gewesen. Sie mussten dem Pfarrer vertrauen und hoffen, dass er sich an ihre Absprache hielt.

Viele Fragen waren noch offen. Hatte Pfarrer Jonas wirklich Läuterung erfahren oder war sein reuevoller Zusammenbruch nur ein weiteres Manöver gewesen, um seine Haut zu retten? Würden sie Achmandor davon überzeugen können, das Geheimnis um den Schatz gelöst zu haben? Würden sie Ella aus den Fängen des Ordens befreien können? Wie auch immer die Antworten ausfallen würden, am Ende des heutigen Tages würden sie Gewissheit haben - sofern sie diesen überleben.

Kießling, Arnold und Dr. Berger verließen das Weingut und fuhren in Richtung Kirche. Die Sonne arbeitete sich weiter vor und tauchte Lorch in Morgenröte. Achmandor würde sicher pünktlich sein, und ihn warten zu lassen, wäre keine gute Idee. Kießling hatte in der Nacht noch Vorbereitungen für den heutigen Tag getroffen.

Kurz vor der Auffahrt zur Marktgasse stoppte der Kommissar das Fahrzeug und drehte sich zu seinen beiden Mitstreitern um. »Habt ihr euch alles gemerkt?«, fragte Kießling in nervösem Ton.

Arnold blickte auf die Rückbank zu Dr. Berger, dann zu Kießling und antwortete: »Die Theorie sitzt, jetzt muss nur noch der Plan funktionieren.«

Kießling schwor die beiden nochmal ein. »Denkt dran, wir werden, so lange Ella nicht frei ist, keine Chance auf Verstärkung haben. Sobald ich die Kirche mit diesem Bastard verlassen habe, müsst ihr den Pfarrer auftreiben und Ella finden!«

Beide nickten. Obwohl es ein hochriskanter Plan war und es um Leben und Tod ging, wirkten Arnold und Dr. Berger heute Morgen deutlich routinierter als noch am Anfang ihrer abenteuerlichen Zusammenarbeit.

Kießling griff nach vorne ins Handschuhfach und fischte eine Pistole heraus und hielt sie nach hinten. Arnold und Dr. Berger starrten diese an, ohne dass sich einer genötigt fühlte, zuzugreifen.

»Wer will?«, fragte Kießling provokant.

Dr. Berger winkte entsetzt ab. »Ich bin Mediziner, kein Soldat - Arnold, nehmen Sie das Ding.«

Arnold blickte voll Selbstvertrauen die Waffe an und griff zu.

»Wissen Sie, wie man damit umgeht?«, fragte Kießling den Jungwinzer.

»Ich denke schon, hab´ genug Wild-West-Filme gesehen«, antwortete Arnold und lächelte bemüht selbstbewusst.

»Nur, dass Sie aus dem wilden Osten kommen«, entgegnete Kießling.

»Glauben Sie mir, das war eine gute Schule!«

Er stieg aus und steckte die Waffe in seinen Hosenbund. Dr. Berger folgte ihm.

»Und denkt daran, haltet euch bedeckt, bis ich die Kirche verlassen habe.« Kießling startete den Motor und trat aufs Gas.

Arnold hob den Daumen und Dr. Berger rollte mit den Augen.

Kießling nickte, schaute nach vorne und fuhr die Marktgasse zur Kirche hinauf. Er stellte den Wagen direkt vor der Eingangstreppe zur Kirche ab und stieg aus. Prüfend schaute er sich um. Der Marktplatz war menschenleer, als ahnten die Bewohner, dass heute etwas in der Luft lag. Er erklomm die Stufen und blieb vor der schweren Eingangstür stehen. Er ließ noch einmal seinen Plan vor seinem inneren Auge ablaufen. Sein Herz pochte und er war nervös, obwohl er keine Angst vor Achmandor hatte. Ginge es nach ihm, würde er sich einfach im Tausch für Ella anbieten, denn er war sich sicher, dass er sich würde befreien können. Aber wie er Achmandor einschätzte, würde sich dieser Mann auf keinen Tauschhandel einlassen. Er wusste, dass er in der besten Position war, um Forderungen zu stellen, solange er die junge Frau in seiner Gewalt hatte.

Es wurde Zeit. Kießling griff beherzt an den Türknauf, zog die hölzerne Tür auf und betrat die Kirche. Hinter ihm fiel die Tür mit einem lauten Knall wieder zu. Er schritt langsam voran und sah schon vom hinteren Teil der Kirche, wie eine große Person in schwarzem Umhang vor dem Altar kniete. Langsam bewegte Kießling sich, die Blicke von links und rechts schweifen lassend, durch den Mittelgang des Kirchenschiffs. Sofort fielen ihm zwei weitere Ordensbrüder auf, die Achmandor im Hintergrund flankierten. Sie hatten die Hände ineinander gefaltet und ihre Häupter gesenkt. Kießling schritt die paar Stufen zum Altar hinauf, bewegte sich auf den knienden Achmandor zu und blieb einen guten Meter hinter ihm stehen. Es herrschte Totenstille. Kießling musste sich unter Kontrolle halten. Am liebsten hätte er seine Waffe gezogen, diese miesen Mörder in Handschellen gelegt und in das tiefste Loch gesperrt, das es zu finden gab. Aber er musste die Contenance bewahren und sich unter Kontrolle halten. Jede Aggression, die er jetzt an den Tag legen würde, könnte Ellas Tod zur Folge haben.

Achmandor beendete die Stille. Er erhob sich, wandte sich langsam um und sah Kießling mit einem fast amüsierten Gesichtsausdruck an. »Sie halten uns für Verbrecher, nicht wahr?«

»Was sind Sie denn sonst? Sie haben einen wehrlosen Mann ermordet und eine junge Frau entführt. Wie nennen Sie das?«

Achmandors Augen blickten so finster, dass man sich darin verlieren konnte. »Es sind Kriegsopfer«, sagte er kalt. »Und wir sind die Krieger und Bewahrer dessen, was uns von Gott gegeben wurde.«

»Was hat Ihnen Gott gegeben, dass dafür Menschen sterben müssen?«

»Die Macht und die Pflicht, seine Kirche in seinem Namen zu schützen und zu erhalten.« Achmandors tiefe Stimme hallte durch das Mittelschiff.

Kießling wurde bewusst, dass dieser Orden in einer ganz eigenen Welt lebte. Sie sahen sich im Recht und legitimiert dazu, diese Verbrechen zu begehen. »Und, weiß der Papst davon?«, fragte er.

Achmandor antwortete abfällig: »Der Papst - er verwaltet das, was unser Orden über Jahrhunderte aufbaute und erhält. Er ist ein Maskottchen für die, die auf die Plätze strömen und jemanden zum Anbeten benötigen.«

Kießling wurde Achmandors Geschwätz zu bunt. Er wusste, wie solche Psychopaten dachten. Sie lieferten auf jedes Argument ein noch so aberwitziges Gegenargument, immer um das zu legitimieren, was sie als Wahrheit empfanden.

Entschlossen trat er dichter auf Achmandor zu. »Lassen Sie meine Kollegin auf der Stelle frei, dann führe ich Sie zu ihrem«, Kießling stockte kurz und wechselte die Stimmlage ins Sarkastische, »Eigentum.«

Achmandor lächelte, weil er am längeren Hebel saß.

»Nein, nein, mein lieber Kommissar. Sie werden uns sofort zu unserem Eigentum bringen, dann lassen wir Ihre Kollegin gehen.«

»Ich will einen Beweis, dass sie lebt!«, forderte Kießling energisch.

Achmandor schüttelte lachend den Kopf. »Sie werden mir schon vertrauen müssen. Aber ich kann Ihnen versprechen; wenn Sie uns zu unserem Eigentum bringen, wird Ihre Kollegin Gottes Gnaden erfahren.«

Dieser Satz durchfuhr Kießling bis ins Mark. Er ging davon aus, dass Achmandor sie in jedem Fall ermorden lassen würde, sollte er nicht das bekommen, was er wollte. Doch Kießling war zuversichtlich, dass Ella noch lebte. Schließlich hatte Pfarrer Jonas dies bestätigt. Zudem war sie im Moment für den Orden ein lebendes Pfand, sollte etwas schiefgehen. Er musste Achmandor also entgegenkommen und darauf vertrauen, dass er sich nicht täuschte.

»In Ordnung, dann lassen Sie uns gehen. Ich bringe Sie zu Ihrem Eigentum.«

»Das ist Gottes Wille«, entgegnete Achmandor siegesbewusst.

Kießling drehte sich um und ging ein paar Schritte voraus. Dann drehte er sich blitzschnell, erhob drohend den Zeigefinger und richtete ihn auf

Achmandor. »Aber über eines können Sie sicher sein, wenn meiner Kollegin irgendwas passiert, jage ich Sie bis in die Tiefen der Hölle.«

Achmandor nahm die Drohung gelassen hin. »Dann passen Sie auf, dass Sie sich an den Höllenfeuern nicht verbrennen.«

Kießling drehte sich wieder um und schritt voran durch den Gang, der zum Ausgang führte. Achmandor machte ein kurzes Handzeichen und seine zwei Brüder folgten ihnen sogleich.

Draußen vor der Kirche wies Kießling Achmandor und seine Brüder an, in den Wagen zu steigen.

»Wir müssen zum Anlegesteg am Rhein«, erklärte er.

»Wo wurde unser Eigentum versteckt?«, wollte Achmandor wissen.

»Ich zeige es Ihnen. Steigen Sie endlich ein.«

Achmandor sah ihn misstrauisch an, folgte aber der Aufforderung des Kommissars. »Keine Tricks, Kießling. Sollte sich jetzt noch irgendwas zwischen uns und unser Eigentum drängen, kennen Sie die Konsequenzen.«

»Diese sind mir bewusst«, sagte Kießling. »Halten Sie sich fest.«

Er startete den Wagen, fuhr zügig vom Marktplatz und steuerte in Richtung Rheinufer. Die Fahrt dauerte nur einige Minuten. Dort wartete ein Boot auf ihn, das er noch in der Nacht organisiert hatte. Während der Fahrt lief es Kießling eiskalt den Rücken herunter. Er hatte schon in so manch heikler

Situation gesteckt, doch dies hier stellte alles in den Schatten. Jetzt musste alles klappen und ganz schnell gehen.

Am Rheinufer angekommen, stieg Kießling als erster aus und wies Achmandor und seine Brüder an, das Boot am Ende des Stegs zu besteigen.

»Sie machen mich neugierig Herr Kommissar«, sagte Achmandor. »Wo ist unser Eigentum verborgen?«

Kießling blickte ihn an und wiederholte seine Aufforderung: »Steigen Sie in das Boot, ich werde es Ihnen an Bord sagen.«

Achmandor und seine Brüder folgten ihm. Kießling löste das Tau von der Krampe, ging zum Steuerpult und startete den Motor. Langsam zog er das Boot in die Strömung des Rheins und legte den Gashebel leicht nach vorn, bis sich die Geschwindigkeit sanft erhöhte. Er schaute Achmandor an.

»Ihr Eigentum befindet sich auf dem Pfalzgrafenstein bei Kaub!«

Achmandor grinste und antwortete: »Wie originell. Haben die Bürger des Flaschenhalses damals unser Eigentum tatsächlich vor den Augen der Franzosen versteckt? Wir waren immer der Ansicht, sie hätten es irgendwo im Wald verscharrt, damit ihre Besatzer ihnen nicht auf die Schliche kommen.«

Kießling nickte. »Ja, wir waren auch überrascht, dass sich in der alten Pfalz noch so eine Überraschung verbirgt.«

Achmandor setzte eine siegessichere Miene auf, und schien zu denken, er sei am Ziel.

Kießling war indes erleichtert, dass er es bis hierhin geschafft und Achmandor an Bord hatte. Jetzt lag es tatsächlich in Gottes Hand, dass alle weiteren Zahnräder des Planes ineinandergriffen. Er legte den Gashebel etwas weiter nach vorn, um mehr Geschwindigkeit aufzunehmen, allerdings nicht zu viel. Seine zwei Mitstreiter in Lorch brauchten Zeit. Jede Sekunde, die er herausschlagen konnte, war kostbarer als Gold und ein weiteres Gramm in der Waagschale, die über Leben und Tod entschied.

Freiheit

Arnold und Dr. Berger, die sich in einer kleinen Seitengasse verborgen hatten, schauten vorsichtig zum Marktplatz, ob die Luft rein war. Ohne Worte blickten sie sich an, nickten einander zu und gingen langsam zum Kirchplatz, von wo sie einen guten Panoramablick über den Rhein hatten. Sie beobachteten, wie Kießling mit Achmandor und seiner Gefolgschaft ablegte und Fahrt in Richtung Burg Pfalzgrafenstein inmitten des Rheines bei Kaub aufnahm.

Den genauen Standort des Schatzes kannten sie natürlich nicht. Nachdem sie allerdings Pfarrer Jonas als Ordensbruder enttarnt hatten, bot sich die Pfalz als vermeintlicher Fundort an. Ihre Lage mitten im Rhein und dass die Burg nur per Boot zu erreichen war, prädestinierte sie für Kießlings Plan. Die Fahrt mit dem Boot von Lorch nach Kaub nahm einige Zeit in Anspruch, sodass Arnold und Dr. Berger nun genügend Zeit hatten, um Ella zu befreien.

Arnold deutete mit dem Finger in die Ferne. »Da sind sie! Kießling hat es geschafft!«

Beide waren erleichtert, dass der erste Teil des Planes umgesetzt worden war.

»Los, lassen Sie uns den Pfarrer suchen«, forderte Dr. Berger Arnold auf, als eine Stimme von hinten zu ihnen sagte: »Ist nicht mehr nötig, ich bin hier!«

Pfarrer Jonas stand einige Meter hinter den beiden, ohne dass sie es bemerkt hatten. Er wirkte sehr nervös und hatte die Stirn in Sorgenfalten gelegt. Er schien nicht so, als wolle er die beiden in eine Falle locken. Dr. Berger war sich bereits gestern in der Sakristei sicher gewesen, dass sich in Pfarrer Jonas wirklich etwas bewegt hatte. Er spürte, dass die vielen Jahre in Lorch und der Kontakt zu den freundlichen Bewohnern dieser Region aus ihm einen anderen Menschen gemacht hatte.

»Geht es Ihnen gut?«, wollte Dr. Berger wissen.

Pfarrer Jonas zögerte einen Moment. »Mir ist heute Nacht noch einmal ganz deutlich bewusst geworden, auf welch´ Irrpfaden ich mich die ganzen Jahre bewegt habe. Es wird Zeit, dies zu korrigieren«, sagte er dann. Mit diesen Worten richtete er sich auf, nahm den Kopf hoch und streckte die Brust heraus. Selbstbewusst sah er die beiden jetzt an. »Kommen Sie mit, wir holen Ihre Kollegin!«

Arnold und Dr. Berger spürten die Entschlossenheit des Pfarrers, seine Fehler wieder gutzumachen. Beide waren nun vollends überzeugt, dass sie ihm vertrauen konnten.

Sie machten sich auf den Weg zu den Zugängen für die Gewölbe unter der Stadt. Auf dem Weg dorthin erklärte Pfarrer Jonas ihnen, was er inzwischen erreicht hatte. Er hatte Achmandor davon überzeugen können, zwei seiner Brüder zu Kießling mitzunehmen. Die anderen beiden sollten weiterhin Ella bewachen. Es war vorgesehen, dass

Pfarrer Jonas sich aus allem heraushielt und nur zur Nachrichtenübermittlung diente, sollte etwas Unerwartetes passieren. Er war sicher, dass seine Abkehr von dem Orden nicht aufgefallen war.

Sie machten sich auf den Weg zur Wisper. Der schmale Bach zog seinen Weg quer durch die Stadt Lorch. Vom Zugang mussten die drei einige Meter durch eiskaltes Wasser waten, um den Eingang zu erreichen.

Nach einigen Metern stoppte Pfarrer Jonas und zeigte auf ein Stück Mauer. Dr. Berger und Arnold konnten nichts außer Steine erkennen. Diese waren zudem mit Pflanzen bewachsen und schienen auf den ersten Blick nicht außergewöhnlich.

»Hier soll es sein?«, fragte Arnold.

»Sehen Sie genau hin!«, antwortete der Pfarrer.

Arnold und Dr. Berger wateten näher heran. Tatsächlich, dort befand sich ein kleiner Mauervorsprung, der beweglich zu sein schien. Dieser fungierte als Tür und gleichzeitig Tarnung für den Eingang. Wusste man nicht genau über die Eigenschaft dieser Stelle Bescheid, würde man nie darauf kommen, dass sich dahinter ein Gewölbegang verbarg. Wahrscheinlich war dieser auch deshalb über die Jahrhunderte für die Menschen in Lorch verborgen geblieben.

Pfarrer Jonas drehte sich zu Dr. Berger und Arnold.

»Hören Sie mir jetzt genau zu, wir müssen äußerste Vorsicht walten lassen. Schöpfen die Brüder, die bei Ihrer Kollegin Wache halten, nur einen

Moment lang Verdacht, schneiden sie ihr die Kehle durch.«

Dem Gerichtsmediziner und dem Winzer war die Gefahr bewusst. Größte Achtsamkeit war geboten, dass alles klappte. Solange sie Ella nicht befreit hatten, waren sie auf sich allein gestellt. Ein großes Polizeiaufgebot für den Rettungseinsatz hätte unweigerlich ihren Tod zur Folge gehabt. Pfarrer Jonas gab ihnen deutlich zu verstehen, dass den Brüdern ihr eigenes Leben im Vergleich zu ihrer Aufgabe nichts bedeutete.

Sein Plan war simpel. Da er der Mittelsmann zwischen Achmandor und seinen Brüdern in dem Gewölbe war, wollte er ihnen von einem Befehl ihres Obersten berichten, die junge Frau freizulassen und im Gewölbe auf weitere Befehle von Achmandor zu warten. Arnold und Dr. Berger sollten sich im Hintergrund halten, sollten die Wächter dem Pfarrer keinen Glauben schenken.

Der Pfarrer bewegte behutsam den Stein, damit die Brüder im Inneren nicht auf sie aufmerksam wurden.

»Ab jetzt kein Wort mehr!«, ermahnte er Arnold und Dr. Berger und trat in das dunkle Gewölbe. Arnold und Dr. Berger folgten ihm. Kaltfeuchte Luft schlug ihnen entgegen. Der Gedanke, dass dies, seit fast zwei Tagen Ellas Gefängnis war, ließ Arnold einen Schauder über den Rücken laufen. Anders konnte es sich in einem Grab auch nicht anfühlen.

Je weiter sie vorankamen, desto mehr schwand das Tageslicht aus dem Eintritt. Bald war es ganz finster. Pfarrer Jonas zog eine Taschenlampe hervor, leuchtete ihnen den Weg und ging langsam voran. Arnold und Dr. Berger folgten ihm ins Ungewisse.

Die Pfalz rückt näher

Kießling steuerte das Boot mit bedachter Geschwindigkeit über den Rhein. Wenn er zu langsam fuhr, könnte Achmandor misstrauisch werden, fuhr er zu schnell, würden ihre Chancen auf ein Gelingen ihres Planes sinken. Er überlegte, wie er den Ordensbruder mit einem Smalltalk ablenken könnte, doch ihm wollte partout nichts einfallen. Doch dann begann Achmandor zu sprechen.

»Wo sind Ihre Freunde?«

Kießling musste eine plausible Erklärung für das Fernbleiben von Arnold und Dr. Berger präsentieren. In seinem Kopf rasten die Gedanken, obwohl er sich vorher ein paar glaubwürdige Ausreden überlegt hatte.

»Mein Kollege, dessen Auto Ihre Kollegen zu Schrott gefahren haben, musste seinen Pflichten in der Gerichtsmedizin nachgehen.«

»Oh, ein Gerichtsmediziner. Ich fragte mich bereits, wie sich ein gewöhnlicher Polizist ein solch teures Fahrzeug leisten kann.« Achmandor lächelte herablassend. »Und wo ist der junge Mann?«

Kießling blickte Achmandor todernst an und sagte: »Ihr wolltet den Jungen umbringen, habt ihn fast erdrosselt. Er war fertig mit den Nerven. Ich konnte ihm das nicht weiter zumuten.«

»Welch´ edles Motiv, Herr Kommissar, das hätte ich von Ihnen gar nicht erwartet.«

Kießling rümpfte die Nase. Er spürte, wie sich Achmandor in der Sicherheit wähnte, dachte, alles im Griff zu haben und bald wieder im Besitz seines vermeintlichen Eigentums zu sein.

Der Kommissar wechselte das Thema. »Wie haben Sie sich eigentlich vorgestellt, Ihr Eigentum - oder was auch immer - zu bekommen?«

»Machen Sie sich darüber keine Gedanken. Sobald wir am Ziel sind, kontaktiere ich meine anderen Brüder. Diese werden mit Hand und Schweiß zu Werke gehen und alles für den Abtransport vorbereiten.«

»Und wann lassen Sie unsere Kollegin frei?«

»Sobald wir mit unserem Eigentum außerhalb Ihrer Einflussnahme sind, erhalten Sie Nachricht über den Aufenthaltsort der jungen Frau. Diese wird dann dort unversehrt auf Sie warten!«, antwortete Achmandor.

Kießling schwieg.

Sie fuhren um eine Biegung und erblickten die Burg Pfalzgrafenstein. Imposant und majestätisch ragte sie aus dem Rhein, von allen Seiten vom starken Strom des Flusses umschlossen. Mit ihrer weißen Außenfarbe wirkte sie wie ein kleines Schloss mitten im Rhein.

Kießling reduzierte die Geschwindigkeit, da ihnen die Strömung ohnehin genug Vortrieb gab. Die Pfalz lag jetzt direkt vor ihnen und die Zeit wurde knapp. Kießling war nervös bis unter die Haarspitzen, versuchte aber, sich nichts anmerken zu lassen.

Achmandor grinste siegessicher. Er konnte es offensichtlich kaum erwarten, die Insel zu betreten und in den Besitz dessen zu kommen, wofür viele Menschen ihr Leben gelassen hatten.

Misstrauen

Das Atmen fiel Arnold immer schwerer in dem enger werdenden Gang. Ein klaustrophobischer Mensch wäre spätestens von hier an in Panik verfallen. Nicht auszudenken, wie sich vor hunderten Jahren zahlreiche Menschen auf der Flucht durch die engen Tunnel quetschten. Arnold versuchte, sich ganz und gar auf die vor ihnen liegende Aufgabe zu konzentrieren, um sich abzulenken.

Dr. Berger schien es ebenso zu ergehen. Ihm war deutlich anzusehen, dass er diesen Ort gern gegen seinen sterilen Gerichtsmedizinsaal eintauschen würde. Die Leichen dort, machen diesen zwar nicht sympathischer, doch diesen Umstand war er schließlich gewohnt. Aber auch er hatte keine Wahl. Es stand zu viel auf dem Spiel.

Pfarrer Jonas schritt weiterhin konsequent voran. Ihm waren diese Gewölbe vertraut und die beklemmende Enge schien ihm nichts auszumachen.

Nachdem sich die Drei bereits einige hundert Meter durch die Gänge bewegt hatten, verlangsamte der Pfarrer das Tempo, bis er schließlich stehenblieb. Er drehte sich zu den beiden um und leuchtete sie mit der Taschenlampe an. Mit einem Fingerzeig an seine Lippen wies er sie nochmals an, keinen Mucks von sich zu geben. Er zeigte mit dem Finger nach vorne und schaltete daraufhin die Taschenlampe aus. Arnold und Dr. Berger blickten an dem Pfarrer vorbei und erkannten ein Licht am Ende des Ganges. Anscheinend war dort ein Raum, wo sich jemand aufzuhalten schien. Sie waren am Ziel. Offensichtlich lag Ellas Gefängnis genau vor ihnen.

Pfarrer Jonas wandte sich wieder an seine beiden Begleiter und flüsterte: »Ich gehe jetzt allein voran. Sie folgen mir unauffällig und treten nicht ins Licht. Halten Sie sich an den Plan.«

Die beiden nickten.

Pfarrer Jonas schaltete die Taschenlampe wieder an und schritt dem Raum entgegen. Mit einem sicheren Abstand folgten Arnold und Dr. Berger, blieben allerdings einige Meter vor dem Raum stehen, um ihre Deckung nicht zu verlassen.

Pfarrer Jonas bewegte sich nun etwas lauter und machte auf sich aufmerksam. Kurz bevor er den Raum betrat und ins Blickfeld der Brüder kam, klopfte er in einer bestimmten Abfolge an die Gewölbewand. Dies war ein Zeichen für die Brüder, dass ein Vertrauter nahe war. Von der anderen Seite drang ebenfalls ein Lautzeichen als Antwort, das Pfarrer Jonas signalisierte, einzutreten.

Er trat um die Ecke und stand inmitten eines beleuchteten Gewölbekellers, in dessen Mitte die zwei Brüder, welche zur Bewachung von Ella eingeteilt waren, sich nebeneinander aufgebaut hatten. Vor ihnen lag auf dem feuchten, modrigen Boden die gefesselte, kraftlose Ella. Ihre Kleidung war völlig verschmutzt, und am Hals zeichneten sich die Würgemale ab, die ihr Achmandor am Tag ihrer Gefangennahme beigebracht hatte.

Pfarrer Jonas verbeugte sich zum Gruß vor seinen Brüdern, die diesen ebenfalls mit einer Verbeugung erwiderten.

»Meine Brüder«, setzte der Pfarrer an, »der Magnus Frater hat mich gesandt, um unser Pfand zu holen. Wir sind kurz davor, unser Eigentum im Tausch gegen die Frau endlich zurückzubekommen.«

Die beiden Brüder reagierten einige Sekunden gar nicht und blickten sich dann zweifelnd an. Pfarrer Jonas war nicht bewusst, dass Achmandor niemals in Erwägung gezogen hatte, Ella überhaupt am Leben zu lassen, lediglich so lange, bis der Schatz in ihren Händen war.

»Das ist irritierend Bruder Jonas«, wandte einer der beiden cin. »Der Magnus Frater hat ein derartiges Vorgehen nie geplant.«

Pfarrer Jonas stockte der Atem und er versuchte, zu improvisieren. »Das mag sein meine Brüder, aber die Umstände haben sich geändert. Ich benötige die junge Frau, jetzt! Dies ist der Wille von unserem obersten Bruder!«

Den beiden Brüdern entging seine wachsende Anspannung und musterten ihn misstrauisch. »Nun, die Umstände scheinen für uns klar. Der Magnus Frater hat uns eindeutig befohlen, sollten sich diese ändern, gäbe es nur eine Konsequenz.«

Pfarrer Jonas erstarrte. Er wusste, was diese entschlossene Haltung bedeutete. Egal, was passieren würde, Achmandor hätte nie zugelassen, dass Ella das Gewölbe lebend verließ. Entsetzt sah er, wie einer der Brüder ein großes Messer aus einer Lederscheide zog und es erhob. Die Klinge funkelte im Kerzenschein. Er stellte sich über Ella. Diese riss die Augen auf, blickte nach oben zu ihrem Scharfrichter, durch den Knebel in ihrem Mund hörte man ihr gedämpftes Schreien.

Pfarrer Jonas hob die Hand und schrie: »Nein, tu´ das nicht!«

Doch der Bruder ließ sich nicht beirren. Entschlossen spannten sich seine Arme an und er holte aus, um Ella mit einem wuchtigen Stoß das Leben zu nehmen. Die Klinge sauste, auf Ellas Herz gerichtet, nach unten. Sie kniff die Augen zusammen.

Doch kurz bevor das Messer in ihren Brustkorb eindringen konnte, hallte ein Schuss durch den Raum und traf den Bruder in die Schulter. Dieser wurde durch die Wucht des Aufpralls nach hinten geworfen und ließ dabei das Messer fallen.

Arnold stürmte ins Gewölbe und schrie aus voller Kehle: »Geht weg von ihr!« Dabei richtete er entschlossen die Waffe, die er von Kießling bekommen hatte, auf die beiden Ordensbrüder.

Ella öffnete wieder die Augen und drehte den Kopf zu Arnold. Ihren Augen waren tränenerfüllt.

Dr. Berger rannte sofort zu Ella, nestelte ihr den Knebel aus dem Mund. Ella keuchte und zog hektisch Luft ein..

»Frau Nilsson«, sagte Dr. Berger sanft, »Sie haben mir gar nicht zugehört, als ich sagte, Sie sollen auf sich aufpassen.«

Ella blinzelte. »Tut mir leid, Herr Doktor, das nächste Mal werde ich artig sein und auf Sie hören.« Sie lächelte ihn an.

Arnold richtete weiterhin die Waffe auf die beiden Brüder, von denen der Angeschossene am Boden lag. Der andere Bruder starrte den Pfarrer wütend an. »Jonas, du Verräter, der Teufel soll dich holen!«, brüllte er.

Pfarrer Jonas wurde bleich. »Der Teufel soll mich holen? Wir waren dem Teufel unser ganzes Leben untertan. Immer auf der Jagd nach geraubten Schätzen, die nie unser Eigentum waren.« Er zeigte auf die verletzte Ella. »Seht, was wir hier fast wieder getan hätten? Ein weiteres Leben ausgelöscht und das nur für die Ideologie eines Ordens, der Zeit seiner Existenz nur Tod und Machtgier kannte.«

Dann ging er schnell auf seinen Ordensbruder zu, packte ihn an seinem Gewand, schleuderte den Mann zu Boden und hockte sich über ihn. »Sieh dich an, deine Verletzungen im Gesicht. Das hat doch er getan - oder etwa nicht?«

Pfarrer Jonas waren die Hämatome im Gesicht des Bruders aufgefallen. Ihm war klar, dass nur Achmandor ihm diese beigebracht hatte. Er griff fester zu und schüttelte den Bruder, der sich nicht wehrte. Der Pfarrer schien auch einen Nerv bei den Brüdern getroffen zu haben. Derjenige mit der Schusswunde regte sich ebenfalls nicht.

Der Pfarrer brach in Tränen aus. Eine ganze Welt schien für ihn zusammenzubrechen. Arnold trat zu ihm und griff ihm an die Schulter. Pfarrer Jonas blickte sich um und zuckte unter der tröstenden Geste.

Nach einem kurzen Moment sagte Arnold: »Wir müssen jetzt los, was machen wir mit den beiden?«

Der Pfarrer stand auf und wischte sich die Tränen aus dem Gesicht. Er griff nach dem Messer, das der Bruder nach Arnolds Schuss fallengelassen hatte. Entschlossen sagte er: »Gehen Sie. Sorgen Sie für Gerechtigkeit. Ich bleibe hier und harre mit meinen Brüdern auf das, was das Schicksal jetzt für uns vorgesehen hat.«

Dr. Berger half Ella hoch und trat mit ihr an Arnolds Seite. Er fasste ihn am Arm und sagte: »Kommen Sie, wir müssen los. Wir haben keine anderen Optionen. Der Kommissar braucht uns jetzt!«

Sie hatten keine Zeit zu verlieren und mussten, so schnell es ging, zu Kießling, damit er wusste, dass sie Ella erfolgreich befreit hatten. Trotzdem war Arnold hin und hergerissen, weil ihn das schlechte Gewissen plagte, Pfarrer Jonas mit den zwei Schurken allein zu lassen, doch er hatte den Eindruck, dass sich der Pfarrer nach Wiedergutmachung sehnte und dies als Teil seiner Absolution sah. Es schien dem Pfarrer auch nicht um Selbstjustiz zu gehen, sondern eher darum, an diesem Ort seine Brüder in Schach zu halten, bis die Polizei eintraf und sie sich einer ordentlichen Gerichtsbarkeit stellen müssen.

Er winkte dem Pfarrer unbestimmt zu, dann hastete er mit Ella, Dr. Berger und Arnold durch die engen Stollen zurück zum Ausgang. Pfarrer Jonas hatte Arnold noch die Taschenlampe gegeben, damit sie sich orientieren konnten. Dr. Berger sorgte sich um Ella, ob sie nach der kraftraubenden Gefangenschaft überhaupt in der Lage war mit ihnen zu kommen. Der Freiheitsgedanke verlieh ihr allerdings eine fast unmenschliche Energie.

Schon bald sahen sie Licht am Ende des Tunnels. Es war wie eine Befreiung endlich wieder Tageslicht zu sehen. Auch wenn die Rettungsaktion nicht lange gedauert hatte, kam es Arnold und Dr. Berger vor, als wären sie stundenlang von der Außenwelt abgeschnitten gewesen. Draußen angekommen, rangen alle drei nach frischem Sauerstoff.

Mit aller Kraft wateten sie durch die Wisper zum nächsten Aufgang zu den Lorcher Gassen. Sie mussten runter zum Rheinufer, wo Kießling den Wagen abgestellt hatte. Sie rannten, als gäbe es keinen Morgen. Selbst der unsportliche Dr. Berger konnte mithalten, das Adrenalin trieb ihn an.

Kießling hatte den Schlüssel wie vereinbart stecken lassen. Ella stieg auf der Beifahrerseite ein und Dr. Berger schwang sich wieder auf Rückbank. Arnold warf sich auf den Fahrersitz und startete den Wagen.

»Alle Mann, und die Dame natürlich, festhalten!«, warnte er seine Mitfahrer.

Dr. Berger krallte sich wieder in die Sitze und brummte: »Daran werde ich mich wohl nie gewöhnen.«

»Geben Sie Gas, holen wir uns diesen Scheißkerl!«, meinte Ella.

Arnold grinste und ließ die Reifen quietschen und mit hoher Geschwindigkeit bog er auf die Bundesstraße in Richtung Kaub.

Der Blick zum Ufer

Kießling fuhr an der linken Seite der kleinen Rheininsel vorbei und umrundete sie ein Mal. Er musste das Boot gegen den Strom halten, damit sie anlegen konnten. Er ließ sich viel Zeit und verlangsamte immer weiter die Geschwindigkeit. Als er Kurs gegen den Strom hielt, zog er das Boot vorsichtig in Richtung Anlegesteg. Er drehte sich um und wandte sich einem von Achmandors untergebenen Brüdern zu. »Hey, nimm´ das Tau, spring auf den Steg und befestige es da vorne an dem Poller!«

Der Bruder blickte kurz zu Achmandor. Dieser nickte und gab sein Einverständnis. Daraufhin nahm er das Tau auf und sprang auf den Steg, als Kießling das Boot bis auf ein paar Zentimeter an diesen heranbrachte. Er schlang das Tau um den Poller und zurrte das Boot fest.

Kießling stellte den Motor ab und folgte dem Bruder auf den Steg. Er ging ein paar Schritte voraus und drehte sich dann wieder zu Achmandor herum. »Darf ich bitten? Willkommen auf Burg Pfalzgrafenstein.«

Als Achmandor von der Bootskante auf den Steg steigen wollte, schwankte das kleine Boot heftig.

»Passen Sie auf, dass Sie nicht reinfallen, es wäre unschön, wenn sich unser Rhein an Ihnen verschluckt«, sagte Kießling und konnte ein Grinsen nicht unterdrücken.

Achmandor fand wieder sicheren Stand. »Glauben Sie mir, mein werter Kommissar, selbst Ihr mächtiger Rhein vermag mich nicht zu überwältigen. Gegen mich ist ihr geliebter Fluss nur ein Bachlauf.«

Achmandor ließ keinen Zweifel daran, dass er der Einzige war, der die Kontrolle über das Geschehen hatte..

Dies machte Kießling zunehmend Sorgen. Von Arnold, Dr. Berger und Ella war nichts zu sehen und er war schon auf der Rheininsel, auf der die Pfalz über dem Wasser thronte, angekommen. Er hatte gehofft, dass er Achmandor an diesem Punkt schon längst mit der befreiten Ella hätte überraschen können, doch jetzt stand er ratlos dar.

Er musste Zeit schinden. Aber wie?

Er versuchte es mit einer provokanten Frage: »Eines müssen Sie mir aber noch erklären, bevor wir reingehen.«

»Und das wäre?«, fragte Achmandor.

»Was ist das für ein Gefühl, ein Massenmörder zu sein?«

Achmandor lachte herablassend. Natürlich konnte Kießling ihn mit dieser Frage nicht schockieren, doch der Kommissar wusste genau, dass er ihn ein wenig aus der Reserve locken konnte. Achmandors Ego ließ keine Gelegenheit aus, um ihn immer wieder, als den machtvollen Regenten seines Ordens darzustellen, dessen Autorität unangefochten war.

»Sie haben es immer noch nicht begriffen«, sagte er herrisch, »Kriege fordern ihre Opfer. Es ist seit Jahrhunderten die Aufgabe meines Ordens, diesen Krieg zu führen.«

»Von welchem Krieg reden Sie denn hier? Sie töten unschuldige Menschen für einen vermeintlichen Schatz, den ihr verbrecherischer Clan vor Jahrhunderten zusammengeraubt hat. Das hat weder was mit Krieg oder mit Bestimmung zu tun.« Kießling wurde nochmals lauter. »Sie sind einfach nur primitive Mörder und ich werde Sie früher oder später einsperren!«

Achmandor zog die Augenbrauen nach unten und spannte die Mundwinkel an. Offenbar hatte Kießling doch einen Nerv bei ihm getroffen. Selten gab es jemanden, der sich ihm in der Form entgegengestellt hatte.

»Seien Sie mit Ihren Äußerungen auf der Hut«, sagte er drohend. »Ich muss nur einmal mit dem Finger schnippen, und Sie hauchen mit durchgeschnittener Kehle auf diesem Anleger Ihr jämmerliches Dasein aus.«

Seine Ordensbrüder stellten sich ihm zur Seite, einer von ihnen zog ein Messer. Kießlings Puls ging hoch, als ihm klar wurde, dass er mit seiner Hinhaltetaktik nicht weit kommen würde. Es musste etwas passieren, schnell.

Plötzlich drangen von der Straße die Geräusche eines laut aufheulenden Motors und quietschender

Reifen zu der Insel hinüber. 50 Meter lagen zwischen der Insel und dem Kauber Ufer. Ein Wagen donnerte mit hoher Geschwindigkeit in den Ort hinein und machte am Anlegesteg der städtischen Uferseite eine Vollbremsung. Die Türen des Wagens gingen auf und es stiegen drei Menschen aus, die Kießling sehnlichst erwartet hatte. Arnold, Dr. Berger und die befreite Ella stellten sich umgehend und gut sichtbar an der Ufermauer auf. Arnold zog den Revolver und schoss in die Luft, um auf sich aufmerksam zu machen.

Kießling registrierte sofort, dass sie Ella aus der Gewalt des Ordens befreit hatten. Als der Schuss fiel, drehte sich Achmandor ebenfalls zur Uferseite und erblickte die befreite Ella.

»Was zum Teufel …?« Entsetzt starrte er auf die andere Uferseite.

»Das kann ich Ihnen verraten!«, sagte Kießling, zog seine Waffe, richtete sie auf Achmandor und rief aus vollem Hals: »Zugriff!«

Das Burgtor der Pfalz öffnete sich und es strömte ein Dutzend bewaffnete SEK-Beamten heraus. Sie reihten sich rechts und links neben Kießling auf und zielten mit ihren Waffen im Anschlag auf Achmandor und seine beiden Brüder.

»Und jetzt, mein Freund, sprechen wir noch mal über das tiefe schwarze Loch!«, sagte Kießling triumphierend.

Doch er hatte nicht damit gerechnet, dass Achmandor sich niemals der Gerichtsbarkeit ausliefern würde. Wutentbrannt holte dieser unter seinem Gewand ein großes Messer hervor und zog es aus der Scheide. Die SEK-Beamten waren kurz davor zu feuern, doch Achmandor packte den ihm am nächsten stehenden Bruder, zerrte ihn wie ein Schutzschild vor sich und hielt ihm das Messer an die Kehle. Dabei bewegte er sich langsam rückwärts auf dem Steg in Richtung Boot.

Drohend fauchte er: »Bewegen Sie sich nicht einen Schritt weiter und ich tränke den Steg in Blut.«

Kießling starrte ihn überrascht an. »Sie wollen Ihren Bruder opfern, um sich selbst zu retten?«

»Wie ich es Ihnen schon erklärte, Kommissar, Sie haben es nicht verstanden. Wir sind im Krieg und Opfer müssen erbracht werden!«

Achmandors Gewissenlosigkeit brachte Kießlings Wut zum Überlaufen.

Als der Ordensführer das Boot erreicht hatte, kletterte er mitsamt seinem Untergebenen langsam über die Reling. Kießling und die Beamten hielten ihre Waffen weiterhin im Anschlag, waren allerdings machtlos. Sie konnten nicht schießen, ohne Gefahr zu laufen, Achmandors menschliches Schutzschild zu treffen.

Dieser ließ den Bruder los, startete den Motor, trat wieder nach vorn und durchtrennte mit einem schwungvollen Messerhieb das Tau. Schnell drehte er sich um, ergriff das Steuerrad und legte den Gashebel ganz nach vorn, und das Boot rauschte mit voller Geschwindigkeit Richtung Flussmitte. Durch den schwungvollen Start kam sein Bruder ins Straucheln und stürzte ins Wasser.

Kießling brüllte voller Wut: »Verdammte Scheiße!«

Sie konnten nichts machen. Die SEK-Beamten waren selbst nur auf der Insel abgesetzt worden, da ein fremdes Boot sofort Misstrauen bei Achmandor erzeugt hätte und ihre Deckung aufgeflogen wäre.

So schien Achmandor zu entkommen. Doch er hatte seine Rechnung ohne Arnold Jäger gemacht. Dieser hatte nämlich vom anderen Ufer aus das Geschehen beobachtet und war in weiser Voraussicht zur Kauber Anlegestelle gestürzt. Dort sprang er in ein kleines Motorboot und schloss hektisch den Motor kurz. In dem Moment, als Achmandor die Pfalzinsel verließ, nahm er Kurs Richtung Kießling, der hektisch winkend am Steg auf ihn wartete. Arnold rauschte mit hoher Geschwindigkeit heran, riss das Steuerrad herum und stellte die Backbordseite des Bootes parallel zum Steg. Mit einem gewaltigen Satz sprang Kießling zu Arnold auf das Boot.

»Auf, Jäger, geben Sie Vollgas!«, rief der Kommissar, als er sicher auf dem Boot gelandet war.

»Das müssen Sie mir nicht zweimal sagen«, entgegnete Arnold und dreht ab, um Achmandor zu verfolgen.

Glücklicherweise hatten sie ein stärker motorisiertes Boot und konnten den Ordensführer schon bald einholen.

»Fahren Sie genau neben ihn«, wies Kießling Arnold an.

Dieser steuerte bis auf ein paar Zentimeter an die Steuerbordseite. Achmandor blickte entschlossen zu Arnold und Kießling hinüber. Er riss das Ruder nach rechts und versuchte, seine Verfolger zu rammen. Es krachte. Beide Boote drohten zu kentern. Arnold ließ sich nicht beirren. Wieder steuerte er das Boot bis auf wenige Zentimeter heran. Kießling machte sich bereit, das gegnerische Boot zu entern. Er verharrte an der Backbordseite, stieß sich dann beherzt ab und landete auf Achmandors Seite. Sofort zog er seine Waffe und richtete sie auf den Ordensführer.

»Stoppen Sie sofort oder ich schieße!«

Achmandor dachte überhaupt nicht daran. Er ließ das Ruder los, wandte sich Kießling zu, zog sein Messer und ging auf ihn los.

Der Kommissar versuchte, noch einmal Achmandor Einhalt zu gebieten, und brüllte: »Messer fallen lassen und stehen bleiben, sofort!«

Ungebremst bewegte sich Achmandor mit gezücktem Messer auf Kießling zu, bereit, ihn zu töten.

Kießling hatte keine Wahl. Er hob die Waffe höher und feuerte und traf Achmandor in die Schulter. Doch dieser machte keinen Halt. Von der Wucht des Treffers kurz zurückgeworfen, bewegte er sich umgehend wieder nach vorn und griff den Kommissar wieder an.

Als Kießling zu einem zweiten Schuss ansetzte, hob Boot kurz ab, als es über eine Welle schwankte, und setzte wieder auf. Die Erschütterung des Aufpralls schleuderte Kießling die Waffe aus der

Hand und sie fiel über Bord. Achmandor erkannte sofort seine Chance und stürze sich mit dem Messer voran auf Kießling. Dieser packte Achmandor am Handgelenk und hielt das Messer von seiner Kehle fern. Das Boot begann führerlos zu schlingern und beide fielen ineinandergekrallt zu Boden. Kießling landete auf dem Rücken, Achmandor über ihm. Sofort nahm der wieder sein Messer auf, umfasste es mit beiden Händen. Seine Augen funkelten, er hob die Arme nach oben, bereit, Kießling das Messer in die Brust zu rammen. Mit einem lauten Schrei nahm er alle Energie und Wut zusammen und legte sie in diese letzte mörderische Handlung. Kießling war wehrlos. Er sah über sich nur den wahnsinnigen Achmandor und das aufblitzende Messer.

Plötzlich wurde Achmandor von zwei Schüssen getroffen und zurückgeworfen. Arnold war der Retter in Not und konnte vom anderen fahrenden Boot aus mit seinen zwei letzten verbliebenen Kugeln Achmandor davon abhalten, Kießling zu töten.

Schwergetroffen ließ der oberste Ordensbruder das Messer fallen und sackte in sich zusammen. Kießling blickte ihm tief in die Augen. Diese verrieten immer noch einen unbändigen Hass, und der Kommissar war überzeugt davon, dass Achmandor ihn sofort wieder angegriffen hätte, wäre er nicht so schwer getroffen.

Vom anderen Boot aus hörte er Arnold laut rufen: »Hey … hey!«

Kießling blickte zu ihm. Arnold gestikulierte wild und zeigte nach vorn. Kießlings Boot raste führerlos auf einen großen Felsen im Rhein zu. Er hatte keine Chance mehr, das Boot zu stoppen.

Arnold schrie: »Springen Sie, springen Sie!«

Dabei fuhr er bis einen Meter heran, ebenfalls Gefahr laufend, auf den Felsen zu treffen.

Kießling zögerte keinen Moment. Er nahm Anlauf und schaffte es mit einem gewaltigen Satz zu Arnold hinüber. Dieser riss sofort das Ruder nach rechts und touchierte mit der Außenwand leicht den Felsen.

Das Boot mit Achmandor krachte mit lautem Getöse auf den Felsen und zersplitterte. Sekunden später explodierte das Benzingemisch im Motor.

Arnold hatte einen ausreichenden Sicherheitsabstand zwischen sich und die Explosion gebracht. Er stoppte das Boot und drehte sich zu Kießling um.

»Sind Sie in Ordnung?«

Kießling schnaufte ein paar Mal durch und antwortete:

»Ich glaube, es ist noch alles dran.«

Sie blickten zu der Unfallstelle, wo die brennenden Stücke auf der Wasseroberfläche langsam erloschen. Nach und nach nahm die starke Strömung die Wrackteile mit sich und verschlang sie im kalten Wasser.

Andächtig fragte Arnold: »Meinen Sie, dass er es überlebt hat?«

Kießling zögerte kurz, zuckte mit den Schultern und erwiderte: »Nun, wenn Vater Rhein gehört hat, wie dieser Mistkerl über ihn gespottet hat, wird er ihn dort hinbringen, wo er hingehört - in die Hölle!«

Arnold schmunzelte und sagte: »Normalerweise bin ich ja kein gehässiger Mensch, aber in diesem Fall gebe ich Ihnen recht.«

Daraufhin begab sich Arnold wieder ans Ruder, legte den Gashebel um und nahm Kurs zurück nach Kaub, wo Ella und Dr. Berger schon aufgeregt auf die Rückkehr der beiden warteten.

Kießling wandte sich noch mal Arnold zu. »Wo haben Sie eigentlich gelernt, Motoren kurzzuschließen und so gekonnt mit einem Boot umzugehen?«

Arnold grinste und drückte selbstbewusst die Brust heraus. »Ich bin an der Ostsee aufgewachsen, mein lieber Kommissar, von rauer See muss mir keiner was erzählen!«

Kießling lachte und musste sich eingestehen, dass ihm der Mecklenburger imponierte.

Schon bald kamen den beiden weitere alarmierte Polizeiboote entgegen.

»Sollen wir kurz anhalten?«, fragte Arnold.

»Ach was, fahren Sie weiter, der Schlamassel dahinten ist ja kaum zu übersehen.«

Kießling hob in Richtung seiner Kollegen in den Polizeibooten den Daumen und grinste.

Als sie nach einigen hundert Metern die Kauber Ufermauer erreichten, sprang Ella vor Freude hoch, als sie sah, dass Kießling und Arnold beide an Bord waren. Dr. Berger ließ entgegen seiner kontrollierten

Art einen spontanen Freudenschrei heraus und streckte seine geballte Faust in die Luft.

Arnold legte das Boot routiniert am Ufersteg an. Ella und Dr. Berger waren bereits zu ihnen hinuntergeeilt. Kießling und Arnold sprangen erleichtert vom Boot.

Ella rannte sofort auf Kießling zu und fiel ihm um den Hals.

»Geht es dir gut, Ella?«, fragte der Kommissar.

»Jetzt geht es mir gut, wo wir alle offensichtlich in Sicherheit sind!«, antwortete die ebenfalls erleichterte Kriminalassistentin ausgelassen.

Danach umarmte sie Arnold und drückte ihn ganz fest.

»Konnte dieser Despot entkommen?«, erkundigte sich Dr. Berger.

Kießling antwortete belustigt: »Nein, und wenn alles gut gegangen ist, haben ihn die Fische bereits aufgefressen.«

Dr. Berger grinste und murmelte: »Das war für mein Auto, du Drecksack!«

Ella ließ Arnold los und fragte: »Was machen wir jetzt?«

Noch bevor Dr. Berger und Arnold etwas erwidern konnten, platzte der Kommissar heraus: »Ich hätte da einen hervorragenden Vorschlag!« Dabei blickte er Arnold an und grinste schelmisch.

Ein letztes Rätsel

Ein fröhliches Liedchen pfeifend harkte das Lorcher Urgestein Willi Laggei in seinem Garten die ersten Herbstblätter auf, als plötzlich ein Polizeibulli vor seinem Zaun auftauchte. Die Seitentür ging auf und es stiegen sein Nachbar Arnold, Kommissar Kießling, seine Assistentin und der Pathologe Dr. Berger aus. Der Beamte am Steuer des Bullis machte kehrt und rauschte davon.

Willi lachte sie strahlend an. »Ei Gude, seid ihr verhaftet worde´?«, fragte der rüstige Rentner.

»Eher wieder auf freiem Fuß«, sagte Arnold lächelnd und blinzelte dabei Ella an, »allerdings mit der Auflage, deinem Angebot von neulich Folge zu leisten!«

Willi wusste sofort, was Arnold meinte und klatschte in die Hände. Er ging zu seinem Tor, öffnete und bat die Gruppe hinein. »Dann darf ich bitten, ihr kennt´ de´ Weg. Ich verirr´ mich kurz in meine Keller.«

Während Willi nach ein paar Flaschen Wein suchte, machten es sich die vier auf den gepolsterten Bänken und Stühlen in der Laube gemütlich.

Kießling blickte zu Arnold und deutete mit dem Finger auf ihn. »Wissen Sie, Jäger, wenn mir jemand bei unserem ersten Treffen im Museum gesagt hätte, dass der Typ zwei Tage später eine Kollegin aus der

Geiselhaft befreit, anschließend mit einem Motorboot mich und einen Geisteskranken über den Rhein jagt und diesen dann noch über den Haufen schießt - den hätte ich ebenfalls für geisteskrank erklärt.«

Arnold lachte. »Vergessen Sie bloß nicht Dr. Berger, er hatte auch einen großen Anteil an Ellas Rettung.«

Dr. Berger blickte dankend zu Arnold.

»Oh natürlich, den Doktor wollen wir natürlich nicht weniger wertschätzen. Er hat schließlich seinen geliebten Mercedes geopfert.« Dabei grinste Kießling.

»Erinnern Sie mich bloß nicht daran.« Dr. Berger seufzte traurig. »Ich freue mich jetzt schon auf die Gespräche mit meiner Vollkaskoversicherung. Ich denke, diese Ordensbrüder waren nicht versichert.«

Von der Kellertreppe hörten sie Weingläser klirren. Ein paar Sekunden später erschien Hausherr Willi mit fünf Gläsern und zwei Flaschen Riesling aus seiner Sammlung.

»So, meine Lieben, es ist mir eine Freude«, sagte Willi, während er eine Flasche hochhielt und und gekonnt den Korkenzieher ansetzte.

Kießling murmelte leise: »So lob ich mir das.«

Es war allen deutlich anzusehen, wie der Druck abfiel und die Ausgelassenheit zurückkehrte.

Willi goss allen ein viertel Glas ein und erhob den Arm zum Prosit. »Auf ein langes, gesundes Leben!«

Das ließ sich die Gruppe nicht zweimal sagen und sie folgten Willis Trinkspruch mit einem lauten »Zum Wohl!«

Willi stellte sein Glas ab und nahm bei den anderen Platz. Dabei fragte er in die Runde: »Wie war eigentlich euer Tag so?«

Die vier stöhnten auf, senkten die Köpfe und lachten auf.

Arnold versuchte die Reaktion in Worte zu fassen: »Sagen wir mal so, meine Mutter hätte mir am Ende eines solchen Tages Stubenarrest gegeben.«

»Eine wohltreffende Zusammenfassung«, resümierte Dr. Berger.

Willi fand die Bemerkung ebenfalls amüsant und gab sich natürlich damit zufrieden. »Wie auch immer, Hauptsache, ich konnt´ euch gestern mit dem Rätsel rate´ bissel helfe´.«

Mit einem Schlag wurde ihnen klar, dass sie dem letzten Hinweis noch nicht nachgegangen waren.

Arnold zog hektisch die letzte Tagebuchseite aus seiner Jackentasche. »Stimmt, da war noch was«, sagte er und legte das alte Stück Papier auf den Tisch.

Willi setzte sich aufgeregt auf. »Ui, habt ihr mir noch eins mitgebracht?«

Arnold schob ihm das Blatt hinüber. »Hier, versuch´ dein Glück.«

Willi las sich die Textzeilen durch. Zwischendurch nippte er an seinem Glas Riesling.

»Nehmen Sie ruhig einen tiefen Schluck, ist gut für die Hirnzellen.« Dabei grinste Kießling wieder schelmisch.

»Nun lassen Sie ihn doch mal nachdenken«, sagte Dr. Berger müde.

In Willis Gedanken schien sich wahrlich etwas zu tun. Immer wieder repetierte er leise die Textzeilen.

»Einen Berg im Rhein ...?«, murmelte er, »das gibt es so nit.«

»Können Sie sich einen Reim darauf machen?«, fragte Dr. Berger.

»Ich bin nit sicher«, sagte der Rentner.

»Ist doch egal«, meinte Kießling. »Wir geben den Zettel einem Museum und die sollen mit ihrem Archäologen-Team weiter Schnitzeljagd spielen.«

Plötzlich hob´ Willi den Kopf. »Ich glaub´, ich hab´s!«

Sofort zog er alle Blicke auf sich.

Dr. Berger fragte ungläubig: »Sie haben was?«

»Ei, wo da is´, was hier druff steht!«, antwortete Willi.

Arnold grinste und sagte: »Ich hätte es mir eigentlich denken können, dass du das lösen kannst.«

»Ei, ich bin ja auch ein alte, eingefleischte´ Lorcher. Mir kenne´ unser Städtche´.«

Willi stand auf und verschwand im Haus. Sie blickten sich entgeistert an und warteten gebannt darauf, was Willi herausgefunden hatte. Dieser kehrte nach einigen Minuten mit einer großen Umgebungskarte zurück. Er faltete sie auf, während Ella und Arnold Flaschen und Gläser vom Tisch räumten, um Platz für die Karte zu machen. Willi breitete sie aus.

»Die spreche hier von einem Berg im Rhein. So was gibt´s nit. Dafür aber einen Rheinberg - besser Burg Rheinberg!«

Dabei zeigte er mit seinem Finger auf einem Punkt mitten im Lorcher Wald, wo tatsächlich eine Burg Rheinberg ausgewiesen war.

»Was ist das für eine Burg?«, fragte Kießling, der mittlerweile richtig Feuer gefangen hatte.

»Das ist eine Burgruine mitten im Wald. Sie liegt ca. 3 Kilometer südöstlich von unserer Ortsgemeinde Ransel.«

»Ransel?«, fragte Arnold.

Dr. Berger erklärte: »Ein Höhenort, es ist ein Ortsteil von Lorch und gehörte damals ebenfalls zum Freistaat Flaschenhals.«

Willi nickte und führte weiter aus: »Und genau das isses.« Er zitiert von der Tagebuchseite: »Der Berg im Rhein, er wird es euch weisen, schickt euch hoch hinaus, um euch ein letztes Mal zu beweisen. Derer, die ihr Leben ließen, bringt Ehr´ und Opfer, dann habt ihr euch als würdig erwiesen.«

»Hoch hinaus? Damit ist Ransel gemeint!«, resümierte Dr. Berger.

Willi fügte an: »Und bringt Ehr´ und Opfer denen, die ihr Leben ließen - damit meine´ die wohl das Weltkriegsdenkmal auf dem Ranseler Friedhof. Das wurd´ direkt nach ´em Krieg gebaut.«

Durch die Runde ging ein kurzes Schweigen. Alle waren wie elektrisiert von der neuen Erkenntnis.

»Was jetzt?«, fragte Arnold.

Willi grinste und zeigte wie mit dem Finger auf seinen alten VW-Bus, der am Rande des Gartens im Carport stand.

Alle blickten sich an. Jeder wusste, was jetzt zu tun war.

»Was werde´ mir do´ eigentlich finde`?«, fragte Willi.

Kießling erhob sich, klopfte ihm anerkennend auf die Schulter und sagte: »So ganz genau wissen wir das auch nicht. Aber haben Sie vielleicht einen Spaten, Brecheisen und Spitzhacke für uns?«

Willi grinste und nickte.

Dr. Berger schritt voller Elan voran und forderte seine Mitstreiter auf: »Auf geht´s, keine Müdigkeit vorschützen, wir sind auf den Pfaden der Geschichte.«

Willi holte aus seinem Schuppen Spaten, Hacke und Brecheisen und dann bestiegen die fünf den Bus. Willi drückte zweimal auf die Hupe, startete den Motor und wendete im Hof.

»Endlich wieder Abenteuer, so was tut gut auf die alte´ Tage!«, meinte der Rentner und gab Gas. Arnold sprang schnell noch einmal heraus, öffnete das rostige Einfahrtstor und hüpfte dann wieder durch die offenstehende Seitentür auf die Sitzbank neben Ella. Diese blickte ihn an und flüsterte ihm zu: »Mein lieber Arnold, was man mit dir so alles erleben kann.« Dabei zwinkerte sie. Arnold wurde rot.

Der Bus knatterte los und nahm Kurs auf Ransel.

Für die Ewigkeit

Einige Wochen waren seit der schicksalhaften Nacht im Lorcher Wald vergangen, in der Peter Baum und Theodor Kurz mithilfe ihrer Freunde die mörderischen Ordensbrüder ihrem Schicksal zuführten.

Es war eine bewölkte, kalte Winternacht im Januar des Jahres 1922 im Freistaat Flaschenhals. Der Höhenort Ransel lag in tiefer Dunkelheit. Leichter Nebel zog durch die Straßen. Es war eine Nacht, in der kein Bürger seinen Fuß vor Tür setzen würde, aus Angst, von der Dunkelheit verschluckt zu werden. Doch an einem Ort waren Geräusche zu hören, wo normalerweise Totenstille herrschte. Vor den Friedhofstoren stand ein großes Pferdefuhrwerk, vor dem zwei Gäule angespannt waren. Auf der Ladefläche waren Latten gestapelt. Auf dem Friedhof hatten sich die Lorcher Peter, Edmund und Michael, der Kauber Theodor und der Ranseler Karl mit Spaten und Spitzhacken in einem Halbkreis um ein Denkmal versammelt, das sie kurz zuvor errichtet hatten. Die Inschrift auf der Gedenktafel erinnerte an die gefallenen Soldaten aus dem Ersten Weltkrieg. Die aufgewühlte Erde zeugte davon, dass etwas für lange Zeit verborgen wollten.

Schweigend senkten sie die Köpfe und murmelten jeder für sich ein Gebet. Niemals sollte jemand wieder Elend über ihre Heimat und ihre

Familien bringen. Die Jahre des Leidens sollten enden und eine friedliche Zukunft beginnen.

Peter hob den Kopf. »Freunde, ich danke euch! Dies alles hier war nur durch euch und unsere starke Gemeinschaft möglich.«

»Auch wenn die Historiker von diesen Heldentaten wohl nichts erfahren werden, können wir irgendwann mit der Gewissheit entschlafen, dass wir unseren Kindern und kommenden Generationen ein Stückchen mehr Frieden beschert haben«, fuhr Edmund fort.

Die Erleichterung war groß. Karl war es, der die anderen mit seiner Idee inspiriert hatte, den Schlussstein ihrer Mission in Ransel zu setzen. Hier konnten sie unbemerkt die Fundstücke verbergen.

Die Zeit des Aufbruchs war gekommen. Alle bekreuzigten sich vor dem Denkmal und neigten nochmals ihr Haupt zur Ehrerbietung derer, die tatsächlich durch das Denkmal geehrt werden sollten. Theodor und Michael sammelten daraufhin die Werkzeuge ein und brachten sie zu dem Pferdefuhrwerk.

Edmund sagte zu Karl und Peter: »So, jetzt wird es Zeit, in die Zukunft zu blicken.«

»Unser Peter hat seinen Teil dazu beigetragen.« Dabei zwinkerte Karl ihm zu, denn vor einigen Tagen hatte sich Peters Familie über die Geburt eines gesunden Sohnes freuen dürfen.

»Ich gratuliere euch noch mal von ganzem Herzen«, fuhr Karl fort, »vielleicht können du und Maria mir und meiner Therese das Rezept für einen

Buben geben, wir könnten einen strammen Burschen für unser Warengeschäft gebrauchen.« Er lächelte verschmitzt.

»Ich glaube, wie es geht, sollte er euch nicht mehr erklären müssen.« Edmund grinste und wandte sich Peter zu. »Wie heißt euer Bub?«

»Wir tauften ihn Alois«, antwortete Peter, »seine Geburt war wie eine Erlösung. Sie steht dafür, dass wir Tod und Teufel aus unserer Heimat vertreiben und Platz für neues Leben schaffen können.«

Gemeinsam verließen sie den Friedhof und überließen das, was nun unter der Erde lag, denjenigen, die in ferner Zukunft dazu bestimmt waren, ihre Geschichte zu erzählen.

Ein Schatz für eine Freundschaft

Viele Jahre später parkte ein VW-Bus an dem Platz, wo einst ein Pferdefuhrwerk stand. Fünf Männer hatten auf diesem Friedhof etwas in Sicherheit gebracht, dass heute fünf Menschen an gleicher Stelle lüften würden.

Mit Willis Werkzeugen bewaffnet, betraten Ella, Arnold, Dr. Berger, Kommissar Kießling und der Lorcher Willi den Ranseler Friedhof.

»Dort!«, rief Dr. Berger und joggte wie ein aufgeregtes Kind voran. Die anderen folgten ihm zügigen Schrittes. Im Halbkreis versammelten sie sich um ein Kriegsdenkmal, das an die gefallenen Soldaten beider Weltkriege erinnerte.

Andächtig blickten sie auf die Gedenksteine. Könnten diese sprechen, was für Geschichten würden sie wohl erzählen? Allein die Namen auf den Platten zeugten davon, was die Menschen in den Kriegsjahren erleiden mussten. Unvorstellbar für heutige Generationen, die das Glück hatten, in Friedenszeiten aufzuwachsen.

Das Klingeln eines Mobiltelefons unterbrach ihre andächtige Stille. Es kam aus Kießlings Jacke. Er ging ran. Eine Stimme auf der anderen Seite nuschelte, unverständlich für die anderen, aus dem Lautsprecher. Kießling setzte eine ernste Miene auf und nickte immerzu. Dann beendete er den Anruf.

»Was ist los?«, fragte Ella.

»Das waren die Kollegen von der Spurensicherung. Sie haben die Uferstellen rund um den Felsen abgesucht, wo dieser Oberbruder reingekracht ist. Keine Leiche.«

»Na ja, bei der Strömung ist das ja auch nichts Ungewöhnliches«, meinte Dr. Berger.

Kießling schien besorgt zu sein. »Schon richtig, aber am Ufer haben sie sein blutverschmiertes Gewand gefunden. Ich glaube kaum, dass der Rhein es ihm ausgezogen hat.«

Betretenes Schweigen setzte ein. Hatte Achmandor überlebt? Für jeden realistisch denkenden Menschen schien das unmöglich zu sein.

Sie konzentrierten sich wieder auf das Denkmal.

Kießling schaute Willi an. »Und Sie sind sich sicher, dass Ihre Interpretation der Zeilen richtig ist? Nicht, dass wir gleich Grabschändung betreiben.«

»Da mache´ Sie sich mal keine Sorge, ich bin ein gute Rätselknacker«, antwortete Willi und grinste dabei wieder über das ganze Gesicht.

»Nun machen Sie schon, Herr Kommissar!« Dr. Berger wippte ungeduldig auf und ab.

Kießling schnappte sich daraufhin ein Brecheisen und trat zu den Bodenplatten vor dem Denkmal. Arnold holte sich einen Spaten und stellte sich ihm unterstützend zur Seite.

Kießling stieß das Eisen unter die vorderste Platte und hob diese leicht an. Arnold half mit dem Spaten nach und hebelte die Platte nach oben und gab ihr Drall, bis sie seitwärts auf dem Rücken landete.

»Dort, seht!«, rief Ella und deutete auf ein eingemeißeltes Symbol.

Alle blickten gebannt auf die zwei gegenüberliegenden Halbkreise, die einen Flaschenhals darstellten.

»Ich glaub´, ich werd´ verrückt.« Dr. Berger seufzte begeistert auf.

Wie wild machte sich Kießling nun an die nächste Abdeckplatte.

»Los, Arnold, hilf mir!«, forderte er den Jungwinzer auf.

Dieser lächelte und fragte erfreut: »Dann sind wir jetzt endlich beim Du?«

Kießling setzte das Brecheisen ab, blickte Arnold an und sagte untypisch sentimental: »Wenn wir jetzt gleich hier einen Schatz zutage fördern und dieser Ordensbruder doch nicht im Rhein von den Fischen aufgefressen wurde, brauch´ ich auf jeden Fall einen Kameraden, der mir den Rücken freihält!« Dabei zwinkerte er Arnold anerkennend zu und stieß das Brecheisen in die Erde.

Arnold schob den Spaten hinterher und sagte beherzt: »Packen wir´s an!«

Zwei Stunden vergingen, in denen die beiden alle Mühe hatten, die feste Erde mit ihren Werkzeugen zu lockern und beiseitezuschaffen. Ella, Willi und Dr. Berger standen um sie herum und blickten voller Spannung jedem Krümel Erde hinterher, den Kießling und Arnold aus dem Loch beförderten. Mittlerweile hatte das Loch eine beachtliche Tiefe erreicht und dann geschah es, Arnold stieß den

Spaten in die Erde und es gab einen dumpfen Laut. Sofort hob er den Kopf und schaute Kießling an. Es war beiden klar, dass sie auf etwas gestoßen waren, von dem sie nicht mehr geglaubt hatten, es zu finden. Ella hielt die Hände vor den Mund, und wusste nichts zu sagen. Dr. Berger atmete hektisch, weil sie vielleicht kurz vor der Entdeckung eines Schatzes standen. »Nun machen Sie schon weiter, da ist doch was!«

Kießling raunte zurück: »Wollen Sie hier lieber graben?«

Arnold ließ sich davon nicht beeindrucken und kratzte die Schmutzschicht beiseite, bis die Scharniere einer Truhe zum Vorschein kamen. Willi ließ ein Seil in das Loch herab, mit dem Kießling die Truhe verzurrte und mit vereinten Kräften zerrten sie sie sie nach oben. Dabei kam eine weitere, die darunter verborgen gewesen war, zum Vorschein.

Kießling griff nach dem mitgebrachten Brecheisen und wollte die Truhe öffnen.

»Halt, sind Sie wahnsinnig?«, rief Dr. Berger.

Kießling blickte ihn ungläubig an.

»Wir können das hier nicht öffnen. Das müssen Experten machen!«

Der Kommissar grinste und hob das Eisen. »Das können Sie vergessen, das lass´ ich mir nicht nehmen.« Mit diesen Worten brach er das Vorhängeschloss auf, Arnold entfernte die Scharniere und öffnete den Deckel, unter dem Gold und Edelsteine funkelten und glänzten.

Willi klatschte in die Hände und rief in die Runde: »Sin´ mir jetzt alle reich?«

Arnold lachte und rief seinem Nachbarn zu: »Nicht reicher als gestern. Aber eine Flasche Riesling ist als Belohnung sicher drin!«

Dr. Berger deutet auf ein Stück Papier, das auf der Innenseite des Deckels befestigt war. Ella nahm es ab und las vor: »Wir, die diesen vermeintlichen Reichtum dem Schutze der Erde übergaben, hoffen inständig, dass der Finder diesem würdig ist. Mögen alle Gefahren gebannt und der Frieden vorherrschen, damit das, was jetzt vor euch liegt, keiner Seele auf Gottes Erden mehr Unheil bringen mag.«

Ella stockte. Eine weitere Zeile war auf das Papier geschrieben, die sie nur schwer entziffern konnte. Dr. Berger kam ihr zu Hilfe und fuhr fort: »Das Goldene ist jetzt zutage gebracht, doch wenn ihr den Weg habt richtig verfolgt, liegt ein letztes Stück Wahrheit im Schatten der Nacht. Dort soll es bleiben, die Ewigkeit überdauern, unerreichbar hinter Gottes Mauern.«

Nach kurzem Schweigen fragte Dr. Berger in die Runde: »Was soll das jetzt wieder heißen?«

Kießling ging zu dem Gerichtsmediziner, nahm ihm den Zettel aus der Hand und klopfte auf seine Schulter. Dabei sagte er, noch immer außer Atem: »Ich hab´ keine Ahnung, aber eines weiß ich …«

Dr. Berger schaute Kießling fragend an.

»Heute lösen wir keine Rätsel mehr!«

Nachwort

Sie wiegten sich in Sicherheit. Das Gold war gefunden, die Geheimnisse waren gelöst. Die Schurken waren besiegt und eingesperrt oder versenkt. Sie glaubten, das Vermächtnis der mutigen Menschen des Freistaats Flaschenhals entschlüsselt zu haben, und alle Gefahr sei gebannt.

Sie irrten …

Hunderte Jahre zuvor

Dunkle Rauchschwaden zogen unaufhaltsam in den Nachthimmel, ausgehend von einem großen Feuer, das vor dem Gutshaus der Familie Haberbruck brannte. Ein Pfahl ragte aus der Mitte des Scheiterhaufens heraus, an dem die Eheleute Haberbruck angekettet waren und qualvoll ihr Leben aushauchten. Das Inquisitionstribunal beobachtete die Vollstreckung ihres Urteils, umringt von fassungslosen Dörflern, die als Zeugen beiwohnten. Sie mussten mitansehen, wie die Wohltäter ihres Ortes von den Inquisitoren als Ketzer beschuldigt und zum Tod in den Flammen verurteilt worden waren. Niemand wagte, ihnen zu Hilfe zu eilen oder gar Protest gegen das Urteil einzulegen. Zu groß war die Angst vor der harten Hand der Kirche und dem drohenden Zorn Gottes.

Verlustreiche Monate lagen hinter den Menschen in der Region. Krankheiten wüteten, Armut und Hunger verstärkten die Plagen. Der einzige Lichtblick am düsteren Himmel war die wohlhabende Familie Haberbruck. Mit ihrem Vermögen und den Erträgen aus den familieneigenen Mühlen linderten sie das Leid der Menschen. Die Familienoberhäupter Adelheid und Albert waren vertraut mit alternativen Heilmethoden, fern dem damaligen Stand der Medizin. Viele verdankten ihnen ihr Leben. Die angewandten Methoden wurden von der Kirche als Ketzerei verurteilt. Nach Einzug der Inquisition im Ort sowie einem kurzen Verfahren landeten beide als Häretiker auf dem Scheiterhaufen und ihr Vermögen wurde beschlagnahmt.

Unter den Einwohnern herrschte Unverständnis darüber, warum die rechtschaffenen und gottesfürchtigen Menschen ein derartiges Schicksal verdient hatten.

Nachdem die Dörfler zurück in ihre Häuser geschickt worden waren und das Feuer fast niedergebrannt war, rollte eine schwarze Kutsche vor das Gutshaus der Haberbrucks. Es folgten ihr mehrere Fuhrwerke. Sie stoppten vor dem Haus, die Kutscher stiegen ab und richteten ihre Blicke zu der Kutsche. Die Tür öffnete sich und eine große Gestalt, gehüllt in einen schwarzen Umhang, stieg aus. Auf dem Stoff prangte das Symbol eines Kreuzes, umrandet von einer Pyramide. Die Kapuze war tief in das Gesicht gezogen. Der Mann musterte den Ort der Urteilsvollstreckung. Niemand sagte etwas. Die Kutscher schienen auf seine Anweisungen zu warten. Er trat auf den Inquisitor zu. Dieser begrüßte ihn ehrfürchtig mit einer Verbeugung.

»Wurden die Ketzer ihrer gerechten Strafe zugeführt?«

Der Inquisitor nickte. »Ja, Magnus Frater. Nach umfassendem Verhör gestand das Ehepaar Haberbruck seine Sünden, mit teuflischen Mitteln Krankheiten angeblich geheilt zu haben.«

Der dunkle Mann schien zufrieden zu sein. Mit einem Wink befahl er den Umstehenden, sich in Bewegung zu setzen. Zielgerichtet drangen sie in das Anwesen der Haberbrucks ein und beschlagnahmten alle Wertgegenstände.

Als das Haus leergeräumt war, folgte der Gutsverwalter einer letzten Anweisung Haberbrucks, seine Kinder in Sicherheit zu bringen, sollte etwas passieren.

Die Haberbrucks hatten sich entschieden, sich der Inquisition zu stellen, in der Hoffnung, dass sie das Tribunal von ihren guten Taten überzeugen und beweisen könnten, dass kein Teufelswerk vorlag. Doch sie hatten keine Chance gehabt. Kaum hatte das Verhör begonnen und die Kirchenbeauftragten nicht das zu hören bekamen, was sie wollten, ordneten sie grausame Folter an. Albert Haberbruck versuchte verzweifelt, das Leben seiner Frau Adelheid zu retten, indem er alle Schuld auf sich nahm. Doch das Tribunal kannte keine Gnade. Sie verurteilten beide zum Tode durch den Scheiterhaufen und nahmen ihnen alles, was sie sich über die Jahre mit harter Arbeit aufgebaut hatten. Dass sie ihre Kinder in Sicherheit wussten, war ihr einziger Trost. Der Gutsverwalter war ein ehrlicher und treuer Mann. Er und seine Familie würden gut für Haberbrucks Kinder sorgen und diese behandeln, als wären es ihre Eigenen.

Der dunkle Mann beobachtete, wie die Wertgegenstände auf die Fuhrwerke geladen wurden. Er rief einen der Männer zu sich.

»Ich fahre jetzt zurück. Ihr wisst, was zu tun ist und wo unser Eigentum durch Gottes Wille zu verwahren ist?«

Der Arbeiter senkte den Kopf und antwortete unterwürfig: »Natürlich Magnus Frater. Wie Ihr befohlen habt, bringen wir es an den Ort, welchen ihr uns bestimmt habt.«

Er nickte und schickte seinen Untergebenen mit einer schnellen Handbewegung wieder an die Arbeit. Daraufhin verschwand er in der Kutsche. Der Fahrer schwang die Zügel und setzte das Gespann in Bewegung.

Einige Tage später saß der Magnus Frater in einer spärlich beleuchteten Kammer eines einsam gelegenen Klosters über einer Schriftrolle aus Pergament und schrieb etwas darauf. Ein paar Kerzen auf dem Tisch leuchteten das Schriftstück aus. Der Rest des Raumes war in Dunkelheit gehüllt. Es roch nach Wachs und modrigem Holz.

Die Eichentür am Ende Raumes knarrte und ein untergebener Ordensbruder trat ein. Vorsichtig richtete er das Wort an seinen Obersten: »Entschuldigt, Magnus Frater, ich wollte Euch nicht stören, aber die Gesandten sind da.«

Der Magnus Frater hob den Kopf und antwortete: »Schick sie zu mir herein.«

Der Ordensbruder verließ rückwärtsgewandt den Raum. Der Magnus Frater nahm sich die Aufzeichnung vor, stellte die Schreibfeder in ihre Halterung und blies vorsichtig über das Pergament, um die Tinte zu trocknen. Zwei weitere Ordensbrüder kamen herein, stellten sich vor dem Magnus Frater auf und verbeugten sich.

»Ihr seid euch der Aufgabe bewusst?«, fragte er.

»Natürlich, Magnus Frater, wir werden den Orden nicht enttäuschen und unsere Aufgabe über das eigene Leben stellen.«

Der Magnus Frater rollte das Pergament zusammen und übergab es den beiden Ordensbrüdern. »So nehmt und verwahrt die Aufzeichnungen. Lasst sie niemals am gleichen Ort. Sollten sie in fremde Hände geraten, holt sie zurück und zeichnet mit Blut eine Warnung an all jene, die nach unserem Eigentum streben!«

Die beiden Ordensbrüder verbeugten sich erneut und verließen mit ihrer Aufgabe den Raum. Der Magnus Frater blieb stehen und blickte ihnen hinterher. Sobald er allein war, zog er ein Messer aus der Scheide an seinem Gürtel, umfasste die Klinge mit seiner linken Hand und zog das Messer kraftvoll über die Handfläche. Er spannte seine Gesichtsmuskeln an, verbarg aber den Schmerz. Er ballte die Hand zur Faust und das Blut floss heraus. Jetzt hob er den Kopf und sprach zur Decke gerichtet: »Bei meinem Blute und dem des Ordens, wir werden unser von Gott gegebenes Eigentum hüten und all jene bestrafen, die danach streben. Alle Sünder mögen brennen in den Feuern der Hölle. Unser Orden soll die Zeit überdauern bis in die Ewigkeit!«

Daraufhin rammte er das Messer in die Tischplatte, sodass die Kerzen von der Wucht des Hiebes umfielen und die Flammen erloschen.

Vor dem Kloster stiegen die beiden Brüder in eine Kutsche und verließen das Gelände in eine dunkle Zukunft.

ENDE?

***

Kommissar Kießling, Arnold Jäger, Ella Nilsson und Dr. Berger kehren zurück. Das Abenteuer geht weiter!

Rheingau Krimi

Quellenangaben

Für die historischen Hintergründe des Romans habe ich diese Quellen herangezogen:

Stephanie Zibell und Peter Josef Bahles:
Der Freistaat Flaschenhals – Historisches und Histörchen aus der Zeit zwischen 1918 und 1923.
ISBN:978-3-7973-11443-3
Frankfurter Societäts-Druckerei GmbH, 2009

Robert Struppmann:
Chronik der Stadt Lorch im Rheingau
Maria Kaufmann Stiftung, Lorch im Rheingau, 1981

Der Autor

Andreas Arz wurde 1979 in der hessischen Landeshauptstadt Wiesbaden als zweites von drei Geschwistern geboren und wuchs in der Rheingauer Gemeinde Lorch auf.

Seine Begeisterung für das geschriebene Wort stellte sich bereits in Kindheitstagen ein, was er in Kurzgeschichten und Gedichten ausdrückte. Nach seinem Schulabschluss an der kaufmännischen Berufsfachschule des St. Ursula Gymnasium in Geisenheim, zog es ihn in die Verlagswelt. Mit einer Berufsausbildung zum Verlagskaufmann begann er seine ersten Schritte in der Medienlandschaft.

Auf die Ausbildung folgte ein Studium zum Marketing- und Kommunikationswirt in Wiesbaden. Das Studium eröffnete Andreas Arz neue, kreative Wege. Es führte ihn direkt in die Werbebranche, welcher er nach seinem Studium über mehr als fünf Jahre treu blieb. Das Schreiben war während seiner beruflichen Tätigkeit ständiger Begleiter und brachte das nötige Gleichgewicht in seinen Alltag.

Am Ende dieses Weges erfolgte ein besonderer Einschnitt in seinem Leben. Mit 28 Jahren machte er einen beruflichen Schnitt und suchte in den folgenden 10 Monaten Inspiration in Australien. Bewusst fern vom touristischen Trubel, zog es ihn in entlegene Gegenden, wo er seinen Lebensunterhalt mit harter Farmarbeit bestritt. In teils tropischen Verhältnissen nutzte er die hohen, körperlichen

Anforderungen der Jobs, um auf der anderen Seite seinen Geist für Neues zu öffnen. In dieser Zeit entstanden viele persönliche Schriften, die insbesondere seine Erfahrungen mit Menschen und Land wiedergaben.

Zurück in Deutschland arbeitete er zunächst für eine große, deutsche Tageszeitung, bis er sich im Familienbetrieb engagierte. Dies ermöglichte ihm die Freiheit ein aufbauendes Belletristik Studium zu absolvieren und seinen Debütroman zur Reife zu bringen, der durch die enge Verbundenheit zu seiner Heimat, der bekannten Weinregion Rheingau, inspiriert wurde.

Entdecken Sie mehr zum Autor, neuen Buchprojekten, Lesungen und vieles mehr auf

www.andreasarz.com

Impressum

Der Schatz im Flaschenhals

1. Auflage

Andreas Arz
Westend Str. 3
65391 Lorch

ISBN Printausgabe: 978-3-96698-682-3

Herstellung:
Sowa Sp. zo.o
Raszyńska 13
05-500 Piaseczno, Polen

Bestellung und Vertrieb:
Nova MD GmbH, Vachendorf

Lektorat:
Corinna Luerweg , Hamburger Lektorat

Covergestaltung:
Buchcoverdesign.de / Chris Gilcher
https://buchcoverdesign.de

Bibliografische Information der Deutschen Nationalbibliothek:

Die Deutsche Nationalbibliothek verzeichnet diese Publikation in der Deutschen Nationalbibliografie; detaillierte bibliografische Daten sind im Internet über http://dnb.dnb.de abrufbar.